Une inoubliable sage-femme

*

Des retrouvailles inattendues

FIONA McARTHUR

Une inoubliable sage-femme

Traduction française de
JOËLLE TOUATI

BLANCHE

HARLEQUIN

Collection : Blanche

Ce roman a déjà été publié en 2020

Titre original :
THE MIDWIFE'S SECRET CHILD

HARPERCOLLINS FRANCE
83-85, boulevard Vincent-Auriol, 75646 PARIS CEDEX 13
Service Clients — www.harlequin.fr
ISBN 978-2-2805-1625-9 — ISSN 0223-5056

Édité par HarperCollins France.
Composition et mise en pages Nord Compo.
Imprimé en février 2025 par CPI Black Print (Barcelone)
en utilisant 100% d'électricité renouvelable.
Dépôt légal : mars 2025.

FSC
www.fsc.org
MIXTE
Papier issu de sources responsables
FSC® C159065

Pour limiter l'empreinte environnementale de ses livres, HarperCollins France s'engage à n'utiliser que du papier fabriqué à partir de bois provenant de forêts gérées durablement et de manière responsable.

1

Vendredi

Comme Faith Fetherstone consultait sa montre, devant le point de rencontre du Binimirr Underground Complex, une voiture s'engagea sur le parking en faisant crisser le gravier sous ses pneus. Dans les arbres, les pies cessèrent de jacasser, un nuage masqua le soleil et Faith fut parcourue d'un frisson.

Le kiosque abritait une boutique de souvenirs et tout le matériel de spéléologie ainsi qu'une abondante documentation sur les grottes de la région, un labyrinthe qui s'étendait sur une dizaine de kilomètres au sud de Lighthouse Bay.

Chargée de guider la visite du jour, Faith ajusta son T-shirt « Ultimate Caving Adventure », en regrettant d'avoir réglé le sèche-linge sur la température maximale, ce matin, de crainte d'être en retard. Tant pis. Il s'étirerait, au fil de la journée. Et les gens étaient là pour explorer les grottes, pas pour la regarder.

Une mèche s'échappait de sa queue-de-cheval ; elle la remit en place, tout en rejoignant le petit groupe rassemblé dans la boutique de souvenirs, attendant le départ de la visite.

Derrière la caisse, Dianne lui indiqua du doigt qu'il manquait encore une personne, sans doute la voiture qui venait de se garer.

Un jeune homme d'une vingtaine d'années se rongeait nerveusement les ongles. Un monsieur d'un certain âge, en chemise orange et baskets de la même couleur, discutait avec la mère de deux adolescents, qui bavardaient de leur côté avec un couple de *backpackers*[1] souriants. Malgré un fort accent de l'Est, ils parlaient bien anglais et Faith en fut rassurée, car elle avait parfois d'importantes consignes de sécurité à donner.

Enfin, le retardataire entra dans le kiosque. C'était un grand brun taillé comme un rugbyman. En le voyant, Faith se figea et son sourire s'effaça.

Plusieurs années s'étaient écoulées mais elle n'avait pas oublié cette bouche sensuelle et ces yeux d'un noir insondable. Il avait affirmé qu'il ne reviendrait jamais à Lighthouse Bay, après cette parenthèse hors du temps, ces quelques jours magiques auxquels un mystérieux appel de sa famille avait brutalement mis un terme.

Que faisait-il là aujourd'hui ?

En croisant son regard, Faith se remémora leurs étreintes torrides. Elle avait été si naïve... Pour sa défense, elle n'avait que vingt ans. Il en avait vingt-huit.

Et voilà que près de six ans plus tard, contre toute attente, Raimondo Salvanelli resurgissait dans sa vie. L'auteur d'une tragédie shakespearienne écrite rien que pour Faith, le coupable qui avait quitté la scène pour s'envoler vers l'Italie et aussitôt en épouser une autre.

Elle s'en voulait d'avoir si facilement succombé à son charme, mais jamais elle n'avait regretté les conséquences de cette idylle.

Elle s'était rapidement résignée à l'absence de Raimondo. Le conte de fées ne se terminait pas sur un « et ils vécurent heureux ensemble », il fallait l'accepter. La belle histoire d'amour entre le médecin italien qui n'exerçait pas la médecine et la sage-femme australienne ne durait tout simplement que quelques jours.

Or il était de retour.

Accompagné de son épouse ? Non. Dianne avait indiqué qu'il ne manquait qu'une seule personne. Faith étouffa un soupir de soulagement. Elle se voyait déjà mal assurer la visite guidée avec le père de sa fille, elle n'aurait pas supporté la présence de sa femme dans son dos, dans le noir, pendant une heure et demie.

1. Un *backpacker* est une personne qui voyage avec un sac à dos, de façon autonome et à peu de frais. (NdE)

Malgré elle, elle coula un regard dans sa direction. Cet homme qui l'avait fascinée semblait toujours exercer sur elle le même magnétisme irrésistible.

Ses traits s'étaient durcis mais il était toujours aussi beau et Faith reconnaissait sa fille dans ses yeux noirs, son nez romain et sa bouche généreuse. Elle s'était souvent demandé si Chloé ressemblait à son père, ce qui n'était pas évident d'après la seule photo qu'elle avait pu trouver sur Internet.

Il était là. En chair et en os. Pour quelle raison ? Que signifiait ce retour ?

Il n'avait pas répondu lorsqu'elle lui avait écrit pour lui dire qu'elle était enceinte. Ni quand elle lui avait annoncé la naissance. Bien que persuadée qu'il lui enverrait au moins quelques lignes, elle avait compris son silence. D'une certaine manière.

Après cet appel de son frère qui avait brutalement mis fin à leur aventure, il avait déclaré qu'il rentrait se marier en Italie. Qu'il ne reviendrait pas.

Elle avait l'intention de lui écrire à nouveau quand Chloé entrerait à l'école, l'an prochain. Peut-être aussi quand elle commencerait ses études supérieures.

Faith s'était toujours interdit de nourrir de la rancœur envers Raimondo, car si Chloé désirait un jour rencontrer son père, elle ne l'en dissuaderait pas.

Peu importaient les états d'âme de Faith. L'essentiel était le bien-être de sa fille.

En sentant le regard de Raimondo peser sur elle, elle se tourna vers lui. Il paraissait tendu, nerveux ; Faith ne pouvait le nier, malgré sa nature optimiste.

Dans tous les cas, elle n'y était pour rien. Elle redressa les épaules et releva le menton.

Puis elle songea à sa fille et une bouffée de panique l'envahit.

Il était son père biologique, elle le lui avait confirmé dans ses lettres, et son nom figurait sur l'acte de naissance, une décision que Faith avait longuement mûrie.

Mal à l'aise, elle détourna les yeux. Au comptoir d'accueil, Dianne, sa patronne et amie, désigna tour à tour Raimondo et la pendule, puis du geste, elle encouragea Faith à démarrer la visite.

10 h 05. Le groupe commençait à montrer des signes d'impatience.

OK, Faith devait faire abstraction de la présence de Raimondo. Se concentrer sur son rôle de guide touristique.

Compartimenter.

Une chose qu'elle savait faire.

Dans son métier de sage-femme, elle était parfois confrontée à des situations de vie ou de mort, où il était absolument hors de question qu'elle ait la tête ailleurs.

Pas de problème, elle allait cesser de penser à cet homme qu'elle croyait ne jamais revoir.

Mentalement, elle verrouilla les portes de son esprit, refoula ses angoisses et ses interrogations... Hélas, Raimondo était toujours là, de l'autre côté de la pièce. Avec une expression irritée, comme si c'était lui qui s'était retrouvé avec un bébé sur les bras.

La bouche soudain sèche, Faith s'humecta les lèvres et s'éclaircit la gorge.

— Bonjour tout le monde... Je m'appelle Faith.

Elle se remémora la façon dont il prononçait son prénom, avec son délicieux accent italien, et sentit ses joues s'empourprer.

— J'espère que vous êtes tous aussi enthousiastes que moi à l'idée d'explorer les merveilles que recèle le Gouffre de Binimirr.

Avec un sourire enjoué, elle balaya le groupe du regard, en prenant soin d'éviter le grand brun qui s'était placé au dernier rang. *Pourvu qu'il passe dans la chatière...*, pensa-t-elle soudain. Avant de se rappeler qu'il y était passé lorsqu'elle lui avait fait visiter les grottes en privé, quelques années plus tôt.

Puis elle s'aperçut que les *backpackers* étaient en short. Mince... Elle aurait dû le remarquer plus tôt. Elle-même s'éraflait systématiquement les genoux, alors qu'elle portait toujours un jean.

— Mesdames et messieurs, votre attention, s'il vous plaît... Vous avez opté pour la visite Aventure, ce qui implique que vous allez ramper, marcher à quatre pattes, escalader...

Malgré elle, elle jeta un coup d'œil à Raimondo, puis reporta aussitôt son attention sur le groupe.

— Si vous ne voulez pas vous écorcher, je vous laisse cinq minutes pour aller enfiler un jean ou acheter des genouillères et des coudières.

La plupart des visiteurs étaient arrivés par le bus poussiéreux garé devant l'accueil. Les deux jeunes touristes s'y précipitèrent. Le jeune homme nerveux acheta une paire de genouillères.

Raimondo demeurait immobile, tel un prédateur, observateur, une qualité qui avait toujours impressionné Faith. Tandis que les autres bavardaient, leurs regards se croisèrent, et elle lut dans le sien une myriade d'interrogations. Puis une lueur s'y alluma, comme la première fois, et elle sentit naître le désir.

Mais ce n'était pas le moment ! Elle devait oublier qu'elle connaissait cet homme – au sens biblique du terme.

Aussi brève que passionnée, leur liaison lui avait laissé des souvenirs d'un érotisme brûlant. Comment diable parviendrait-elle à garder la tête froide pendant les quatre-vingt-dix minutes à venir ?

Elle se tourna vers Dianne ; celle-ci était occupée à encaisser un achat. De toute façon, Dianne ne pouvait pas l'aider. Une fois la visite terminée, Faith irait trouver Raimondo et ils auraient une discussion en tête à tête.

Par chance, il ne profita pas de ce moment de battement pour tenter de lui parler, si bien que quelques minutes plus tard, elle précéda le groupe vers les rangées de casques et de lampes frontales.

— Prenez chacun une lampe frontale et un casque à votre taille, indiqua-t-elle. Je passerai vérifier que vous les avez bien attachés et vous montrer comment fonctionnent les lampes.

Là-dessus, elle se dirigea vers Raimondo, en se demandant ce qu'elle allait lui dire. *Ça alors... Quelle surprise ! Pour une surprise, c'est une surprise ! Si je m'attendais à te voir ici...*

— Raimondo..., dit-elle simplement en lui tendant un casque.

— Faith...

Son accent était toujours aussi sexy.

— Je ne m'attendais pas à te voir ici..., bredouilla-t-elle, puis, sur un ton plus ferme : pour l'instant, j'ai des touristes sous ma responsabilité. On discutera plus tard, si c'est pour ça que tu es là...

Elle attendit.

— OK.

— J'espère que tu apprécieras la visite.

— La dernière fois, j'ai adoré...

Elle s'éloigna et entreprit de vérifier que tout le monde avait bien attaché son casque, puis elle coiffa le sien, et après les boutades et les selfies de rigueur, que les adolescents s'empressèrent de poster sur Snapchat, le groupe quitta enfin le kiosque en file indienne et traversa l'étendue d'herbe brûlée en direction de l'entrée du gouffre.

Faith se mordit la lèvre, un tic nerveux dont elle avait le plus grand mal à se débarrasser. Elle devait se concentrer sur la sécurité des visiteurs qui commettaient parfois des imprudences, au risque de se blesser ou de détruire le fragile écosystème de la grotte.

Grâce à une attention sans faille, elle pouvait se targuer de plus de deux cent cinquante visites sans incident, à raison de quasiment une chaque semaine, depuis six ans, excepté durant les derniers mois de sa grossesse.

Elle jeta un coup d'œil par-dessus son épaule et regretta de ne pas avoir refusé la participation de Raimondo, à cause de son retard, mais il était maintenant trop tard.

Devant l'entrée du souterrain, elle s'immobilisa et se retourna face au groupe.

— Avant de descendre dans les entrailles de la terre, juste une petite minute sur l'histoire de Binimirr. Bien sûr, si vous avez des questions, en chemin, je me ferai une joie d'y répondre.

Raimondo esquissa un sourire et le ventre de Faith se noua. Concentration.

— Dans le dialecte aborigène de la région, Binimirr signifie « long trou ». Ces grottes sont sans doute connues de l'homme depuis des milliers d'années.

Avec un sourire à la ronde, elle se lança dans sa tirade.

— Elles ont ensuite été redécouvertes en 1899 par un colon européen, qui en a parlé autour de lui avec un tel enthousiasme que tout le monde a voulu venir les voir. Et malgré l'absence de route, elles sont vite devenues très populaires.

Les touristes acquiescèrent de la tête. Quelques commentaires fusèrent.

— À l'époque, poursuivit Faith, il fallait être intrépide pour descendre sous terre, avec des cordes et des bougies.

— Waouh..., murmura l'un des deux ados.

— Trente ans plus tard, Binimirr était une attraction touristique et un riche homme d'affaires fit construire un manoir avec d'immenses fenêtres donnant sur la mer, afin d'accueillir les visiteurs. Vous avez dû voir le portail et l'allée, sur la gauche, en entrant dans le parking. Au début des années 1900, ce luxueux hôtel était très prisé des jeunes couples en voyage de noces. Puis il a été racheté par des particuliers et fermé au public. Nous avons quelques photos d'archive, au kiosque, si vous êtes intéressés.

En songeant combien elle aurait aimé passer une lune de miel ici, Faith ne put s'empêcher de glisser un regard en direction de Raimondo.

— Aujourd'hui, cette fabuleuse cathédrale souterraine est accessible au plus grand nombre, dit-elle en désignant la passerelle de bois. Autrefois, après un voyage à cheval de plusieurs jours, on attachait des cordes aux arbres et on descendait un à un dans le puits, les hommes en costume et chapeau, les femmes en robe à cerceaux.

Comme d'habitude, ce commentaire fut accueilli par des « oh » et des « ah ».

— Ces courageux spéléologues mettaient dix heures pour faire le tour des grottes. Aujourd'hui, grâce aux escaliers et aux passerelles, la visite dure un peu plus d'une heure.

Petit à petit, Faith avait de moins en moins de mal à ignorer le bel Italien au fond du groupe.

— Autrefois, il n'y avait pas de lumière électrique pour

éclairer ces merveilles de la nature, que des lampes à huile et des bougies.

Elle ajusta son casque.

— Bien... Vous aurez tout le temps de contempler ces trésors sur le chemin du retour. Pour commencer, nous allons nous aventurer hors de l'itinéraire aménagé, un peu plus loin dans les profondeurs de la terre. Vous êtes prêts ?

Le groupe acquiesça et Faith s'avança vers l'entrée.

— Je vous précède. Dans quelques mètres, nous quitterons la passerelle afin de découvrir certaines des cavités les plus reculées. Au retour, vous pourrez prendre le temps de profiter de la lumière pour admirer les premières salles.

En quête de signes d'appréhension, elle balaya les visages du regard.

— Si certains d'entre vous ne se sentent pas très sûrs d'eux, passez juste derrière moi. Les plus confiants fermeront la marche.

Le jeune homme qui se rongeait les ongles s'approcha d'elle.

— Vous n'avez pas grand-chose à craindre, et vous verrez que ça valait le coup, le rassura-t-elle.

En voyant que Raimondo restait à l'arrière, elle sentit ses épaules se décrisper. Ouf. Elle n'aurait pas aimé l'avoir sur ses talons.

— Surtout, écoutez bien mes consignes de sécurité et veillez à toujours avoir trois points de contact, pour ne pas perdre l'équilibre. Nous allons emprunter le lit asséché de la rivière, à plus de quarante mètres sous terre, où il n'y a pas de lumière.

Cette info suscita des murmures.

— Si vous avez des palpitations, poursuivit Faith, en articulant afin que chacun l'entende bien, ou si vous ressentez des signes de panique, respirez à fond et...

Elle s'interrompit et vérifia que tout le monde était attentif.

— ... Et pensez que nous sommes là pour le plaisir, qu'il y a des visites chaque semaine et que nous n'avons encore jamais perdu personne.

Un éclat de rire général apaisa la tension.

— OK. On y va ?

Faith s'engagea sur la passerelle de bois, la petite troupe à sa suite. Plus ils avançaient, plus la température fraîchissait. Elle ne marchait pas trop vite, car elle se souvenait de sa première visite, de son émerveillement devant les plafonds et les parois de la caverne, mais elle ne marchait pas non plus trop lentement, afin que personne ne s'arrête.

Quelques minutes plus tard, à l'endroit où ils devaient quitter l'itinéraire aménagé, elle s'arrêta et compta les membres de son groupe, au nombre de huit.

— Vous me suivez ?

Elle se courba pour franchir la rambarde, retrouvant sous ses pieds les irrégularités du sol rocheux, pareilles à de vieilles connaissances. Puis elle se faufila dans une anfractuosité ouvrant sur une galerie en pente douce. Un peu plus loin, elle s'arrêta juste après un bloc en équilibre précaire, qu'elle désigna du doigt en attendant que tout le monde la rejoigne.

— Attention..., dit-elle.

Un casque heurta la paroi. Heureusement que tout le monde en portait.

— Ici, je vous conseille de vous asseoir et de vous laisser glisser sur les fesses. La descente est un peu raide.

Un petit cri étouffé, à l'arrière du groupe, lui indiqua que quelqu'un s'était assis trop vite sur le sol mouillé.

Elle éleva la voix.

— Il est temps maintenant d'allumer vos lampes. Éclairez vos pieds. Quand vous tournez la tête, pensez à éviter d'aveugler vos compagnons.

La visite ne présentait quasiment aucun risque mais il était fréquent que les novices éprouvent une sensation de claustrophobie, dans ces étroits boyaux souterrains. Dans ces cas-là, ils avaient souvent le réflexe de jeter sans cesse des coups d'œil derrière eux.

Par chance, Raimondo était le dernier de la file. Il était tellement baraqué que les autres auraient pu trouver sa présence oppressante.

Parvenue à une patte d'oie, Faith s'arrêta de nouveau, face à un impressionnant rideau de concrétions.

— Ce superbe relief a été façonné au fil des siècles par l'eau s'écoulant goutte à goutte, pour former aujourd'hui comme un voile de stalactites divisant la voûte.

Elle se remémora avec quel enthousiasme elle avait montré ce trésor à Raimondo, quelques années plus tôt. Puis s'empressa de chasser les souvenirs. La beauté de ce lieu l'émouvait à chaque fois.

— Là-bas, stalactites et stalagmites se rejoignent pour former des colonnes. Quel cadeau de la nature, n'est-ce pas ?

L'admiration était perceptible dans sa voix, malgré sa difficulté à se concentrer. Ce lieu lui était si cher que même si Dianne ne la rémunérait pas elle aurait assuré des visites guidées juste pour le plaisir.

Le groupe se remit en marche, jusqu'à un passage délicat, où Faith marqua un temps d'arrêt.

— Nous allons traverser un goulet très étroit. Faites attention à ne pas vous érafler.

C'était ici qu'elle redoutait que Raimondo ne passe pas. Incroyable mais vrai, il paraissait encore plus large d'épaules que lorsqu'elle l'avait rencontré. Plus musclé, plus costaud. Et elle croisait les doigts pour qu'il ne reste pas bloqué dans le goulet. Au cas où, toutefois, elle avait un plan B pour le reste du groupe. Pour lui, hélas, elle ne pourrait pas faire grand-chose. À cette pensée, un petit sourire diabolique se dessina au coin de ses lèvres.

Voyons, Faith ! se morigéna-t-elle intérieurement.

Cela dit, personne ne s'était encore jamais coincé.

De l'autre côté, elle attendit en retenant son souffle.

Les battements de son cœur s'accélérèrent quand elle entendit un léger éboulis, des frottements, un halètement, mais Raimondo apparut enfin dans la petite salle où tout le monde l'attendait, le front luisant de sueur.

Faith relâcha sa respiration et le gratifia d'un sourire, qu'elle réprima aussitôt.

Cesse de le regarder et de penser à lui !

— Dans la prochaine galerie, veillez s'il vous plaît à ne pas toucher la paroi. Ces cristaux sont extrêmement fragiles, dit-elle en dirigeant le faisceau de sa lampe vers la roche scintillante. Vous pouvez les photographier mais tout contact est susceptible de les endommager.

Pour sa plus grande satisfaction, le groupe s'écarta avec révérence.

— Merci, murmura-t-elle. Nous sommes bientôt au bout de nos peines.

— Sainte Marie, Mère de Dieu…

Elle eut un petit rire. L'un des membres du groupe était comédien ; il avait de l'humour.

Pendant dix minutes, ils serpentèrent dans un couloir accidenté, pour parvenir dans une vaste caverne en pente. Des soupirs de soulagement se firent entendre, bien que le plafond fût assez bas, obligeant certains à courber les épaules.

— Regardez à vos pieds…

Les faisceaux se baissèrent.

— Le sol est tapissé de sable rouge. Il y a plusieurs milliers d'années, une rivière coulait ici.

Faith marqua un instant de silence, afin de permettre aux visiteurs de réfléchir à ce fait.

— Vous remarquez qu'une partie de la salle est délimitée par une rangée de pierres blanches. Ne les franchissez pas, s'il vous plaît. Elles sont là pour protéger de nouvelles stalactites en formation.

Elle s'accroupit et éclaira la voûte.

— Vous voyez les gouttes d'eau à l'extrémité des concrétions, qui vont peu à peu sculpter des piliers de calcaire ? Fabuleux, n'est-ce pas ?

Des chuchotements admiratifs lui répondirent.

Elle adorait partager son émerveillement et se sentir en communion avec des gens qui appréciaient de contempler ces splendeurs souterraines, une chance réservée à quelques rares privilégiés.

— Remarquez aussi les racines d'arbre, comme de longs cils, qui traversent la terre. Le cours d'eau est depuis longtemps asséché mais les racines sont capables d'absorber l'humidité de l'air ambiant.

— C'est dingue ! commenta quelqu'un, à qui elle adressa un sourire.

— Privées de toute lumière naturelle, les créatures qui vivent ici ont le corps transparent, et pas d'yeux.

Du doigt, Faith traça une sorte de coléoptère dans la terre rouge.

— Brrr..., fit le comédien en riant nerveusement.

— Les insectes cavernicoles sont bien sûr beaucoup plus petits, dit-elle en désignant une minuscule bestiole, sur une racine. Si vous en voyez un devant vous en rampant, prenez une poignée de terre et poussez-le plus loin.

— On va ramper ? demanda la jeune femme qui était allée enfiler un jean à la hâte.

— Oui, sur une trentaine de mètres, pour passer en dessous de ce surplomb.

— Je peux peut-être rester là et garder les sacs...

— Si vous voulez. Nous en avons pour une dizaine de minutes et nous resterons ensuite un moment dans la salle suivante, mais vous ne nous entendrez plus car la rivière fait un coude. Ça ne vous ennuie pas de rester seule une petite demi-heure ?

— C'est très paisible ici, répondit la jeune touriste avec un petit rire emprunté.

— Je peux rester avec elle ! suggéra l'un des deux adolescents, en feignant de se sacrifier, ce qui provoqua un éclat de rire général.

Faith acquiesça de la tête.

— OK. Laissons-leur tout ce dont nous n'avons pas besoin : appareils photo, pulls, bouteilles d'eau... Inutile de s'encombrer.

Dans un brouhaha tendu, tout le monde se déchargea. Le passage était haut d'environ un mètre, sur trois de large. Tapissé de sable rouge, il évoquait une bouche géante prête à vous engloutir. C'était ce que Faith avait pensé la première fois, et elle savait qu'elle n'était pas la seule à le voir ainsi.

— J'ouvre la marche, déclara-t-elle. Il me faut un volontaire pour passer en dernier et veiller que personne ne reste à la traîne.

— Je veux bien, dit Raimondo, et son fort accent italien résonna entre les parois de la grotte. J'ai déjà fait la visite, ça ne me dérange pas.

Les autres parurent soulagés. Il arrivait que certaines personnes paniquent mais, en général, tout le monde se réjouissait d'avoir relevé le défi et s'accordait à dire que ce n'était pas si effrayant, avec les pieds de quelqu'un devant soi et la lumière de quelqu'un d'autre derrière.

Faith s'agenouilla devant l'ouverture et leva les yeux vers Raimondo, qui lui adressa un signe de la tête. Avec un sourire d'encouragement à l'attention du groupe, elle se mit à plat ventre et disparut dans l'obscurité.

Elle entendait les autres ramper derrière elle, et entrevoyait parfois des rais de lumière, lui confirmant que tous suivaient.

Dix minutes plus tard, comme promis et sans encombre, tout le monde émergea tour à tour à l'autre bout du boyau.

— Vous pouvez vous asseoir. Nous avons ici une bonne trentaine de centimètres au-dessus de nos têtes.

— Ouf ! s'exclama l'adolescent en se redressant.

— Viens par ici, s'il te plaît, lui dit-elle, que tout le monde puisse nous rejoindre.

Bientôt, le groupe était assis en cercle dans la caverne, Raimondo à côté de Faith. Elle s'éclaircit la voix.

— Si vous le voulez bien, nous allons maintenant éteindre nos lampes et rester un instant dans les ténèbres du ventre de la Terre Mère, afin de mieux nous imprégner de la chance que nous avons de vivre cette expérience.

— Mouais..., marmonna quelqu'un, et tout le monde pouffa, à l'exception de Raimondo.

— Gardons le silence une minute et pensons à cette grotte qui existe depuis des millénaires. Ensuite, je vous raconterai une légende aborigène, à propos de l'esprit bienveillant de l'océan et de son rival terrestre qui ont contribué à la formation de ces cavités.

Lorsque chacun eut éteint sa lampe frontale, Faith ferma les yeux et savoura la sérénité de l'instant, en caressant la terre rouge sous ses mains. Elle aimait à penser qu'elle faisait partie de la terre, de cette rivière souterraine. Elle aimait inspirer et expirer l'air moite, dans le silence et dans le noir.

Comme souvent, personne ne bougea ni ne parla avant qu'elle annonce la fin de la minute de silence. Alors elle commença le récit de la bataille des Anciens.

2

Raimondo Bruno Salvanelli ferma les yeux lorsque la voix de Faith s'éleva dans l'obscurité. Il connaissait la légende de la grotte, elle la lui avait déjà racontée, et il désirait trouver la paix qu'elle-même ne manquait pas de retrouver ici à chacune de ses visites.

Il percevait le parfum de plantes de son shampoing, la chaleur qui émanait de son corps, tout près de lui, et savourait son timbre calme et pénétrant, sans vraiment écouter le récit.

Elle était donc toujours là, exactement où il l'avait quittée quelques années plus tôt.

En la revoyant, dans la boutique de souvenirs, il avait été saisi d'un élan possessif qui l'avait choqué. Il n'avait pas le droit d'éprouver un tel sentiment, il n'était qu'un inconnu qui avait brièvement traversé sa vie, et il n'était toujours qu'un étranger. Un étranger qui lui avait brisé le cœur.

Ils s'étaient rencontrés à l'aéroport de Sydney. Leurs regards s'étaient croisés, elle lui avait souri et il l'avait invitée à boire un verre car ils avaient tous les deux du temps à tuer, dans l'attente d'un vol retardé.

Des heures plus tard, ils avaient ensuite dîné ensemble. Captivé par son visage, il ne se lassait pas de l'écouter parler de Lighthouse Bay, la petite ville où elle vivait, de son métier de sage-femme, de sa passion pour la spéléologie.

En raison des conditions météorologiques, tous les vols du jour avaient fini par être annulés. Ils avaient pris une chambre dans l'un des hôtels de l'aéroport, où ils avaient fait l'amour toute la nuit tandis que la tempête faisait rage au-dehors.

Des années plus tard, Raimondo ne comprenait toujours pas ce qui l'avait poussé, le lendemain, à prendre une décision aussi impulsive. Pour rester encore avec elle, il avait repoussé son retour en Italie de deux jours.

Il avait pris l'avion avec elle et elle l'avait emmené dans sa modeste petite maison perchée sur une falaise. Entre ses bras, il se sentait en sécurité. Depuis le décès de ses parents, personne ne lui avait encore jamais donné autant de tendresse.

En privé, elle lui avait fait visiter la grotte de Binimirr et il avait été fasciné par sa passion pour les merveilles de la nature souterraine. En son for intérieur, il avait alors rêvé de pouvoir rester plus longtemps en Australie, pour voir où cette idylle les mènerait.

Le retour à la réalité avait été brutal. Son grand-père mourant, il avait dû rentrer de toute urgence auprès de celui qui les avait élevés, lui et son frère jumeau, Dominico, à partir de l'âge de sept ans, à la mort de leurs parents.

Le beau rêve qu'il avait vécu avec Faith s'était achevé abruptement. Il avait dû lui dire adieu, définitivement. Un mariage arrangé l'attendait en Italie et jamais il n'aurait osé décevoir son grand-père. Son épouse avait toutefois très vite compris que son cœur était ailleurs…

Et les années avaient filé. Faith avait dû se marier, imaginait-il, et si lui-même ne l'était plus, il n'avait guère de temps pour lui, entre le dispensaire et les missions humanitaires, sans parler de l'énorme travail qu'il faisait sur lui-même pour gérer ce sentiment d'échec qui le rongeait.

Faith vivait à l'autre bout du monde, il était un fidèle enfant de l'Italie, il n'y avait pas d'avenir commun pour eux, il le savait.

Or à présent, il n'en était plus aussi sûr.

Sans un heureux hasard, il ne serait certainement jamais revenu.

Une collègue, à Florence, lui avait raconté qu'elle avait été invitée à un mariage en Australie, à Lighthouse Bay. Naturellement, elle avait piqué sa curiosité.

— Tu y es allée ? s'était-il enquis.

— Oui, c'était un très beau mariage, sur la plage. J'y étais allée il y a quelques années, pour un mariage déjà. Lighthouse Bay est une petite ville charmante.

Sa collègue avait été surprise que Raimondo y soit aussi allé, et il n'avait pas pu s'empêcher de lui dire qu'il connaissait une jeune femme du nom de Faith...

— Faith, mais bien sûr ! La demoiselle d'honneur ! Elle a une petite fille trop mignonne !

— Elle s'est donc mariée ?

— Ce que tu peux être vieux jeu ! Non, elle n'a pas de mari. Sa fille devait avoir quatre ans à l'époque. Elle n'arrêtait pas de courir après le bout de chou qui portait le panier de fleurs.

Raimondo n'avait pas voulu prendre le risque de poser davantage de questions.

Il avait acheté un billet d'avion.

Et voilà qu'il était assis près de Faith, dans le lit d'une ancienne rivière, quarante-cinq mètres sous la surface de la terre. Celle qui depuis près de six ans n'était qu'un rêve enchanté était redevenue réalité.

Sa voix apaisante emplissait Raimondo d'émotion. Faith était encore plus belle que dans son souvenir ; ses courbes sensuelles se devinaient sous son T-shirt étriqué et son jean moulant. S'il s'était écouté, il lui aurait saisi la main, dans le sable humide de la caverne, comme il l'avait fait alors en l'écoutant lui raconter la légende de la grotte.

Il se souvenait encore de la chaleur et de la douceur de ses doigts délicats entrelacés avec les siens. Comment était-ce possible ? Il aurait été bien en peine de l'expliquer.

Déjà, il regrettait de ne pas avoir prévu de rester plus d'une semaine en Australie.

Une semaine ne suffirait pas. Il l'avait su instantanément, en revoyant Faith. À cet instant, il avait eu la sensation de se réveiller d'un profond sommeil. Sans compter qu'elle avait peut-être un enfant de lui...

Faith... Faith et sa foi en la bonté humaine...

Il l'avait perdue mais peut-être allait-il la retrouver, dans cet univers de galeries souterraines et de lointains océans. Il avait oublié beaucoup de choses à son sujet mais il ne désirait rien tant que de les réapprendre.

Bien sûr, il devrait réorganiser la vie qu'il avait laissée derrière lui. Notamment, il serait moins présent aux côtés de son frère jumeau, qui n'existait plus que par le travail depuis qu'il avait perdu sa famille. L'existence bien remplie de Raimondo lui paraissait soudain beaucoup moins importante que la possibilité d'un avenir à Lighthouse Bay.

Mais chaque chose en son temps.

Tout à coup, il s'aperçut que la légende était terminée. La grotte demeura silencieuse, pendant ces quelques secondes après une histoire bien racontée. Puis quelqu'un posa une question, à laquelle Faith répondit avec amabilité avant de conclure :

— Vous pouvez maintenant rallumer vos lampes. Ceux d'entre vous qui se trouvent le plus près de la sortie, vous pouvez commencer à faire demi-tour. Je vous retrouve dans l'autre salle. Nos amis seront contents de nous revoir ! De retour à notre point de départ, je vérifierai que nous sommes au complet et vous serez libres de parcourir l'itinéraire aménagé. N'oubliez pas de déposer vos casques et vos lampes frontales à l'accueil.

— Et si on se perd ? lança le comédien.

— Aucun risque. Les lumières s'allument quinze minutes avant la fermeture. Vous saurez ainsi qu'il est l'heure de regagner la sortie. D'ici quatre heures.

Un sourire perçait dans sa voix ; le groupe éclata de rire.

— Je me suis habitué à l'obscurité, déclara quelqu'un, et son voisin pouffa.

Raimondo savait que Faith serait la dernière à quitter la caverne, au cas où quelqu'un paniquerait, alors il attendit avec elle.

Près de six ans depuis leur rencontre... Elle était si jeune, si fraîche, aussi attirée par lui qu'il l'était par elle – deux papillons de nuit envoûtés par la lumière. Dans le cocon de l'aéroport, les éléments déchaînés au-dehors, ils avaient cédé à la fascination d'un instant de folie sans lendemain, persuadés qu'il s'envolerait ensuite pour l'Italie et qu'elle regagnerait sa petite ville en bord de mer. Elle avait à peine vingt ans, il en avait vingt-huit, il aurait dû être plus avisé.

Ils avaient parlé de tout, stupéfaits de se découvrir autant d'affinités, tels deux amis d'enfance se retrouvant après une longue séparation. Comment était-ce possible, alors qu'ils vivaient aux antipodes ?

Ils s'étaient connus dans une vie antérieure, avait suggéré Faith, et Raimondo avait trouvé cette remarque si ridiculement délicieuse qu'il l'avait enlacée.

Elle avait posé la tête contre son torse, il l'avait serrée contre lui. Et ils s'étaient laissé porter par une situation dont le contrôle leur échappait.

Deux jours de pur bonheur. Jusqu'à l'appel de Dominico.

Le château de rêve dans lequel ils s'étaient réfugiés s'était subitement effondré.

Leur amour était impossible, avait-il dit à Faith en l'abandonnant seule chez elle.

Mais pas si seule qu'ils le pensaient alors...

3

Faith regarda les lampes frontales disparaître une à une dans le boyau, en regrettant de ne pas avoir prié Raimondo de prendre la tête de la file.

Elle essaya la télépathie.

Vas-y !

Hélas, il ne semblait pas capter le message, si bien que lorsque la dernière personne se fut engouffrée dans le noir elle rompit le silence :

— Après toi...

Sans un mot, il se mit à plat ventre et s'éloigna en rampant. Faith prit le temps de respirer à fond et de se ressaisir. Dans les bras de la terre, sur le sable soyeux des millénaires, elle retrouva très vite sa contenance.

OK, elle allait ramener tout le monde en sécurité sur l'itinéraire aménagé, puis elle pourrait parler à Raimondo. Sans obligation avant 13 heures, où elle devait aller chercher Chloé au jardin d'enfants, elle avait du temps devant elle pour découvrir les raisons qui avaient amené Raimondo à venir troubler son paisible univers.

Elle était curieuse de savoir ce que dirait sa tante quand elle lui annoncerait que le père de Chloé était là, avec quelques années de retard...

Vingt minutes plus tard, elle saluait le groupe, sa mission accomplie.

Le seul à ne pas vouloir s'attarder dans la grotte, Raimondo se dirigea avec elle vers la sortie. Elle glissa la main dans sa poche afin de ne pas effleurer ses doigts par mégarde.

À l'extérieur, elle s'immobilisa, sous un soleil éblouissant. Raimondo s'arrêta aussi. Elle planta son regard dans le sien.

— Puis-je savoir ce qui me vaut l'honneur de ta visite ? demanda-t-elle, très froide.

Il avait les yeux de la couleur du plus noir des cafés, insondables.

— J'ai appris que tu avais une enfant.

Comme il ne maîtrisait pas l'anglais à la perfection, il s'exprimait d'une manière désuète, que Faith avait trouvée charmante quand ils s'étaient rencontrés.

Mais d'où tenait-il cette info ?

— Je t'ai écrit, dit-elle sèchement. Deux fois, au début et à la fin de ma grossesse. Il y a cinq ans.

Le choc se peignit sur les traits de Raimondo mais, très vite, il afficha de nouveau une expression indéchiffrable.

— Je n'ai jamais reçu de lettre… *Madonna*…

— Elle s'appelle Chloé.

En silence, il scrutait le visage de Faith.

— C'est… ma fille ? murmura-t-il enfin.

— Non.

À dessein, elle marqua quelques secondes de pause avant d'ajouter :

— C'est *ma* fille, mais tu es son père biologique, en effet.

Alors que son cœur tambourinait, elle se félicita de parvenir à garder un ton très posé.

— Elle aura bientôt cinq ans. Elle s'appelle Chloé Fetherstone, dit-elle en se remettant en marche.

Il lui emboîta le pas et lui saisit le poignet. Elle se figea et baissa les yeux sur sa main.

— Lâche-moi, s'il te plaît. J'ai besoin d'une minute…

Elle n'était plus la jeune fille timide qui s'était si facilement laissé séduire par un bel homme de quelques années son aîné. Elle était désormais une mère qui élevait seule son enfant, une sage-femme expérimentée, la nièce responsable d'une femme qu'elle admirait et qui lui avait toujours apporté un soutien sans faille.

Elle soutint le regard de Raimondo et quand il la libéra, elle poursuivit son chemin.

Était-ce vrai qu'il n'avait pas reçu ses lettres ?

Avait-elle mal libellé les enveloppes ?

Elle en avait tellement déchiré, incapable de se résoudre à les poster.

— Où as-tu envoyé ces lettres ? demanda-t-il en la rattrapant, comme s'il lisait dans ses pensées.

Sachant seulement qu'il vivait à Florence, elle avait cherché son adresse sur Internet. Elle l'avait écrite tant de fois qu'elle se la rappelait encore par cœur. Elle l'énonça.

— Je t'ai écrit deux fois, à huit mois d'écart, précisa-t-elle. Mais je ne te demandais rien ! Je voulais seulement que tu sois au courant.

— Tu n'as pas trouvé bizarre que je ne réponde pas ? demanda-t-il, le visage de marbre.

— Bizarre n'est pas le mot que j'emploierais. Je dirais plutôt *choquant, écœurant, décevant.*

Elle haussa les épaules. Elle avait eu largement le temps de s'en remettre.

— Tu m'avais bien dit qu'on ne se reverrait pas. Je n'attendais rien de ta part. Je ne t'en veux pas de ta défection.

— Ce n'est pas une défection, se défendit Raimondo. Je suis désolé. C'est... difficile.

Faith eut un petit rire amusé. Ce n'était pas facile pour elle non plus de se retrouver face à l'homme dont elle était tombée enceinte à cause d'une stupide erreur de jeunesse.

— Je comprends... Prends le temps. Donne-moi ton casque et ta lampe, dit-elle devant la boutique de souvenirs. Je récupère mes affaires et on ira boire un café quelque part.

Elle était épatée par la fermeté de sa voix, alors que son

cœur battait à tout rompre et qu'une indescriptible confusion régnait dans son esprit.

Raimondo ne risquait-il pas de revendiquer des droits sur sa fille ? De chambouler leur paisible petit univers ?

Faith avait horreur de ne pas être maîtresse de la situation, même si son trouble ne se voyait pas.

Non. Raimondo ne changerait rien à sa vie, cette fois. Bien que seule, elle avait toujours été une mère exemplaire ; il n'avait pas à se mêler de l'éducation qu'elle donnait à Chloé. Si quelqu'un devait s'adapter, ce serait lui.

Quand elle ressortit du kiosque, il tournait en rond comme un ours en cage, et elle en éprouva une sorte de satisfaction, quand bien même elle avait conscience de l'état dans lequel il devait se trouver, si effectivement il n'avait jamais reçu ses lettres. Elle-même avait été horrifiée quand le test de grossesse s'était révélé positif. Cette journée demeurait la plus dure de sa vie ; elle n'était pas près de l'oublier.

Pour autant, ce n'était pas parce qu'elle compatissait qu'elle était disposée à se montrer clémente. Tout simplement, elle n'avait pas de place pour un homme dans sa vie. Sa tante serait sûrement du même avis. Isabel était une femme intelligente.

— Où est ta voiture ? demanda-t-elle à l'entrée du parking.

Elle avait l'habitude de garer la sienne à l'ombre d'un arbre.

Raimondo indiqua une Mustang Shelby noire, le plus luxueux des véhicules du parking, malgré la carrosserie poussiéreuse. Sans doute l'avait-il louée mais Faith n'était pas étonnée qu'il ait choisi le modèle le plus haut de gamme et le plus tape-à-l'œil, beaucoup trop opulent pour la région.

Elle avait mené sa petite enquête, sur Internet. Il appartenait à une famille extrêmement fortunée et extrêmement influente, à la tête d'un énorme laboratoire pharmaceutique. Elle avait déniché une photo de lui, aux côtés de son frère et d'un homme imposant bien qu'âgé, très certainement son grand-père – ils avaient tous les trois le même nez.

Ce n'était qu'un piètre réconfort mais elle avait songé qu'elle aurait été très intimidée par cette famille et qu'elle ne s'y serait pas sentie à sa place.

— Cette voiture te ressemble, dit-elle.

— Ah bon ?

— Elle respire l'argent et la puissance.

Il la dévisagea longuement, sans doute surpris de retrouver une femme aussi sûre d'elle à la place de la jeune fille naïve aux yeux remplis d'étoiles qu'il avait si facilement conquise.

À quoi s'attendait-il ? Des effusions de joie ? Une crise d'hystérie ?

— Il y a un petit café sur le front de mer, déclara Faith. Allons-y. On se rejoint là-bas.

S'il avait réussi à trouver Binimirr, il trouverait facilement le front de mer.

Pour l'instant, il était hors de question de l'amener chez elle ni de lui présenter Chloé. Ils devaient d'abord avoir une discussion en terrain neutre. Ensuite, elle aviserait...

Ironie du sort, elle s'était toujours dit que lorsque sa fille serait grande elle déciderait elle-même de prendre contact ou non avec son père. La question ne se poserait pas. Il était là.

— Je te suis, dit-il en lui effleurant la main. Quand pourrai-je voir notre fille ?

Elle ne releva pas le « notre », déjà mieux que « ma » fille.

— Pas tout de suite.

Le regard de Raimondo se durcit et le pouls de Faith s'emballa. Elle ne lui avait jamais vu une expression aussi déterminée, et elle prit conscience qu'ils avaient tous les deux mûri. Puis elle essaya de se mettre à sa place et se radoucit quelque peu.

— Bientôt, ne t'en fais pas.

Si tu te montres à la hauteur, pensa-t-elle, mais elle s'abstint de le dire à voix haute.

— Faith ! cria tout à coup Dianne en sortant précipitamment de la boutique.

Elle fit aussitôt demi-tour. Raimondo la suivit.

Le vieux monsieur en chemise et chaussures orange était étendu sur le plancher, le visage bleu. Dianne s'agenouilla près de lui et le secoua, puis elle ouvrit la trousse de secours dont elle s'était déjà munie.

— Il a titubé et il s'est écroulé, dit-elle, le regard paniqué. Je l'ai retourné sur le dos…

— Appelle une ambulance !

Faith s'accroupit auprès du vieil homme, lui inclina la tête et se pencha au-dessus de lui. Aucun souffle ne s'échappait de sa bouche ni de son nez.

— Il ne respire plus.

Raimondo s'approcha et entreprit aussitôt un massage cardiaque. Dieu merci, Faith et Dianne n'étaient pas seules pour attendre l'arrivée des secouristes.

Faith attrapa le masque de ventilation et le plaça sur le visage de la victime. Puis elle compta les compressions thoraciques effectuées par Raimondo. Au bout de trente, elle pressa le ballon d'oxygène.

Après quatre cycles, sans résultat, ils inversèrent les rôles.

— L'ambulance arrive, annonça Dianne en revenant au pas de course.

— Vous avez un défibrillateur ? demanda Raimondo.

Faith redressa la tête. Pourquoi diable n'y avait-elle pas pensé plus tôt ? Les chances de survie du patient diminuaient de dix pour cent de minute en minute. Le choc électrique devait être appliqué au plus vite.

Une fraction de seconde, Dianne dévisagea Raimondo d'un air absent, puis elle se ressaisit.

— Oui, bien sûr !

Et elle se rua sur l'armoire du DAE.

— Parfait. Vous pouvez lui administrer l'oxygène ? Je vais remplacer Faith au massage cardiaque. Elle s'occupera du défibrillateur.

Faith le gratifia d'un regard reconnaissant. Le massage cardiaque était épuisant, même si elle savait qu'il fallait garder les épaules à l'aplomb des mains, sur la poitrine de la victime. Déjà, elle commençait à fatiguer. Raimondo serait plus efficace.

Dès qu'il prit le relais, elle déboutonna la chemise du vieil homme. Par chance, il n'avait pas le torse trop poilu. Le courant électrique passerait sans qu'il soit nécessaire de le raser.

Sans perdre de temps, elle décolla la pellicule protectrice des palettes et les positionna sur la poitrine, une au-dessus du sein droit, l'autre juste sous le cœur.

Quand elle mit le DAE en marche, une voix automatique articula lentement :

— Interrompez le massage. Ne touchez pas le patient. Diagnostic en cours.

— Éloignez-vous, ordonna Raimondo.

En effet, les capteurs risquaient de mesurer le pouls des soignants. Faith et Dianne s'écartèrent.

Le défibrillateur pouvait sauver des vies, si la fibrillation était la cause de l'arrêt cardiaque. Souvent, un choc de plusieurs milliers de volts permettait de réinitialiser le courant électrique parcourant les cellules du cœur et de leur imposer ainsi de reprendre leur rythme normal.

— Si la machine dit qu'il faut choquer, éloignez-vous et ne le touchez surtout pas, expliqua Raimondo à Dianne. Après le choc, nous reprendrons le massage pendant deux minutes.

Faith croisa les doigts, en attendant le diagnostic.

— Je ne pensais pas me servir un jour de cet appareil, murmura Dianne d'une voix tremblante.

— Choc conseillé, indiqua la machine.

— Écartez-vous !

Surréaliste, pensa Faith. Le père de sa fille qui resurgissait dans sa vie, et qui l'aidait à réanimer un touriste… En cet instant, elle lui était infiniment reconnaissante de sa présence.

Le défibrillateur émit une série de signaux sonores et le corps du vieux monsieur tressauta, puis un gargouillis s'échappa de sa gorge, sa poitrine se souleva et dans un râle, il aspira une bouffée d'air. Ses paupières tressaillirent mais il avait toujours les yeux fermés.

Faith se tourna vers Raimondo.

— Merci, mon Dieu, murmura-t-elle, en même temps que Dianne.

— *Sì*, chuchota Raimondo, l'oreille tendue. Je crois que l'ambulance arrive...

En effet, la sirène se rapprochait.

— On le tourne sur le côté ? demanda Faith.

— Oui.

Le vieil homme marmonna quelque chose. Faith se pencha au-dessus de lui.

— Ça va aller, ne vous inquiétez pas. Vous avez fait un malaise mais ça va mieux. Les secouristes seront là dans quelques minutes. Ils vous conduiront à l'hôpital.

À grand-peine, il souleva les paupières, une main crispée sur la poitrine. La vue de Faith sembla le réconforter.

— Merci, dit-il faiblement.

— Détendez-vous. Les ambulanciers vous donneront de l'oxygène et des antalgiques.

— D'accord, souffla-t-il en refermant les yeux.

À l'évidence, il souffrait, et Faith n'aurait su dire si les douleurs étaient dues à l'infarctus ou si Raimondo lui avait meurtri les côtes.

Cinq minutes plus tard, l'ambulance était là et elle délaissa Raimondo pour faire un compte rendu aux secouristes, puis elle entraîna une Dianne blême et tremblante dans l'arrière-boutique, où elle lui prépara une tasse de thé. Sa patronne et amie n'était plus toute jeune. L'incident lui avait causé de vives émotions.

Faith était remuée, elle aussi. Les arrêts cardiaques n'étaient pas fréquents en obstétrique, Dieu merci, mais afin de pouvoir parer à toute éventualité, les sages-femmes suivaient chaque année un stage de réanimation. Elle était rassurée de constater qu'elle avait eu les bons réflexes.

— Quelle chance que ce médecin ait été là..., soupira Dianne.

— C'est sûr !

Faith savait que Raimondo était titulaire d'un doctorat de médecine mais elle pensait qu'il n'avait jamais travaillé que dans le laboratoire de sa famille. Néanmoins, il avait été aussi efficace qu'un médecin urgentiste. Elle l'interrogerait sur sa carrière professionnelle. En six ans, beaucoup de choses pouvaient changer.

— Une chance aussi que tu le connaisses, poursuivit Dianne. J'ai été impressionnée par son sang-froid. Mais heureusement que tu étais là, toi aussi. Sans vous, je ne sais pas ce que j'aurais fait...

Sa voix s'étrangla, et Faith lui saisit la main.

— Tu as été formidable, toi aussi. Ce monsieur a eu beaucoup de chance. Tu es allée chercher le défibrillateur, tu as appelé l'ambulance et tu lui as administré l'oxygène.

— À nous trois, on forme une équipe de choc !

— C'est le cas de le dire !

Raimondo avait néanmoins fait la différence, pensa Faith. Le massage cardiaque exigeait de la force. Sans lui, elle n'était pas certaine qu'elle aurait eu assez d'endurance. Du reste, sa simple présence avait été un réconfort.

L'ambulance repartie, il apparut sur le seuil de la porte. Faith fit une bise à Dianne.

— Je vais te laisser, si ça va.

— Ça va, ne t'en fais pas pour moi, dit Dianne en prenant une profonde inspiration. Eh bien... On se souviendra de cette journée...

— Oh oui..., murmura Faith.

— Vous avez été super, dit Raimondo à Dianne. Faith aussi, ajouta-t-il avec un geste en direction du défibrillateur, qu'elle avait entre les mains.

— Je remplacerai les palettes, à l'hôpital. Je le rapporte demain.

Raimondo adressa un sourire à Dianne, qui le lui retourna en rougissant légèrement.

— Merci, docteur, lui dit-elle avec respect.

Faith leva les yeux au ciel, soudain de nouveau préoccupée par les possibles conséquences du retour du père de Chloé.

— À demain ! lança-t-elle à son amie, et elle se dirigea vers le parking.

4

En traversant le parking à la suite de Faith, Raimondo ne la quittait pas des yeux. Grande et mince, elle possédait une grâce naturelle qu'il ne se lassait pas de contempler. Il avait été idiot de ne pas revenir plus tôt – doublement à cause de Chloé. Si seulement il avait su…

Dio ! Quelle journée ! En l'espace de quelques heures, il avait retrouvé Faith et pratiqué un massage cardiaque. Elle avait été formidable – mais il n'était pas étonné. Il la savait forte ; avec les années, elle l'était devenue encore plus.

Le vieux monsieur avait été conduit au centre hospitalier régional, car la petite clinique de Lighthouse Bay n'avait pas de cardiologue. Il avait eu une chance inouïe. D'ici quelques jours, Raimondo prendrait de ses nouvelles. Faith se soucierait sans doute aussi de lui. Par une sorte d'instinct, déjà, il composait avec elle.

Sa queue-de-cheval était défaite, ses cheveux bruns ondulaient en cascade dans son dos. Le soleil y faisait danser de subtils reflets roux. Raimondo sentait presque leur texture soyeuse entre ses doigts.

Mais ce n'était pas pour lui caresser les cheveux qu'il avait traversé le Pacifique, et il n'était pas raisonnable de laisser naître le désir.

S'il s'était enfin décidé à accomplir ce long voyage, c'était parce qu'il soupçonnait Faith de l'avoir volontairement exclu de la vie de leur enfant, une idée qui lui avait été tellement douloureuse qu'il avait sauté dans le premier avion.

Sans doute parce que au fond de lui il ne pouvait se résigner à croire que la Faith de ses souvenirs puisse agir de la sorte.

Plus il y pensait, plus il était persuadé que ses lettres avaient été interceptées par Maria. Perfide Maria, amère, orgueilleuse, éternelle insatisfaite. Son dernier coup bas. Hélas, en voulant jouer un mauvais tour à son mari, elle avait principalement causé du tort à Faith et à sa petite fille.

Sourcils froncés, Faith se retourna, comme si elle avait entendu ses pensées. Il convoqua un sourire et lui adressa un geste de la main. Elle devait à tout prix comprendre qu'il ne ferait rien qui puisse la contrarier. Elle se méfiait de lui et il la comprenait. Normal, il l'avait mise enceinte et n'avait pas répondu à ses lettres.

Dio !

Comme encouragée par son sourire, elle lui fit à son tour un petit signe avant de monter dans sa voiture. À la hâte, il déverrouilla sa portière, redoutant de la perdre de vue si elle démarrait sur les chapeaux de roues.

Exactement comme lorsque leurs regards s'étaient croisés, à l'aéroport de Sydney, il sentait qu'il devait obéir à son instinct. Cette femme avait quelque chose d'un corps céleste et il était irrésistiblement attiré dans son orbite.

Il s'installa au volant et mit le contact. Le moteur produisit un puissant ronflement. Oui, il s'était fait plaisir en louant ce modèle de sport, mais le choix n'était peut-être pas judicieux pour rouler sur la piste menant aux grottes de Binimirr.

Devant lui, la voiture de Faith laissait un nuage de poussière dans son sillage. Raimondo éprouvait toutefois une espèce de satisfaction primitive à savoir qu'elle ne risquait pas de le semer. Jusqu'à présent, néanmoins, elle n'avait pas cherché à l'esquiver.

Faith était telle que dans son souvenir. Plus belle, même. L'âge lui conférait davantage de personnalité. Il espérait seulement qu'elle était restée aussi pure, aussi sincère, malgré la situation délicate dans laquelle il l'avait laissée.

Involontairement, à cause d'un acte irréfléchi, il avait modifié son avenir, et cette enfant qu'il ne connaissait pas encore avait jusque-là grandi sans papa.

Tout en conduisant, il secoua la tête, furieux contre lui-même, inconsciemment prêt à écraser la pédale d'accélérateur s'il le fallait.

En tout cas, Faith n'avait eu aucune parole désagréable et n'avait manifesté aucune rancœur. C'était tout à son honneur. Raimondo ne connaissait aucune femme qui à sa place aurait été aussi généreuse et aussi honnête. Et il en connaissait beaucoup qui étaient loin de posséder cette grandeur d'âme.

Il était impatient de rencontrer sa fille.

En apprenant qu'elle avait un enfant, il avait mené sa petite enquête et vu qu'elle vivait toujours à la même adresse. Néanmoins, il avait préféré se rendre à la grotte, en se disant qu'elle ne pourrait pas l'éconduire en public.

De Florence, avant de réserver son billet d'avion, il avait téléphoné à l'accueil, afin de demander quels jours elle assurait les visites – Faith, cette jeune guide qu'il avait trouvée si intéressante lors de son dernier séjour à Lighthouse Bay !

Jusque-là, tout s'était bien passé. Maintenant, il allait bientôt faire la connaissance de la petite Chloé. Raimondo avait toujours rêvé d'avoir des enfants, mais Maria l'avait dégoûté du mariage...

À la pensée qu'il était père d'une fillette de cinq ans, il songea tout à coup qu'il n'en était peut-être pas digne.

Et si elle avait peur de ce grand type aux yeux noirs et à l'accent italien ?

Il n'avait pas l'habitude des enfants. De toute sa vie, il n'en avait tenu qu'un seul sur ses genoux : son neveu, qui hélas n'était plus aujourd'hui de ce monde.

Sa famille avait tout, excepté le plus précieux des trésors : une descendance.

À la mort de leurs parents, Raimondo et son frère avaient été confiés à leur grand-père, un homme austère, sévère, qui ne leur avait jamais témoigné d'affection. Certes, il les avait élevés, mais ce n'était que par devoir. Et au grand désarroi de Raimondo, son jumeau ressemblait de plus en plus à leur aïeul.

Et si Chloé voyait en son papa un homme comme leur grand-père ?

Raimondo tressaillit et ses mains se crispèrent sur le volant. Il avait confiance en Faith, elle l'aiderait. Mais d'abord, il devait lui prouver qu'il était animé des meilleures intentions. Elle désirait protéger sa fille, il le concevait, et il approuvait qu'elle veuille comprendre pourquoi il était là avant de le laisser la rencontrer.

Par ailleurs, lui-même devrait se poser des questions et y apporter des réponses. Notamment, jusqu'où souhaitait-il s'investir dans la vie de cette enfant ? Et qu'avait-il à offrir à cette nouvelle famille ?

5

Faith s'efforçait de ne pas trop regarder dans le rétroviseur et de se concentrer sur les virages de la piste menant à la route asphaltée de Lighthouse Bay. Derrière elle, la grosse voiture gardait ses distances mais il était clair qu'elle était dotée d'un moteur musclé.

Et que l'homme au visage fermé qui la conduisait avait l'habitude de piloter ce genre de véhicule.

Savait-il que ce serait elle qui guiderait la visite de la grotte ? S'était-il renseigné ?

Faith se posait des dizaines de questions, et elle n'aimait pas avoir été prise au dépourvu, car elle n'était pas sûre de ne pas tomber à nouveau sous le charme.

Quinze minutes plus tard, ils s'attablaient sur la terrasse du petit café en bord de mer. Galamment, Raimondo lui tira sa chaise, et elle fut troublée par cette attention désuète. Comme lors de leur première rencontre, il se comportait comme si elle était une fleur d'une grande délicatesse et d'une extrême fragilité.

Personne n'avait eu de telles attentions pour elle depuis… depuis Raimondo ! Et elle se sentait plus femme que cela ne lui était arrivé depuis longtemps.

Cela dit, si elle avait été en quête d'aventures, il était fort probable qu'elle n'aurait pas eu de mal à trouver des intéressés. Mais son rôle de mère et son métier de sage-femme ne lui laissaient tout bonnement pas le temps de rechercher la compagnie des hommes.

En tout cas, aucun autre que Raimondo n'avait jamais fait naître chez elle ces sentiments qu'il réveillait déjà.

Furieuse contre elle-même, elle avança sa chaise brusquement. Très calme, il prit place en face d'elle avec une nonchalance qu'elle lui enviait.

— Que pense ta femme de ce voyage en Australie ? demanda-t-elle d'un ton mordant.

Aussitôt, elle regretta toutefois cette agressivité gratuite. Heureusement, la serveuse vint prendre la commande.

Quand elle se fut éloignée, Raimondo garda les yeux baissés, en triturant nerveusement son set de table.

— Nous avons annulé notre mariage au bout d'un an, dit-il enfin, d'une voix posée où ne transparaissait aucun état d'âme. Nous avions respecté notre engagement légal, selon la volonté de mon grand-père. Nous n'étions pas obligés de persévérer.

Annulé ? Engagement légal ? Faith n'avait pas la moindre idée de ce à quoi Raimondo faisait allusion. Toujours était-il qu'il n'était plus marié.

Elle ne le voyait pas se contenter d'un mariage blanc, ni se marier pour faire plaisir à un aïeul. Celui qu'elle avait rencontré à l'aéroport était un homme impulsif, charnel, auquel elle s'était totalement abandonnée.

Embarrassant, d'ailleurs, quand elle y repensait...

Jamais elle ne regretterait sa précieuse Chloé, mais elle se mordait les doigts d'avoir succombé à un instant de folie et fait confiance à cet homme qui manifestement n'avait même pas été capable de rendre heureuse la femme pour laquelle il l'avait quittée.

Peut-être avait-elle eu de la chance, tout compte fait !

— « Annulé » signifie la même chose qu'ici, en Italie ?

Comment pouvait-on être marié sans avoir de relations sexuelles ?

— Je ne sais pas... Je ne connais pas la loi australienne... Mon grand-père désirait unir notre famille à une autre grande famille, afin que le laboratoire demeure sous contrôle des Salvanelli de Florence. Sans descendance, il serait revenu à un cousin de Rome. Sur son lit de mort, mon grand-père a émis la volonté que j'épouse Maria tant qu'il était encore en vie. Je te l'avais expliqué avant de partir.

— Effectivement tu m'as dit que ta vie était en Italie, qu'il s'agissait d'un mariage arrangé.

Ce qu'elle aurait préféré savoir avant de l'inviter chez elle. Le prince charmant était parti comme un voleur, sans un regard en arrière.

— Mais peu importe, ajouta-t-elle. Tu n'as donc jamais consommé ce mariage ?

Elle n'arrivait pas à y croire. Il arqua un sourcil amusé. Elle attendit sa réponse.

— Le mariage a été annulé parce que Maria était stérile. Elle le savait mais elle me l'avait caché. La seule chose à laquelle tenait mon grand-père, c'était que nous lui donnions une descendance. Puisque nous ne pouvions pas avoir d'enfant, nous pouvions nous séparer sans que je trahisse sa volonté.

Quelle horreur..., pensa Faith en se frictionnant les bras, soudain saisie de chair de poule. Comment pouvait-il évoquer aussi froidement la stérilité de sa femme ? Et dire qu'il était le père de sa fille... Elle avait eu de la chance, oui, qu'il se soit envolé pour l'Italie.

Comment son épouse avait-elle vécu cet affront ?

Faith n'était qu'un bébé lorsque son père avait quitté sa mère, mais elle n'avait pas oublié la profonde dépression que celle-ci avait traversée suite à cet échec.

— Ne me juge pas, dit Raimondo, comme s'il lisait dans ses pensées. Maria ne m'a jamais aimé. Elle est encore plus riche maintenant qu'elle ne l'était déjà et elle s'est remariée. Je ne lui souhaite que du bonheur.

— Très généreux de ta part.

— D'autant plus qu'elle était infidèle... Mais bref, ces histoires ne te concernent pas. Je suis en train de cracher mon fiel devant une femme que je connais à peine. Pardonne-moi.

Il paraissait contrit, et si sa moue n'avait été aussi sexy, Faith aurait certainement pouffé. Mais elle ne se laisserait pas amadouer, cette fois. La situation était différente.

— Il n'y a pas de mal, c'est moi qui t'ai posé des questions. Au moins, j'en sais un peu plus sur toi.

Enfin... Si peu.

— C'est vrai que tu n'as pas reçu mes lettres ?

— C'est vrai, oui. Désolé. Je pense savoir pourquoi.

— Ta femme ?

Il acquiesça de la tête, piteux.

— J'ai du mal à comprendre pourquoi Maria était si cruelle. Elle était amère de ne pas avoir d'enfant, elle me le faisait payer...

Raimondo marqua un instant de silence avant d'ajouter :

— Je suis navré de ne pas avoir été là quand tu avais besoin de moi.

Non, tu n'étais pas là, pensa Faith, mais elle comprenait pourquoi, à présent.

— Ma tante Isabel m'a beaucoup aidée. La sœur cadette de ma mère. On s'entend très bien, on habite ensemble.

— Besoin de personne, alors ? rétorqua-t-il avec un petit rire cassant qu'elle ne méritait pas.

— On se débrouille très bien, merci, murmura-t-elle, la voix légèrement tremblante, soudain saisie d'une infinie tristesse à la pensée du malheureux concours de circonstances qui avait privé sa fille de papa.

Raimondo aurait peut-être souhaité s'investir dans l'éducation de Chloé, et sans doute aurait-il été un bon père, même s'ils n'avaient pas vécu en famille... Sans doute aurait-il fait le maximum pour sa fille, malgré la distance géographique entre leurs deux pays.

— Parle-moi de la grossesse, de la naissance, des premières années de ta fille...

Au moins, il avait la décence de ne pas dire « ma » fille. Il essayait de se mettre à la place de Faith. Pour autant, elle ne devait pas trop se radoucir. Elle n'avait pas encore confiance.

Parler de Chloé... Par où commencer ?

— Elle est née ici, à la clinique de Lighthouse Bay. Une belle naissance dans l'eau. Le jour le plus extraordinaire de ma vie.

À ce souvenir, les larmes lui montèrent aux yeux. Jamais elle n'oublierait le poids du nouveau-né sur sa poitrine nue, son odeur, sa petite tête duveteuse, les petits bruits de sa respiration… L'immense joie procurée par le miracle de la naissance… La fierté d'avoir mis un enfant au monde.

Mais tout cela était trop intime pour qu'elle en fasse part à Raimondo.

— C'est bientôt son anniversaire. Elle aura cinq ans dans deux jours.

Le visage de Raimondo s'éclaira.

— Après-demain ?

— Le 17 novembre.

— Je pourrai le fêter avec vous ?

Elle n'avait pas le droit de l'en empêcher, malgré ses doutes et ses appréhensions, et elle était presque certaine qu'il ne créerait pas de problème, mais sait-on jamais ?

— Si tu veux, répondit-elle en le regardant dans les yeux. Et si Chloé est d'accord. Combien de temps comptes-tu rester ici ?

— Une semaine. Je me suis donné une semaine. Je repars vendredi prochain.

Elle pourrait s'accommoder de sa présence une semaine. S'il ne recevait pas subitement un appel de sa famille. Ah !

Elle pourrait se préserver une semaine.

Se protéger de cette alchimie, toujours palpable entre eux, quand bien même elle aurait pu se réfugier derrière un mur de brique. Ce qu'elle savait du reste très bien faire depuis la naissance de Chloé.

Dans sept jours, il repartirait et la vie reprendrait son cours. Elle l'espérait.

Naturellement, il était hors de question qu'il s'installe ici, et hors de question de le suivre en Italie.

Sans la quitter des yeux, il se renversa en arrière.

— Comment est-elle ? Cette petite fille que nous avons faite…

Il éludait le sujet de ce qu'il adviendrait après son départ, mais sans doute ne le savait-il pas encore lui-même. Et Faith adorait parler de sa fille !

— Elle est brune, plutôt grande pour son âge.

Comme toi, en version féminine, pensa-t-elle.

— Elle a les yeux verts, de longs cils.

— Comme toi, dit-il, un sourire dans la voix.

— C'est une petite boule d'énergie qui remplit la maison de gaieté. Entendre son rire, c'est connaître le bonheur d'être parent.

Aussitôt, elle se mordit la langue. Le cliché était malvenu.

— Pardon, dit-elle.

D'un geste de la main, il indiqua qu'il ne se formalisait pas.

— Tu l'aimes beaucoup...

— Plus que la vie.

À nouveau, elle regretta ses paroles, soudain saisie d'un vague malaise. Raimondo posa une main sur la sienne, lui causant un léger frisson.

— Je ne lui ferai jamais de mal, dit-il d'une voix très douce. Jamais.

Le regard rivé au fond de ses yeux, il lui caressa le poignet, et elle sentit une bouffée de chaleur l'envahir.

— J'espère que je peux te croire.

Un sombre pressentiment l'avait assaillie et refusait de la quitter.

— Où dors-tu ? demanda-t-elle en libérant sa main de la sienne.

— Dans la maison d'hôtes près de la clinique.

Du bras, il désigna la direction. Faith connaissait très bien cette petite pension de famille.

— C'est là que logent les médecins remplaçants.

— Ah oui ? Que devient la clinique que tu aimais tant ? enchaîna-t-il, comme s'il sentait qu'elle avait besoin de se ressaisir.

Effectivement, elle s'épanouissait tellement dans son métier qu'elle aurait pu en parler jusqu'à la nuit tombée.

— Elle s'est pas mal développée. Nous mettons une centaine de bébés au monde chaque année.

— Vous avez recruté des médecins ? Vous aviez du mal à en trouver, je crois, la dernière fois…

— Beaucoup de choses ont changé.

Ce n'était rien de le dire ! Elle-même était mère d'une petite fille. De nouvelles familles s'étaient installées à Lighthouse Bay. Elle avait un cercle d'amis merveilleux, qui ne cessait de s'élargir.

— La maternité ne tourne qu'avec des sages-femmes. Nous ne faisons appel aux médecins que pour les urgences.

— Je serais de trop, alors…

— Tu n'as jamais eu l'intention de travailler ici, de toute façon.

Un instant, Faith s'imagina côtoyer Raimondo au quotidien… Totalement inenvisageable !

— Je me suis remis à la médecine, depuis que je suis séparé de ma femme. Je fais des suppléances dans des dispensaires, des missions humanitaires. De temps en temps, mon frère délaisse le labo pour m'accompagner dans le tiers-monde.

À l'époque, déjà, il avait mentionné que l'industrie pharmaceutique n'était peut-être pas sa voie. Un bon point pour lui qu'il ait suivi sa vocation.

— Ce genre de travail m'apporte davantage de satisfactions, ajouta-t-il. Et Dieu sait que j'ai besoin de trouver un sens à ma vie… Dommage que Lighthouse Bay n'ait été qu'une toute petite parenthèse…

Rien ne l'aurait empêché de revenir après son divorce, pensa Faith. Ne serait-ce que pour voir s'il y avait entre eux quelque chose d'aussi spécial qu'elle le pensait.

Apparemment, il n'en avait pas éprouvé le besoin. Loin des yeux, loin du cœur… Cela dit, elle s'était très bien passée de lui.

— Raconte-moi encore ce qui a changé au fil des ans dans cette petite ville chère à ton cœur.

Elle ne savait pas trop ce qu'il avait en tête mais elle voulait bien se prêter au jeu. Surtout, elle préférait parler de n'importe quoi d'autre que d'eux et de Chloé.

— Ma chef, Ellie, s'est mariée. Mon amie Catrina aussi.

— Ah, Catrina ! s'exclama Raimondo avec un sourire en coin, et elle se demanda pourquoi. C'est grâce au mariage de

Catrina que je suis là, dit-il. Une collègue était invitée, une amie de la sœur de Sam. Elle était là aussi pour le mariage de Sam et Ellie. C'est elle qui m'a dit que tu avais une petite fille.

En effet, Faith se souvenait des amis de la sœur de Sam, tous deux médecins en Italie.

— Comment s'appelle ta collègue ?

— Francesca Moran. Quand elle m'a raconté qu'elle avait été invitée à un mariage à Lighthouse Bay, en Australie, je lui ai dit que je connaissais quelqu'un du nom de Faith qui habitait là-bas, et je n'ai pas pu m'empêcher de lui poser des questions.

— Ah oui ? répliqua-t-elle sèchement, en essayant de se rappeler si Raimondo avait rencontré Trina.

Non, ils avaient passé ces deux jours à faire l'amour dans son cottage et n'étaient sortis que pour aller visiter la grotte.

À ce souvenir, Faith sentit le rouge lui monter aux joues et détourna le regard. Pendant des années, elle s'était appliquée à le refouler. Si des images lui revenaient, elle risquait de passer quelques nuits blanches !

Heureusement, Raimondo ne sembla pas s'apercevoir de sa gêne.

— Elle se souvenait très bien de toi et de ta fille, trop mignonne, qui n'arrêtait pas de courir après le bout de chou chargé de porter le panier de fleurs.

— C'est ça, elle était chargée de surveiller Piper, la fille du mari de Trina, qui n'avait que deux ans. Elle est très responsable pour son âge.

La fierté de Faith amena un sourire sur les lèvres de Raimondo.

— J'imagine qu'elle est aussi posée que sa maman.

Posée ? Le dernier adjectif que Faith aurait employé pour se définir ! Pour l'heure, elle ne se sentait pas du tout posée !

— C'est pour ça que tu es venu ? demanda-t-elle.

— Oui.

Ce mariage remontait à plus d'un an...

— J'aurais pu être mariée et mère d'une famille nombreuse.

Toutefois, ce n'était pas le cas, et Raimondo n'y était pas pour rien.

— C'est vrai…, acquiesça-t-il, et son visage se rembrunit à cette pensée. Mais mon amie savait que tu n'avais pas de mari, et l'âge de Chloé concordait…

— Alors tu as traversé le globe…

— Oui.

Elle scruta son visage.

— Tu t'es d'abord… renseigné ?

— Comme tu dis, répondit-il, délibérément évasif, avec une expression indéchiffrable. Je te dois des excuses.

Les excuses ne servaient à rien, pensa-t-elle, mais elle avait décidé depuis longtemps de ne pas se laisser ronger par l'amertume. À quoi bon ressasser des idées négatives ? Chloé n'avait pas besoin d'une maman qui voyait la vie en noir. Telle avait toujours été sa philosophie et elle n'était pas près d'en changer.

— Tu as quelqu'un dans ta vie ?

Elle aurait pu répondre par l'affirmative, afin de se protéger de l'attirance que Raimondo exerçait toujours sur elle. Elle s'efforçait d'y résister, or elle était consciente qu'elle risquait de craquer… Mais elle avait horreur de mentir.

— Non. Pas en ce moment.

En vérité, à part Raimondo, elle n'avait jamais vraiment eu d'homme dans sa vie. Quelques petits copains à la fac, des amours de jeunesse qui n'avaient pas duré. Quant à son père, elle était si petite quand il avait quitté sa mère qu'elle n'en gardait quasiment aucun souvenir. Mais son histoire ne regardait pas Raimondo.

— Que des amis, dit-elle. Et les conjoints de mes amies. C'est mieux pour Chloé, ajouta-t-elle, éprouvant le besoin de se justifier, de crainte qu'il se fasse des idées. Je ne veux pas l'exposer aux aléas de relations éphémères.

Elle ne parvenait toujours pas à s'expliquer comment Raimondo avait fait tomber ses barrières, pourquoi elle avait amené cet étranger chez elle et lui avait ouvert son cœur. Et offert son corps… À croire qu'elle était vraiment une oie blanche !

Mais pas seulement. Elle avait agi sous l'emprise d'une sorte de magie. Et c'était justement ce qui la dérangeait.

Avec Raimondo, c'était comme si le monde baignait dans la poussière d'étoile. Comme sous un coup de baguette magique, Faith s'était sentie plus vivante que jamais, hypersensible à la beauté de tout ce qui l'entourait. L'admiration qu'il lui vouait avait créé comme une bulle autour d'elle, et elle la lui avait rendue au centuple.

Elle ne commettrait pas l'erreur une deuxième fois.

En regardant la mer, elle fronça les sourcils. L'océan semblait plus bleu que ce matin, les fleurs plus éclatantes, le bruit des vagues plus limpide.

Bien que moins puissante, la magie opérait toujours...

Raimondo avait traversé sa vie comme une comète : une collision explosive, à l'aéroport, spectaculaire, puis il avait disparu aussi soudainement qu'il était apparu.

Faith avait surmonté le sentiment d'abandon, mais elle ne voulait pas que Chloé en fasse l'expérience. Surtout pas.

Il n'y avait rien d'étonnant à ce qu'elle soit réticente à s'engager dans une relation. Ce n'était pas de l'amertume. Après s'être brûlé les ailes, tout simplement, elle se méfiait.

— Je préfère me consacrer pleinement à Chloé, poursuivit-elle. Au moins jusqu'à ce qu'elle entre à l'école primaire. Je verrai ensuite si j'ai envie de m'investir dans une relation de couple.

Raimondo fronça les sourcils, comme si elle avait dit quelque chose qui le dérangeait, puis le silence s'installa. Ce fut elle qui le rompit.

— Je ne me sens pas du tout seule. J'ai une vie sociale assez riche, beaucoup d'amis. Je me suis liée avec plusieurs familles dont j'ai mis les bébés au monde.

Il acquiesça de la tête.

— Bien... Donc ma visite ne perturbera pas Chloé.

Il se souciait de sa réaction. Du coup, n'était-ce pas juste dans l'intérêt de sa fille qu'il interrogeait Faith sur sa vie sentimentale ? Non, sûrement pas.

De nouveau, elle sentit ses joues s'enflammer et se maudit. Voilà comment il avait réussi à la charmer, autrefois, en se montrant attentionné, en lui témoignant de l'intérêt, en la traitant comme une princesse qu'il devait protéger des dangers du monde extérieur. Une attitude qu'elle n'avait jamais connue chez un homme.

Puis il avait reçu cet appel de son frère et soudain, elle ne comptait plus.

OK, elle savait à quoi s'en tenir. Un simple coup de fil et elle était devenue une quantité négligeable. Ce n'était pas sa faute, oh non… Mais c'était trop facile d'invoquer la famille.

Isabel avait toujours dit que la famille était sacrée pour les Italiens. Eh bien, Faith en avait une, elle aussi, et elle ne voulait pas que Chloé soit déçue par son père.

Par conséquent, elle ne se laisserait pas séduire, cette fois. Raimondo ne lui jetterait pas de la poudre aux yeux. Il devrait faire ses preuves. Elle serait vigilante. Si un drame familial l'appelait encore d'urgence à l'autre bout du monde, personne n'en souffrirait. Ni Faith, ni Chloé.

D'ailleurs, il faudrait lui expliquer tout de suite que son papa repartirait dans quelques jours.

— Personne dans ton entourage ne risque de trouver bizarre que je sois revenu ? demanda Raimondo.

Était-il étonné qu'elle n'ait personne dans sa vie ? La situation aurait été beaucoup plus délicate si elle avait été en couple.

— Tous mes amis sont mariés à des femmes que j'aime beaucoup. Cela dit, ma tante n'arrête pas d'insinuer que lorsque Chloé entrera en primaire ce serait bien que je trouve chaussure à mon pied…

— Aucun célibataire pour te faire la cour ? s'écria-t-il en regardant autour de lui avec un effarement exagéré. Les hommes sont-ils aveugles, ici ?

— Je me suis fait avoir une fois, rétorqua-t-elle froidement. Ça m'a servi de leçon.

— Je comprends…, bredouilla-t-il en baissant les yeux.

Ils avaient terminé leur café. Faith consulta sa montre. L'heure du déjeuner approchait.

— Je dois y aller. Je prends mon poste à 14 h 30.

À son tour, il jeta un coup d'œil à sa montre, le visage fermé, et de nouveau, le silence s'installa.

— Je ne travaille pas demain, dit enfin Faith.

Ni les deux jours suivants, mais elle se garda de le préciser.

— Si tu veux faire connaissance avec Chloé et ma tante Isabel, tu peux venir prendre le petit déjeuner avec nous, vers 8 heures. Ensuite, on ira à la plage. Chloé adore se baigner.

— Avec plaisir, je te remercie. C'est ta tante qui garde Chloé quand tu travailles ?

— Oui. Je ne sais pas ce que j'aurais fait sans elle. Ça aurait sûrement été très difficile.

À nouveau, Raimondo baissa les yeux.

— Elle est venue s'installer chez moi juste avant la naissance de Chloé, poursuivit-elle, davantage pour montrer sa gratitude envers sa tante que pour culpabiliser Raimondo. C'est la plus jeune sœur de ma mère, elle n'a que quinze ans de plus que moi, il ne reste que nous deux dans la famille. Elle a mis sa vie entre parenthèses pour Chloé et moi.

— Vous devez être très proches...

— Très, oui. L'an prochain, quand Chloé sera à l'école cinq jours par semaine, Isabel aura plus de temps pour elle et je reprendrai le travail de nuit. Une jeune auxiliaire du jardin d'enfants est d'accord pour venir dormir à la maison quand je travaillerai et que ma tante ne sera pas dispo. Je serai là le matin pour l'amener à l'école, et l'après-midi pour aller la chercher.

Raimondo secoua tristement la tête.

— Je suis désolé que ta vie soit aussi compliquée, à cause de mon irresponsabilité. J'ai une grande dette envers toi et ta tante.

S'il pensait l'acheter, il faisait totalement fausse route !

— Oh non ! Je ne suis pas la seule à avoir ce genre de planning, et ça pourrait être pire. Isabel est là, et j'ai des amies très serviables.

Raimondo parut décontenancé, mais il était hors de question que Faith lui réclame une quelconque participation financière.

— Je t'aiderai, dit-il. On verra comment on peut faire.

— Je n'ai besoin de rien, affirma-t-elle.

Les yeux rivés aux siens, elle garda le silence, avec une expression signifiant très clairement qu'il était inutile d'insister.

— À demain pour le petit déjeuner, alors ? dit Raimondo en se levant. Merci pour l'invitation.

— Tu te rappelles où j'habite ?

— Sur la falaise, à côté des fermettes. La maison de sirène au-dessus de la mer. Je me souviens.

— Je n'ai jamais été une sirène. Ta mémoire te joue des tours, répliqua-t-elle en riant.

— Crois-tu ? demanda-t-il en arquant un sourcil.

6

Faith arriva au jardin d'enfants en avance.

Occupée à coller un gros œil noir sur une boule blanche, la langue tirée, Chloé ne la vit pas arriver. La fillette assise à ses côtés lui chuchota quelque chose ; elle hocha la tête et ses deux couettes brunes tressautèrent mais elle demeura concentrée sur sa tâche.

Chloé était toujours entourée de petits camarades et Faith se demandait d'où elle tenait ce caractère si sociable.

De Raimondo, peut-être.

— Chloé, ma chérie... Je suis là...

— Maman !

Chloé courut se jeter dans les bras de sa mère.

— Ma maman est là, je m'en vais ! clama-t-elle à la ronde, afin que tout le monde sache quelle chance elle avait.

Tandis qu'elle rassemblait ses dessins et ses créations du jour, Faith croisa le regard amusé de la maîtresse et elles échangèrent un sourire.

Sur le parking, savourant la chaleur de sa petite main au creux de la sienne, elle écouta sa fille lui raconter gaiement sa matinée. Chloé était son rayon de soleil.

Au moins, elle aurait un peu de temps, avant de prendre son poste, pour se remettre de ses émotions.

Sitôt eurent-elles franchi la porte de son petit cottage sur la falaise que sa tante fronça les sourcils. Tatie Izzy, comme l'appelait Chloé, était observatrice et perspicace. Rien ne lui échappait.

Izzy débarrassa Chloé de son petit sac à dos et l'embrassa.

— Tu as des tranches de poire et du lait au frigo, ma puce.

De l'index, elle lui indiqua l'évier et le torchon, sans quitter Faith des yeux.

— Ça va ? lui chuchota-t-elle tandis que la fillette se lavait les mains.

Que répondre ? Faith s'était montrée solide comme un roc devant Raimondo. À présent, elle avait les jambes en coton.

— Raimondo Salvanelli est venu à la grotte, ce matin.

Les mots avaient une drôle de résonance, dans sa bouche. Isabel eut un geste indiquant qu'elle ne voyait pas de qui il s'agissait.

— Il n'était pas au courant... pour Chloé. Quelqu'un de sa connaissance était invité au mariage de Trina et lui a dit que j'avais une fille... Il a fait le voyage depuis Florence.

Les yeux d'Izzy s'élargirent.

— Le bel Italien de l'aéroport ? s'écria-t-elle. Le père de Chloé ? ajouta-t-elle à mi-voix.

Faith se laissa tomber sur le canapé, en regardant sa fille s'installer joyeusement à sa petite table avec son assiette de fruit et son verre de lait.

— Comment ça, il n'était pas au courant ? marmonna Izzy. Tu lui as écrit, deux fois.

Faith reporta son attention sur sa tante.

— Apparemment, il n'a jamais reçu mes lettres. L'adresse était pourtant la bonne... Son mariage a été annulé. Une longue histoire, je te raconterai. Il passera à la maison demain à 8 heures. Voir Chloé, ajouta-t-elle à voix basse.

— Qui c'est qui vient me voir ? demanda l'intéressée, qui mine de rien entendait tout.

Faith et Izzy échangèrent un regard.

— Un ami que maman n'a pas vu depuis longtemps. Il viendra prendre le petit déjeuner avec nous, demain matin.

— Il a des enfants, ton ami ?

— Pas encore. Mais je crois qu'il aimerait bien.

Izzy produisit un son inarticulé, en se détournant afin que Chloé ne voie pas son expression. Puis elle reprit très vite contenance.

— Cool ! Si tu veux aller te doucher..., suggéra-t-elle à Faith avec un coup d'œil à l'horloge murale. On s'occupe du repas, avec Chloé, pendant que tu te prépares. À moins que tu ne te sentes pas d'attaque pour le boulot ?

Il s'agissait d'une boutade davantage que d'une question. Il aurait fallu que Faith soit mourante pour qu'elle n'aille pas travailler !

— Ça va aller ! affirma-t-elle. Une douche m'éclaircira les idées, oui. Si tu entends des drôles de bruits, ne t'inquiète pas, c'est que je me tape la tête contre les murs...

Quelques minutes avant 14 h 30, Faith franchissait les portes vitrées de l'unité Mère-Enfant de la clinique de Lighthouse Bay.

Lorsque le monde basculait, Dieu merci, elle pouvait se réfugier dans le travail.

Le service semblait tranquille. Tant mieux, pensa-t-elle en rangeant son sac dans le vestiaire. Elle n'aurait pas eu la tête à un accouchement.

Des cris de bébé retentissaient au fond du couloir. Il y avait donc des patientes. Heureusement, ou elle aurait peut-être dû aller donner un coup de main dans un autre service, comme cela arrivait parfois quand il n'y avait personne à la maternité. Ce dont elle ne se sentait pas capable non plus dans l'immédiat, tant elle était préoccupée par le retour de Raimondo. Il y avait longtemps qu'elle n'avait pas été aussi stressée.

— Salut, Faith !

Ellie apparut sur le seuil d'une chambre, un bébé en pleurs dans les bras. Chef de service, Ellie préférait le contact humain aux tâches administratives dont elle avait la charge. Aujourd'hui, elle était rayonnante.

— Salut, Ellie. La matinée s'est bien passée ?

— Impeccable. Si ce n'est que ce petit monsieur ne veut pas comprendre qu'il faut se calmer, après manger. Mais j'ai la technologie : une nouvelle couche.

Faith lui adressa un sourire mais une angoisse l'assaillit soudain : la crainte de ne jamais connaître le bonheur d'une famille heureuse, comme Ellie.

Jamais elle n'avait eu de telles idées… La faute à Raimondo, qui avait crevé la bulle de sérénité dans laquelle elle flottait jusqu'à présent.

Sa chef était mariée à un obstétricien et tous deux étaient encore amoureux comme aux premiers jours. Sam exerçait au centre hospitalier régional et assurait parfois les urgences à Lighthouse Bay. C'était en partie grâce à ses suppléances que le nombre de naissances avait autant augmenté.

— Le père de Chloé est venu ce matin à la grotte.

Faith se plaqua aussitôt une main sur la bouche. Elle n'avait pas eu l'intention d'aborder ce sujet aussi abruptement. Que lui arrivait-il ?

Ellie fronça les sourcils.

— J'ai une confiance suprême en ta sagesse, ma chérie… Viens avec moi changer ce petit garçon. Ensuite, tu me raconteras tout.

Faith accompagna sa collègue jusqu'à la nurserie, un espace doté de plusieurs tables à langer, d'un fauteuil où les jeunes mamans pouvaient s'installer pour allaiter, et de grandes fenêtres laissant entrer le soleil.

Ellie déplia une serviette propre et y déposa le nouveau-né, qu'elle entreprit de déshabiller. Désireuse de se rendre utile, Faith attrapa des lingettes puis, en voyant l'étendue des dégâts, elle mouilla un gant de toilette et le tendit à Ellie, qui le prit en riant.

— Effectivement, je crois qu'il va falloir employer les grands moyens… Je te présente Jonathon, mis au monde par Maurine MacKay ce matin à 7 h 30.

— La petite Maurine ? s'exclama Faith.

Celle-ci mesurait à peine un mètre cinquante, et elle avait un physique de poupée.

— L'accouchement a été aussi facile que pour le premier ? Elle appréhendait...

— Comme une lettre à la poste ! En même pas une heure. Cette femme est épatante.

— Certaines sont faites pour avoir des enfants, bien que ça aide, sûrement, que son mari ne soit guère plus grand qu'elle !

— Sans doute... Pas de déchirure, pas d'hémorragie, elle se porte comme une fleur. Ce jeune homme pèse trois kilos, tout rond, un bon poids pour une maman d'aussi petit gabarit.

Faith fouilla un instant dans sa mémoire.

— Le premier était moins gros. J'ai hâte de la féliciter !

Déjà, sa tension commençait à se dissiper. Dans ce monde qu'elle aimait, elle puisait le réconfort et l'équilibre.

— Elle est impatiente de te voir, elle aussi, déclara Ellie en emmaillotant le bébé à présent propre. Ce bout de chou a déjà pris le sein deux fois, précisa-t-elle. RAS au niveau de la température ni de la respiration. Il va pouvoir faire un gros dodo, maintenant ! conclut-elle, penchée au-dessus du nouveau-né, placide, qui la dévisageait de ses grands yeux bleus. Je le ramène à sa maman. Fais chauffer la bouilloire et tu me raconteras ta matinée.

Lorsque Ellie quitta l'unité, son service terminé, et que Faith eut restitué le petit Jonathon à ses parents et son grand frère surexcité, elle se sentait de nouveau elle-même.

Elle s'était fait une raison : Raimondo était là, elle n'y pouvait rien mais elle essaierait d'en tirer le meilleur parti.

Mentalement, elle passa en revue les possibles bénéfices de cette visite inopinée.

Au moins, Chloé se souviendrait de Raimondo quand elle poserait des questions sur son papa. Et elle le connaîtrait déjà, si elle décidait un jour d'aller le voir en Italie, quand elle serait grande.

Raimondo pourrait lui écrire et peut-être, bien que Faith eût encore besoin d'y réfléchir, contribuer à ses études supérieures, s'il le souhaitait, car l'éducation était le meilleur cadeau que l'on puisse offrir à un enfant.

Elle ne pouvait le nier, il était toujours aussi attentionné, et d'après le peu qu'elle avait vu de lui aujourd'hui, elle lui faisait confiance : la rencontre avec Chloé se passerait très certainement pour le mieux.

Ils échangeraient des cartes de Noël, peut-être des coups de téléphone pour les anniversaires. Enfin, s'il y pensait, ce qui n'était pas gagné d'avance. Au moins, il serait présent pour les cinq ans de Chloé. Faith sortirait les albums de photos. Chloé se ferait une joie de les regarder encore et encore avec Raimondo.

Faith retirerait peut-être celles de la naissance, même s'il l'avait déjà vue nue...

Seigneur !

Histoire de penser à autre chose, elle entreprit d'établir les menus de la semaine, quand une voiture se gara devant le service. Une parturiente ?

Elle jeta un coup d'œil par la fenêtre.

La Mustang de sport noire...

Raimondo en descendit puis il la contourna pour ouvrir la portière du côté passager à une femme très enceinte, qui boitillait de la jambe droite.

Sans réfléchir, Faith s'empressa d'aller à leur rencontre, en prenant un fauteuil roulant dans le couloir.

— Accident de la route, déclara Raimondo.

En grimaçant et en se tenant le ventre, la femme s'appuya contre l'encadrement de la porte tandis que Faith approchait le fauteuil. L'accouchement semblait imminent.

— Faith, sage-femme, se présenta-t-elle.

En lui tenant le bras, Raimondo aida sa protégée à s'asseoir.

— Cynthia Day. Mon mari est blessé, il va partir en ambulance... Monsieur m'a dit qu'il était médecin et m'a proposé de me conduire à la maternité. J'ai des contractions...

— J'ai été témoin de l'accident, j'ai appelé l'ambulance, précisa Raimondo. Je ne pense pas que l'époux de madame soit grièvement blessé mais il était coincé dans le véhicule...

Le temps de le désincarcérer… J'ai pensé qu'il valait mieux amener cette dame ici sans tarder.

— Oui, oui, approuva Faith, puis elle se tourna vers la future maman. Le terme était prévu pour quand ?

— Dans quatre semaines.

Un prématuré, donc, mais rien de dramatique.

— Nous allons vous examiner, vous êtes d'accord ?

— Oui, bien sûr.

Faith fit pivoter le fauteuil et le poussa en direction d'une salle d'accouchement, sans émettre d'objections lorsque Raimondo lui emboîta le pas. Il était médecin, il pourrait peut-être se rendre utile.

— Vous êtes enregistrée chez nous ? s'enquit Faith.

— Non, je devais accoucher à Sydney.

— OK, nous ferons transférer votre dossier.

Elle en ferait la demande par mail, dès que Cynthia aurait signé le formulaire d'autorisation de communication des données médicales la concernant. Ou elle prierait une secrétaire de s'en charger. Sans doute serait-elle bien occupée.

— On était venus voir de la famille dans la région, soupira Cynthia. On rentrait chez nous. Mon mari a perdu le contrôle, il a fait un malaise. J'ai attrapé le volant mais je n'ai rien pu faire. On s'est encastrés dans un mur. L'avant de la voiture était complètement plié, mon mari ne pouvait pas sortir…

Un accident, même bénin, n'était jamais anodin pour un fœtus. Un simple coup de frein trop brusque suffisait même parfois à provoquer des traumatismes.

— Vous avez reçu un choc direct à l'abdomen ?

— Non. La ceinture m'a un peu comprimé le ventre, mais c'est tout.

Un décollement placentaire ou une hémorragie n'étaient toutefois pas à exclure.

— Vous rouliez vite quand l'accident s'est produit ?

— Non. John avait ralenti. Il avait dû se rendre compte qu'il n'était pas dans son assiette.

La femme se tourna vers Raimondo.

— Je suis si inquiète… Quand pensez-vous que vous pourrez avoir de ses nouvelles ?

— Bientôt, répondit-il.

— Le Dr Salvanelli nous tiendra au courant, assura Faith, contente qu'il soit là.

En soutenant chacun Cynthia par un bras, ils l'aidèrent à s'installer sur la table d'examen, le dos calé contre des oreillers.

— Merci, dit-elle à Raimondo. Je vais appeler une infirmière, elle ne devrait pas tarder. Tu peux rester à l'accueil, au cas où j'aurais besoin de toi, le temps que mes collègues arrivent ?

— Bien sûr.

— Super. Tu pourras appeler les ambulanciers. Tu as le numéro en rouge juste à côté du téléphone. Ils te donneront des nouvelles si tu leur expliques qui tu es, ou ils te rappelleront. Dis-leur que Cynthia est là.

— *Sì*.

Du poste de la salle d'examen, Faith composa le numéro de la responsable de l'unité. Le combiné coincé entre l'épaule et l'oreille, elle souleva le champ qui protégeait le chariot de réanimation néonatale, qu'elle avait vérifié une demi-heure plus tôt, si bien qu'elle savait que tout était prêt, au besoin.

Au cas où, elle alluma aussi le chauffage.

— Allô ! répondit la responsable.

— Bonjour, c'est Faith, de la maternité. Nous avons une entrée imprévue, une dame qui a eu un accident de la route. Elle va bien mais elle a des contractions. Tu peux m'envoyer une infirmière pour me seconder, s'il te plaît ? Et appeler le Dr Southwell. Je pense qu'elle va accoucher. Elle a eu la chance qu'un médecin soit présent sur les lieux. C'est lui qui l'a conduite chez nous. Tu diras à l'infirmière de ne pas être surprise de le trouver à l'accueil. Je t'expliquerai.

Un instant plus tard, elle remerciait sa supérieure et raccrochait.

— OK, Cynthia, je vais vous ausculter et écouter le bébé. Raimondo viendra dès que possible nous donner des nouvelles de votre mari.

Cynthia hocha la tête, très pâle contre les oreillers blancs, le regard inquiet, les deux mains sur le ventre.

— Aïe... Encore une contraction...

Faith était ennuyée. Elle ignorait tout des antécédents de la patiente. L'infirmière réclamerait le transfert du dossier sitôt qu'elle serait là mais, pour l'heure, Faith devait s'en passer.

Après s'être lavé les mains, elle revint près de Cynthia en se les séchant dans une serviette en papier, puis elle inclina le lit en position allongée. La patiente assise, elle n'aurait pas pu se faire une idée assez claire du placement du fœtus in utero.

— C'est votre premier enfant ? demanda-t-elle en palpant délicatement le ventre de Cynthia.

À l'évidence, non, à en juger d'après ses vergetures. Les mains de part et d'autre de l'abdomen, elle effectua la première des manœuvres de Léopold.

— Je vous fais mal ?

— Non.

Parfait. Vraisemblablement, l'accident n'avait pas causé d'hémorragie. Et la hauteur utérine correspondait aux trente-six semaines de grossesse. Toutefois, le bébé ne bougeait pas.

— Oh non, ce n'est pas le premier ! C'est mon quatrième. En cinq ans.

— Waouh... Félicitations. Vous faites toute jeune pour avoir quatre enfants. Je n'en ai qu'un et je parais beaucoup moins fraîche que vous.

Cynthia esquissa un faible sourire.

— Je reviens d'une semaine de vacances, je suis reposée. Je crois qu'il veut sortir..., ajouta-t-elle en portant les mains à son ventre.

Faith jeta un coup d'œil à la pendule. Deux minutes seulement depuis la dernière contraction.

— Pas de complications lors de vos précédents accouchements ? Césarienne, forceps, hémorragie ?

— Non, apparemment, je suis faite pour faire des bébés.

— Très bien, murmura Faith avec un sourire.

Elle écouta le cœur du fœtus, et le visage de la mère s'éclaira quand elle entendit les battements réconfortants, puis une grimace lui déforma les traits.

— Oups... Je perds les eaux, je crois...

Faith vérifia : une petite perte de sang. Du coup, elle redressa Cynthia en position assise.

— J'aimerais que John soit là..., bredouilla celle-ci d'une voix tremblante.

À l'arrivée de l'infirmière, Faith étouffa un soupir de soulagement.

— Tu arrives pile au bon moment. Tu peux me passer un kit d'accouchement, s'il te plaît ? Et appeler pour savoir dans combien de temps le Dr Southwell sera là ? On a besoin de lui.

Faith ne faisait pas souvent appel à un médecin mais là, la mère avait été victime d'un accident susceptible d'avoir entraîné une rupture placentaire.

— Si tu pouvais aussi demander au Dr Salvanelli de se tenir juste derrière la porte, au cas où j'aurais besoin de lui, tant que Southwell n'est pas là...

L'infirmière acquiesça et s'éclipsa prestement, après avoir approché le chariot de réanimation. Cynthia respirait lourdement. Faith repoussa le drap dont elle l'avait couverte.

— Vous permettez que je vous retire votre culotte ?

Le sommet du crâne du bébé apparaissait déjà.

— Il faut que je change de position, gémit Cynthia.

Et sans attendre de réponse, elle se mit à genoux. Faith empila les oreillers devant elle, afin qu'elle puisse y prendre appui. Les choses se précipitaient. Le transfert du dossier devrait être remis à plus tard.

La poche des eaux était intacte, si bien que l'on apercevait la tête et les cheveux du bébé au travers d'une membrane blanchâtre.

— On dirait qu'il veut sortir avec la poche...

— Les trois premiers ont fait pareil. On dit que c'est signe de bonne fortune.

Faith adorait ces dictons de grand-mère et, surtout, elle

adorait les femmes sans complication, comme Cynthia, qui mettaient leurs enfants au monde sans aucune aide.

— Allez... allez..., maugréa Cynthia en poussant.

Après avoir rapidement progressé, la moitié de la tête déjà sortie, le bébé avait maintenant cessé de descendre.

Faith jeta un coup d'œil vers la porte, rassurée de savoir Raimondo prêt à intervenir, mais pour l'instant, elle n'avait pas besoin de lui.

L'infirmière revint avec un set d'injection.

— Super, la félicita-t-elle. Je te paierai un brownie pour cette initiative. Des nouvelles du Dr Southwell ? demanda-t-elle tout en surveillant la patiente.

— Ils ont mis un moment avant de le joindre mais il arrive.

— Ouf. Merci.

— Il est coincé, haleta Cynthia, affolée. Je peux me mettre accroupie ?

Faith hésita. Avec une cheville foulée ou cassée, la position serait difficile à tenir.

— Ça ne vous ennuie pas que j'appelle le Dr Salvanelli ? Il vous soutiendra, le temps que ma collègue finisse d'installer le matériel.

— Oui, oui, d'accord !

— Raimondo ! appela Faith.

Il apparut presque instantanément et ils abaissèrent le lit au plus près du sol, puis aidèrent la patiente à se rapprocher lentement du bord et attendirent la contraction suivante.

Une minute plus tard, elle déplia la jambe gauche et poussa un petit cri. Tout le monde se figea.

— Il a bougé, je crois ! Je vais m'accroupir. C'est comme ça que mes trois premiers sont nés.

Cette fois, seulement, sa jambe droite risquait de ne pas supporter son poids. Faith et Raimondo échangèrent un regard, au-dessus de sa tête.

— Écoutons la mère, dit-elle.

Il approuva de la tête, puis il plaça les mains sous les aisselles de la parturiente.

— Je vous tiens. Levez-vous, tout doucement… Et laissez-vous aller, vous ne risquez rien… Voilà…

Avec son aide, Cynthia descendit précautionneusement du lit et fléchit les genoux pour se placer en position accroupie.

— C'est mieux… Bien mieux…

Faith s'empara de la serviette chaude que lui tendait l'infirmière.

Raimondo serait trempé si la poche des eaux se rompait…

Juste au moment où cette pensée lui traversait l'esprit, un flot de liquide amniotique se répandit au sol et éclaboussa les chaussures de Raimondo. Faith se mordit la lèvre pour réprimer un sourire et se concentrer sur la suite des opérations.

La position accroupie favorisant la descente, l'épaule du bébé se dégagea et il glissa doucement dans la serviette au creux des mains de Faith, entortillé dans le cordon ombilical.

— Une petite fille ! annonça-t-elle.

L'infirmière cliqua sur le minuteur. Cynthia chancela, soudain blême.

— Il faut que je m'allonge…

Raimondo s'empressa de l'aider et lui cala un oreiller derrière le dos, un autre sous la tête. L'infirmière la couvrit d'une couverture tandis que Faith séchait le nouveau-né, dans l'attente de son premier cri.

Toujours attaché à sa mère, le bébé demeurait silencieux, immobile. Faith coupa le cordon.

— Je l'emmène au chariot pour l'ausculter, dit-elle à la maman. Ne vous inquiétez pas, elle doit être un peu sonnée par cette sortie exprès…

L'infirmière prit sa place au chevet de la mère et lui tapota gentiment le bras.

— Tout va bien ? Vous n'avez pas froid ? Si vous avez besoin de quoi que ce soit, n'hésitez pas.

Raimondo rejoignit Faith qui frictionnait le bébé sur le chariot de réanimation, sous le chauffage réglé au maximum. Dès qu'elle eut terminé, il prit le stéthoscope et écouta le cœur du nouveau-né. Après un coup d'œil à l'horloge, Faith s'empara du masque de ventilation.

— Pression positive des voies respiratoires à trente secondes.

— Cent dix de fréquence cardiaque, annonça Raimondo en s'écartant afin que Faith puisse placer le masque transparent sur la bouche et le nez du bébé.

Sa poitrine se souleva lorsqu'elle lui insuffla de l'oxygène. Raimondo posa le capteur de l'oxymètre sur la minuscule main blanche. Faith se tourna vers Cynthia.

— Le rythme cardiaque est correct, la rassura-t-elle. Elle cherche juste à comprendre comment respirer.

— De notre côté, RAS, pas d'hémorragie, déclara l'infirmière.

— Parfait.

Au bout de trente secondes de ventilation, les petits membres du nouveau-né commencèrent à remuer. Raimondo surveillait sa fréquence cardiaque sur l'oxymètre. La respiration demeurait inefficace, mais l'oxygène fourni par Faith prévenait toute aggravation.

— Je recommence un cycle de trente secondes !

Elle était inquiète. Le bébé aurait dû être capable de respirer par lui-même.

— Tu veux bien regarder si les voies respiratoires ne sont pas obstruées ? demanda-t-elle à Raimondo.

Il acquiesça et poursuivit la ventilation tandis que Faith montait un laryngoscope.

L'absence de respiration spontanée pouvait être due à une simple obstruction, puisque le rythme cardiaque était bon. Mais le bébé avait subi un choc, dans l'accident, et il était né avant le terme. Une lésion n'était pas à exclure.

La présence de Raimondo n'était certainement pas légale mais Faith s'en réjouissait. Que fabriquait le Dr Southwell ?

Elle reprit la ventilation et donna le laryngoscope à Raimondo. Délicatement, il inséra la lame munie d'une source lumineuse dans la gorge du bébé, avec une aisance qui impressionna Faith.

— Un petit caillot sanguin dans la trachée, dit-il. Il doit

bloquer le passage de l'air dès qu'on arrête de ventiler. Aspirateur ? demanda-t-il en tendant la main.

Faith lui passa la sonde qu'elle avait déjà préparée. Il l'introduisit dans le larynx, puis pinça le mécanisme d'aspiration. Avec un bruit de succion, le caillot remonta dans le tube transparent, pour le plus grand soulagement de Faith, qui ne possédait pas les compétences pour accomplir ce geste.

— Alors, ça va mieux ? demanda Raimondo au bébé en lui caressant le front.

Le nouveau-né se mit à pleurer. L'urgence était écartée.

— Merci, chuchota Faith à Raimondo en croisant son regard.

Et lorsqu'il lui sourit, elle se sentit en parfaite communion avec lui.

7

Raimondo sentait une connexion entre Faith et lui comme si un lien physique les unissait. Quelque chose d'incroyable... En la regardant confier le nouveau-né à sa mère, il songea qu'il venait de vivre un instant inoubliable, dont il chérirait le souvenir à tout jamais.

Les premières minutes de la vie d'un enfant, un moment si précieux... Si seulement il avait pu être là lorsque sa fille était venue au monde...

Mais les regrets ne servaient à rien. Il revint au présent. Faith s'était montrée extrêmement compétente et extrêmement attentionnée envers la jeune maman. S'il n'en attendait pas moins de sa part, il éprouvait toutefois une émotion qu'il avait du mal à cerner...

De la fierté ? De l'admiration ? Non... Plutôt, tout simplement, le plaisir de l'avoir aidée, d'avoir partagé sa tension, la satisfaction d'avoir été présent quand elle avait besoin de lui, ainsi qu'une certaine gratitude.

À présent, cependant, il était évident que Cynthia avait besoin d'intimité.

— Félicitations, lui dit-il. Je vais réessayer de joindre le service ambulancier. J'annonce l'heureuse nouvelle à votre mari ?

— Oh ! oui, s'il vous plaît ! Et revenez vite me dire comment il va !

— Bien sûr, acquiesça-t-il en s'éclipsant.

Dans le couloir, il croisa un homme en blouse blanche,

stéthoscope autour du cou, d'un certain âge, qui boitait légèrement. Le médecin que Faith attendait. Il ne voulut pas lui faire perdre de temps en l'interceptant.

Une quinzaine de minutes plus tard, l'infirmière le rejoignit à l'accueil, si bien qu'il put lui donner des nouvelles du mari de Cynthia. Et il décida de prendre congé. Faith aurait sans doute une montagne de démarches administratives à effectuer, après cette naissance non programmée. Il la verrait le lendemain.

Aujourd'hui, il devait trouver un pied-à-terre à Lighthouse Bay, car il pressentait qu'il souhaiterait y revenir le plus souvent possible.

Le lendemain matin, Raimondo gravissait le chemin de la falaise, en direction de la petite maison à gauche des trois fermettes perchées au-dessus de Lighthouse Bay. À droite, sur la colline surplombant la clinique, le phare blanc se découpait dans un ciel radieux, signe de bon augure.

Tant de choses allaient se jouer ce matin : l'avenir de Raimondo, pour ainsi dire, ainsi que celui de sa fille, et celui de Faith, bien sûr. Un avenir commun, peut-être...

Et dire qu'une semaine auparavant il ignorait totalement qu'il était père d'une petite fille !

La veille, encore, il ne se doutait pas que ses sentiments pour Faith étaient toujours aussi vivaces. Cette femme qui avait élevé seule son enfant et qui pourtant lui avait pardonné, pour que sa fille ne pâtisse pas de son amertume.

Un arc-en-ciel éclairait soudain l'horizon de Raimondo. Sa vie était peut-être sur le point de changer du tout au tout ! Il ne devait surtout pas commettre d'impair, au risque d'anéantir ce nouvel espoir.

Faith devait comprendre qu'il était digne de confiance et qu'il mettrait un point d'honneur, comme elle, à ne jamais faire souffrir leur enfant.

Un caillou glissa sous sa semelle et il ralentit le pas.

Il aurait pu prendre sa voiture, une route menait jusque-là, mais il avait préféré venir à pied, histoire de respirer et de se détendre, après une nuit blanche à appréhender la journée du lendemain.

Il avait également beaucoup repensé à l'épisode de la clinique, heureux de cette opportunité de voir Faith dans son environnement professionnel et d'avoir partagé ces instants privilégiés avec elle.

Dans l'euphorie, il avait fait ensuite un achat peut-être impulsif…

À la lumière du matin, il contempla sa nouvelle acquisition, une vieille maison à deux pas de chez Faith, en très mauvais état mais dotée d'un indéniable cachet. Il avait vu l'offre de vente dans la vitrine d'une agence immobilière, en sortant de la clinique.

Acheter un bien immobilier dans un pays étranger impliquait un certain nombre de démarches, qui avaient contribué à son insomnie. Mais au moins, en pensant à ces choses-là, il oubliait momentanément de redouter la rencontre avec sa fille.

Si Chloé savait que son père avait acheté une maison près de chez elle, peut-être comprendrait-elle qu'il désirait faire partie de sa vie. Faith aussi, du reste. Il l'espérait.

Tant de choses se bousculaient dans son esprit et il était si anormalement stressé qu'il s'était levé à l'aube pour aller faire un jogging sur la plage. Le sable blanc sous ses pieds nus ne ressemblait en rien aux galets des plages de la côte amalfitaine, où sa famille possédait une résidence de vacances. Tout semblait lui rappeler qu'il était étranger à ce lieu d'une beauté saisissante.

Il avait couru jusqu'au bout de la baie, en forme d'un parfait croissant de lune. À son retour, la marée était montée, si bien qu'il avait dû traverser des cuvettes rocheuses remplies d'eau et de petits poissons. Le bord de mer était presque désert ; il avait savouré une solitude qu'il ne connaissait pas, dans les rues noires de monde de Florence.

L'Australie était si différente de l'Italie ! Deviendrait-elle son pays d'adoption ? La réponse ne tenait qu'à celles qui occupaient le petit cottage devant lequel il était enfin parvenu.

Le cœur tambourinant, il fut soudain saisi d'une bouffée de chaleur. Faisait-il déjà aussi chaud, de si bon matin ? Ou était-ce l'anxiété ?

Et si Faith s'était ravisée, dans la nuit, qu'elle refusait de le laisser entrer ?

Si sa fille se mettait à hurler en le voyant ?

Si elle était terriblement déçue par ce père qu'elle n'avait jamais vu ?

— Calme-toi, Raimondo..., s'enjoignit-il à voix haute.

Dans la poche, il avait une petite poupée en costume italien traditionnel, achetée à l'aéroport sur un coup de tête, enveloppée dans du papier cadeau. Son attention avait été attirée par une fillette à peu près du même âge que Chloé, fascinée par le tablier rouge et le foulard de paysanne de cette petite bonne femme.

Ce modeste présent amènerait peut-être un sourire sur le visage de Chloé. Ce qu'il désirait plus que tout au monde. Un sourire de la part d'une enfant qui serait peut-être bientôt le rayon de soleil de sa vie.

Si elle le voulait bien.

Si sa maman le voulait bien.

Si elles l'acceptaient dans leur monde.

La porte s'ouvrit et Faith apparut, tel un tableau de la Renaissance, avec ses longs cheveux bruns ondulés, dans la lumière du matin entrant à flots par la fenêtre. Ébloui, Raimondo oublia un instant la raison pour laquelle il était là. Cette femme lui coupait le souffle.

— Tu es superbe..., dit-il, d'un ton suave mais sincère.

— Merci..., bégaya-t-elle en rougissant, telle une écolière. Merci pour hier, aussi, ajouta-t-elle. Grâce à toi, nous avons évité deux drames.

— Je t'en prie.

— Désolée pour tes chaussures...

Ils se sourirent.

— Bah… Pas de mal. Un coup d'éponge, une douche, et les dégâts étaient réparés.

— Entre. J'ai dit à Chloé qu'on aurait la visite d'un ami d'Italie, ce matin.

Raimondo s'efforça de ne pas montrer sa déception. Il aurait tant aimé être annoncé comme le papa de la petite. Il comprenait, toutefois, que Faith veuille ménager sa fille. Ce n'était pas sa faute à elle s'il n'était qu'un inconnu pour Chloé. Il fallait laisser du temps au temps.

En s'avançant dans la maison, il regarda autour de lui. Où donc était Chloé ?

Une femme d'une quarantaine d'années, grande, les cheveux au carré, aussi brune que Faith, se tenait sur le seuil de la cuisine et l'observait de ses yeux verts, avec un sourire amical qui le tranquillisa. La tante de Faith aurait pu être mal disposée à son égard, il aurait mérité son hostilité.

— Izzy, voici Raimondo. Raimondo, ma tante Isabel.

— Enchantée…

Elle lui serra la main chaleureusement. Il se permit de l'embrasser.

— Ravi de vous rencontrer. Merci pour votre accueil.

Soudain, Chloé surgit dans le couloir. Sa fille. La ressemblance était frappante, mais elle avait les yeux de Faith.

— *Mia cara bambina…*, murmura-t-il, profondément ému.

Elle ressemblait aussi à sa chère *mamma*, une jeune femme d'une grande beauté, à en juger d'après le portrait qu'il avait fait encadrer.

Privé de voix, il avait l'impression que deux mains lui broyaient le cœur.

Chloé était plus grande qu'il ne l'imaginait, et plus curieuse qu'il n'espérait. La tête inclinée, elle l'examinait avec intérêt. Puis elle lui tendit la main, avec des manières de princesse.

— *Buongiorno*, dit-elle avec l'accent australien.

— *Buongiorno, piccolina*, répondit-il en riant.

Faith baissa la tête en se mordant la lèvre. Il était clair qu'elle n'était pas aussi sereine qu'elle voulait le laisser paraître, et

Raimondo la comprenait. Pendant cinq ans, elle avait élevé sa fille seule et voilà que le père débarquait, un père dont elle ne savait quasiment rien et avec qui elle n'avait pas forcément envie de partager son enfant.

— Elle voulait apprendre à dire « bonjour » en italien, déclara-t-elle fièrement. On a répété, ce matin.

— Très bonne prononciation ! Je ne m'y attendais pas... Je suis impressionné. Merci d'avoir appris un mot pour me saluer.

Raimondo espérait de tout son cœur ne pas avoir vexé la fillette en riant. Son cœur allait exploser. Chloé était aussi belle que sa maman. Et que sa grand-mère paternelle. Était-il digne d'une telle bénédiction ?

— Pas de quoi, répondit-elle avec sérieux. Maman a dit que tu vas prendre le petit déjeuner avec nous et qu'on ira tous à la plage. On a préparé du café avec la machine à café. J'ai aidé à faire de la mousse sur la tasse.

— Waouh ! Merci !

Raimondo croisa le regard de Faith. Elle paraissait très calme, alors qu'il avait le cœur qui battait la chamade. Dès l'instant où il reporta son attention sur Chloé, il vit toutefois Faith tripoter nerveusement son collier de perles. OK, peut-être pas si sereine...

Lui-même était partagé entre la fierté, la joie et le regret de n'être là que pour si peu de temps. Mais il avait tout de même une semaine devant lui, une semaine pour apprendre à connaître sa fille et tenter de nouer de nouveaux liens avec celle qu'il avait si cruellement déçue.

La tante de Faith lui indiqua la table.

— Vous prenez des viennoiseries pour le petit déjeuner ? s'enquit-elle en désignant un alléchant assortiment. Il y a du beurre et de la confiture. Ou je peux vous servir un bol de céréales, comme nous, si vous préférez. Aujourd'hui, on finira par un croissant ! ajouta-t-elle à l'attention de Chloé.

— *Grazie*, balbutia Raimondo.

— Avant de s'installer avec nous, Izzy a beaucoup voyagé, déclara Faith. Elle nous a raconté que le petit déjeuner était le seul moment de la journée où on pouvait boire du cappuccino sans qu'on se moque de vous, en Italie. C'est vrai ?

— Tout à fait, répondit-il. Il n'y a que le matin qu'on met du lait dans le café. Le lait est trop riche pour l'après-midi. Je prendrai un croissant, Izzy, ils sont très appétissants. Merci.

Après quelques secondes de gêne, Faith invita tout le monde à s'asseoir.

Elle avait changé, depuis leur rencontre, quelques années plus tôt... Tout aussi charmante, elle était plus sûre d'elle, elle avait mûri. Trouvait-elle Raimondo vieilli ?

Dans le fond, peu importait. L'essentiel était la petite fille qui se dandinait d'un pied sur l'autre, en essayant de comprendre ce qui se passait. L'essentiel était de faire prendre conscience à Faith qu'il était dans l'intérêt de Chloé que son papa soit présent dans sa vie.

— Allez, à table ! dit-elle gaiement. Après le petit déjeuner, nous irons à la plage. Tu as décidé si tu venais avec nous, Izzy ?

— Non, j'irai faire un saut chez Ellie. Elle se fait du souci pour Sam.

Faith se tourna vers Raimondo.

— Tu as dû croiser le Dr Southwell, hier. Il est arrivé à la clinique en boitant...

— Oui, en effet.

— Il est tombé, dans le chemin, en descendant à la clinique en courant. Ce n'est pas la première fois... Sa femme est inquiète. Elle aimerait qu'il prenne sa retraite. Ils habitent dans l'une des fermettes, tout près d'ici.

— Oh mince... Oui, j'ai vu les petites fermes, en venant. Elles doivent avoir une aussi belle vue qu'ici.

Tous les regards se tournèrent vers la fenêtre, à l'exception de celui de Chloé, qui ne quittait pas Raimondo des yeux.

— Plus belle, encore. Elles donnent directement sur l'océan.

Raimondo adressa un sourire à sa fille.

— Tu ne goûtes pas ton café ? lui demanda-t-elle.

Il porta sa tasse à ses lèvres. Elle suivait chacun de ses

mouvements, guettant sa réaction, sa petite bouche rose pincée par la concentration.

— *Perfetto !*

Le café n'était pas très fort, mais il avait un bon arôme.

— Ça veut dire « parfait » ?

— Tout à fait ! approuva-t-il avec une exubérance qui ne lui était pas coutumière. Mais c'est que tu comprends l'italien ! Bravo !

8

Non, Chloé ne comprenait pas l'italien ! Elle était australienne et elle parlait anglais !

Pour autant, Faith ne devait pas se braquer contre Raimondo, qui semblait animé des meilleures intentions. Le pauvre... Il avait paru si déçu d'être présenté comme un ami qu'elle avait failli avouer à sa fille qu'il était son papa.

Mais non, il était encore trop tôt pour lui accorder ce statut. Il ne fallait pas donner de fausses illusions à Chloé.

Faith devait admettre qu'elle était complètement désemparée. Était-ce hier, seulement, que Raimondo avait resurgi dans sa vie ? Une confusion indescriptible régnait dans son esprit et elle ne savait pas si elle devait nourrir de grands espoirs ou se tenir sur ses gardes.

Un jour, sûrement, Chloé manifesterait le désir de visiter l'Italie. Selon son âge, Faith l'accompagnerait peut-être...

Stop !

Elle inspira profondément et porta sa tasse à ses lèvres, si brusquement qu'elle dut essuyer une moustache de café. Du cappuccino et des croissants pour le petit déjeuner... Seigneur... Pour Raimondo, elles avaient sorti le grand jeu !

Tandis qu'il discutait avec Izzy, Chloé ne le quittait pas des yeux. Certes, ce n'était pas souvent qu'elles avaient un homme à leur table, et ne fût-ce que par sa stature, il captivait le regard.

C'était ce que Faith avait pensé la première fois qu'elle l'avait vu, à l'aéroport de Sydney, au retour d'un séminaire sur les nouvelles méthodes d'accouchement. Sous le panneau d'affichage des départs, leurs regards s'étaient croisés, puis ils avaient échangé quelques mots lorsqu'on avait annoncé que les vols étaient retardés.

Pour tuer le temps, ils avaient pris un verre ensemble, puis il avait tenu à l'inviter à dîner, puisque la météo empêchait toujours les avions de décoller. Au fil des heures, l'attirance était devenue plus vive qu'une flamme, et elle avait fini par l'emporter sur la raison, quand tous les vols avaient été reportés au lendemain.

Au matin, des étoiles plein les yeux, ils n'avaient pu se résoudre à se quitter. Raimondo avait modifié la date de son retour en Italie et ils s'étaient envolés tous les deux pour Lighthouse Bay, où ils avaient vécu deux jours merveilleux, jusqu'à ce maudit appel téléphonique.

La magie avait été brutalement rompue.

Raimondo se tourna vers Faith, et fronça les sourcils devant son air préoccupé. *Oui, je suis sous le choc !* avait-elle envie de hurler. *Je ne comprends pas pourquoi le destin t'a placé deux fois sur mon chemin ! Ce n'est pas juste !*

Elle devait cesser de penser aux conséquences de cette visite. L'avenir était plus nébuleux et moins important que la journée d'aujourd'hui.

Aujourd'hui, elle devait faire confiance à Raimondo, et partir du principe qu'il était là pour réparer ses erreurs et non pour lui compliquer la vie.

Qu'attendait-il de sa part ? Comment se protéger pour ne pas se laisser séduire une deuxième fois ? Comment préserver Chloé du chagrin qu'il pourrait lui causer ?

Faith avait l'impression d'avoir perdu tous ses repères. Elle espérait seulement que tout retournerait bientôt à la normale, bien qu'elle en doutât... D'une manière ou d'une autre, elle serait sans doute obligée de partager sa fille avec Raimondo. Cela dit, Chloé avait toujours regretté de ne pas même avoir une photo de son père. Elle avait peut-être tout à y gagner.

Faith, en revanche, risquait de perdre gros, si elle se laissait à nouveau envoûter par ce bel Italien.

Non, interdit ! Elle serait vigilante !

Une heure plus tard, ils descendaient tous les trois à la plage, Chloé vêtue d'un T-shirt et d'un legging en néoprène à rayures bleues et blanches, chapeau de soleil vissé sur le crâne. Seuls son visage, ses mains et ses pieds étaient exposés ; Faith les avait enduits d'écran total. Elles passaient tellement de temps au bord de la mer qu'elle avait investi dans des tenues anti-UV, car sa fille avait horreur de la crème solaire. Elle-même portait une tunique en coton à manches longues, qu'elle n'enlevait que pour se baigner.

Comme le chemin était étroit, ils marchaient en file indienne, Faith fermant la marche, derrière Raimondo, dont elle ne se lassait pas d'admirer la carrure, sous sa fine chemise blanche. Elle lui avait confié deux chaises pliantes et une glacière – c'était pratique d'emporter un pique-nique quand un homme était là pour le porter ! Elle-même était chargée du parasol, des serviettes et d'un plaid ; Chloé de son seau et de sa pelle.

Leur première sortie en famille, pour ainsi dire...

— Quand c'est la marée haute, il faut faire très attention quand on marche sur les rochers !

Chloé n'arrêtait pas de babiller.

— Tu fais bien de me prévenir. Je serai prudent.

La fillette désigna le phare.

— La nuit, il s'éclaire, pour que les bateaux sachent qu'ils s'approchent de la côte. Surtout quand il y a la tempête. Dans la maison de tatie Trina, on entend le vent qui souffle, quand il y a la tempête.

Raimondo hocha la tête.

— Ça doit être impressionnant !

— J'aime pas les tempêtes, déclara Chloé d'un ton sévère.

Raimondo se tourna discrètement vers Faith, qui lui sourit.

— Moi non plus.

Chloé s'arrêta et scruta son visage, comme pour vérifier qu'il disait la vérité, et Faith étouffa un petit rire.

— L'année prochaine, je rentre en primaire. La grande école n'est pas très loin de la clinique où maman travaille…

Raimondo était épaté par le bagout de la fillette. Il n'arrêtait pas de jeter des coups d'œil admiratifs à Faith, qui le soupçonnait de ne pas avoir l'habitude des enfants.

Cela dit, elle-même était parfois déroutée par les questions ou les commentaires de sa fille.

Chloé prenait souvent part aux conversations entre Izzy et Faith, et même si elle était très bien élevée, elle aimait donner son avis et s'intéressait à beaucoup de choses.

Il était évident qu'elle ne tarderait pas à interroger Raimondo sur sa vie et sur son pays. Faith espérait qu'elle attendrait qu'ils soient installés sur la plage, car elle aussi était curieuse.

— En ce moment, maman me lit le livre de Chicken Little. Tu l'as lu ?

Faith réprima un sourire.

— Non. C'est l'histoire de quoi ?

— D'un petit poulet qui croit que le ciel s'écroule et qui dit à tous les animaux qu'ils doivent s'enfuir. C'est rigolo.

— Ça a l'air marrant, oui… Peut-être que ta maman nous la lira à tous les deux, un de ces jours…

Chloé s'immobilisa et interrogea sa mère du regard.

— Maman, tu pourras nous lire *Chicken Little* quand M. Salvanelli reviendra nous voir ?

— On verra, ma chérie. Avance !

— L'Italie, c'est plus grand que Lighthouse Bay ? demanda Chloé en s'asseyant dans le sable, au centre du petit îlot qu'ils s'étaient créé.

Raimondo appréciait la tranquillité de la plage, même s'il trouvait bizarre qu'il n'y ait pas davantage de monde alors que le site était magnifique. Peut-être les gens arriveraient-ils plus tard.

Ils avaient installé les chaises sous le parasol. Chloé jouait à leurs pieds avec sa pelle et son seau. Raimondo avait l'impression de vivre un rêve éveillé : une matinée à la plage en famille...

De temps à autre, sa fille courait jusqu'au bord de l'eau, sur ses petites jambes potelées. Elle remplissait son seau et revenait arroser les murs du monticule dont elle affirmait qu'il s'agissait d'un château.

— Tu veux que je t'aide ? proposa-t-il.

— Oh oui ! On va le faire plus grand !

Timidement, car il n'avait pas l'habitude des enfants, il s'agenouilla à côté de la fillette, sur le sable frais et humide, étrangement réconfortant.

— Ton château est très joli mais pour mieux le protéger, on va le transformer en fort. Je vais creuser des douves et construire des remparts, pour qu'on ne se fasse pas attaquer.

— Pour qu'on ne se fasse pas attaquer par qui ? Par l'eau ?

— Ou par les troupes ennemies...

Curieuse et vive d'esprit, Chloé avait sans cesse des questions. Et lui aussi en avait des milliers qui lui brûlaient les lèvres, sans qu'il ose les poser.

— C'est comment, là où tu habites ?

— J'habite dans les environs d'une très grande ville qui s'appelle Florence, beaucoup plus grande que Lighthouse Bay. Ma maison se trouve dans une propriété, qui appartenait à un noble, il y a très longtemps, mais que mon grand-père a rachetée et rénovée. Il y a plusieurs bâtiments, entourés d'un grand parc avec des oliviers, d'où l'on voit la ville de Florence et toute la vallée de l'Arno.

Avec un mouvement de surprise, Faith tendit l'oreille. Raimondo feignit de ne pas s'en apercevoir. Il n'avait pas eu beaucoup l'occasion de parler de l'Italie, lors de leur brève aventure.

— Il y a combien de chambres ? demanda Chloé.

— Dix dans la bâtisse principale, mais il y a aussi quatre dépendances. Dans la maison de mon frère, il y a neuf pièces. Dans la mienne, six.

— C'est hyper grand ! Hein, maman ?

— Presque comme la clinique, répondit Faith, avec ses différents bâtiments pour les différents services. Au lieu d'avoir vue sur l'océan, la maison de Raimondo domine une ville et une vallée.

Chloé hocha la tête, perplexe.

— Tu dois avoir une très grande famille !

— Hélas, non... Mon frère a perdu sa femme et son fils et moi, je suis divorcé. Mon frère et moi, nous sommes les derniers représentants de la famille.

La fillette fronça les sourcils.

— Tu devrais te remarier et faire des enfants !

— C'est vrai... Mon frère aussi...

— Ma chérie, intervint Faith, une enfant n'a pas à dire à un adulte ce qu'il devrait ou ne devrait pas faire.

— Oh... D'accord. Pardon, monsieur Salvanelli.

Raimondo en resta bouche bée. Faith avait sermonné sa fille très calmement, et celle-ci avait saisi le bien-fondé de la remontrance. Son frère et lui avaient reçu une éducation très différente ; dans leur entourage, les émotions affleuraient constamment à fleur de peau et il n'était pas rare que l'on invoque la colère de Dieu.

— Il n'y a pas de mal, ne t'en fais pas, dit-il à Chloé. Dis-moi, tu construis toujours des châteaux dans le sable, ou parfois autre chose ? demanda-t-il afin de faire diversion.

— Que des châteaux mais, en fait, c'est pas vraiment des châteaux. Je n'en ai jamais vu, des châteaux, en vrai, que dans les livres de princesses. J'adore les princesses !

Raimondo se réjouissait d'avoir une bonne maîtrise de l'anglais, car la fillette était bavarde.

Un jour, il lui montrerait peut-être la demeure familiale des Salvanelli, que l'on aurait pu aisément qualifier de manoir. Il aurait aussi tellement aimé y inviter Faith... Pour l'heure, toutefois, il ne voulait pas précipiter les choses.

— Maman m'a dit que tu es médecin.

— Oui, dans un quartier très pauvre. Les gens viennent se

faire soigner dans notre dispensaire parce que c'est gratuit. Des fois, aussi, je pars faire des missions à l'étranger, dans des pays où les gens ont été victimes de catastrophes.

Moins souvent qu'il l'aurait souhaité, toutefois, avec ses responsabilités au laboratoire.

— Maman, elle est sage-femme.

— Je sais. Nous avons travaillé ensemble, hier.

— Tu attrapes des bébés, toi aussi ?

— Comment ça ? demanda Raimondo en se tournant vers Faith.

Elle éclata de rire, un son qui illumina encore plus cette journée déjà incroyablement radieuse.

— Une expression typiquement australienne, précisa-t-elle.

— Ah ! Parfois, oui, il m'arrive de mettre des bébés au monde, mais je soigne surtout les malades. Des petits garçons et des petites filles de ton âge, des vieilles dames et des vieux messieurs fragiles. Je commence à connaître beaucoup de monde, dans le quartier, et j'en suis très fier.

Chloé s'intéressait à lui autant que lui à elle, et il prenait un énorme plaisir à échanger avec elle. Il regrettait tellement le temps perdu... Maria lui devrait des explications...

Tout à coup, son humeur s'assombrit, à la pensée des épreuves que Faith avait dû traverser, et il se promit de réparer le tort qu'il lui avait causé. Pourquoi donc ne s'était-il jamais soucié d'elle ?

Tant d'années gaspillées...

Pour sa défense, toutefois, il s'était protégé, durant leur brève liaison, et il était convaincu qu'elle aussi. Jamais il ne lui serait venu à l'esprit qu'il ait pu la mettre enceinte.

Il aurait néanmoins suffi qu'il prenne tout simplement de ses nouvelles, et elle lui aurait dit qu'elle attendait un enfant de lui.

Une fois séparé de Maria, il s'était interdit de penser à Faith, persuadé qu'elle avait fait sa vie avec un autre. Mais pourquoi avoir présumé que leur aventure avait si peu compté pour elle alors que lui ne parvenait pas à l'oublier ?

Il s'était jeté à corps perdu dans le travail, mais il aurait pu se rendre au moins une fois en Australie...

Cela dit, il n'avait pas perdu son temps, et il avait puisé du réconfort et de la force dans ses missions auprès des plus démunis. En aucun cas il ne regrettait cet investissement.

Hélas, il était passé à côté du bonheur.

Et Faith aussi, par sa faute.

Maintenant, il devait lui prouver qu'il était digne d'elle et de sa fille. Il relèverait ce défi. Ce serait le nouveau but de sa vie.

En contemplant l'océan, les vagues se déroulant sur le sable blanc, le ciel à l'horizon, il pria pour que Faith et Chloé lui fassent une place dans leur petit cocon familial.

9

Malgré elle, Faith fut touchée par la passion qui perçait dans la voix de Raimondo parlant à Chloé de son dispensaire à Florence et de ses missions humanitaires à l'étranger, quand bien même elle avait conscience qu'il s'agissait d'une version des faits embellie, destinée à une petite fille.

Elle était contente pour lui qu'il ait trouvé sa vocation, lui qui se cherchait lorsqu'ils s'étaient rencontrés, et qui semblait si peu enthousiasmé par une carrière dans le laboratoire pharmaceutique familial.

S'il n'avait pas été heureux en mariage, au moins il avait trouvé un sens à sa vie.

Pour autant, cela ne changeait rien au fait qu'il ne s'était jamais soucié de Faith, après leur idylle. Si elle devait désormais composer avec lui, ce qui serait très certainement le cas, elle aurait du mal à ne pas redouter qu'il disparaisse à nouveau aussi soudainement qu'il était reparu.

Une chose était sûre, en tout cas : elle se blinderait, cette fois.

Elle le revoyait encore qui buvait ses paroles, tandis qu'elle lui énumérait les raisons pour lesquelles elle aimait tant son métier. Il la regardait comme si elle était la femme la plus belle et la plus intéressante qu'il avait jamais vue, et elle s'était sentie flattée, jeune et naïve qu'elle était, encouragée à pérorer encore et encore sur sa vie et ses convictions.

Elle se revoyait aussi lui faire visiter la grotte, lui expliquer la formation de ces cavités souterraines. Quelle journée merveilleuse... Elle ne lui avait sans doute rien appris qu'il ne sache déjà mais elle était euphorique, intarissable... En l'emmenant dans le lit de l'ancienne rivière, elle avait voulu le remercier, à sa façon, de l'avoir éveillée aux plaisirs de l'amour et de la sensualité.

Mais au souvenir de son départ si brutal, elle fut parcourue d'un frisson.

Oui, elle devait se tenir sur ses gardes. Veiller aussi à ce que Chloé ne tombe pas sous le charme, elle non plus.

Elle consulta sa montre étanche, et éprouva soudain le besoin de se rafraîchir.

— Le temps de la digestion est passé, déclara-t-elle en se levant. Je vais me baigner. Tu viens avec moi, Chloé ?

Sa fille bondit.

— Tu viens, monsieur Salvanelli ?

Raimondo était chagriné de s'entendre appeler *monsieur* ; Faith voyait bien que c'était dur pour lui, mais elle n'avait pas le choix, elle devait maintenir des barrières entre sa fille et lui, tout du moins tant qu'elle ignorait ses intentions.

Il ferait peut-être un père parfait.

Ou pas.

Il pouvait aussi reprendre l'avion pour ne plus jamais revenir. C'était son droit le plus absolu. Si cela se produisait, Chloé ne devait pas en souffrir.

— *Sì*. Je vous suis !

Il se leva, tout en muscles, tout en puissance, terriblement sexy, et Faith détourna le regard.

— Tu veux que je te passe de la crème solaire dans le dos ? proposa-t-il.

Heureusement qu'elle ne se tenait pas face à lui ! Car elle ferma les yeux de plaisir en imaginant ses mains sur sa peau.

— Non, ça va, je te remercie, ce n'est pas la peine.

Chloé sur ses talons, elle se dirigea vers la mer, en se répétant une fois de plus que la plus grande vigilance s'imposait.

Peu à peu, des gens arrivaient sur la plage : deux surfers, un pêcheur solitaire qui s'éloigna au bout de la baie, des familles ; Ellie, son mari et leur fille, juste au moment où Faith commençait à rassembler ses affaires.

— Hello ! leur lança-t-elle, enjouée bien qu'un peu gênée.

Ellie avait-elle dit à Sam que Raimondo était le père de Chloé ? Que pensaient-ils de son intervention à la maternité ?

— Dr Raimondo Salvanelli, de Florence, le présenta-t-elle. Raimondo, voici Ellie, ma chef, son mari, le Dr Sam Southwell, et leur fille, Emily.

Ellie échangea une poignée de main avec Raimondo.

— Enchantée. En vérité, je suis plus la responsable administrative du service que la chef. On fonctionne en autogestion. J'ai appris que vous nous avez ôté une belle épine du pied, hier. Merci !

Faith repensa à l'accouchement de Cynthia, puis au vieux monsieur qui avait fait un arrêt cardiaque. Elle avait promis de prendre de ses nouvelles ; or, avec Raimondo, elle avait complètement oublié. Quelle honte !

— Il allait mieux, ce matin, quand j'ai téléphoné, déclara Raimondo, comme s'il lisait dans ses pensées.

Merci, pensa-t-elle.

— Ravi de faire votre connaissance, Ellie. Faith m'a beaucoup parlé de vous, en bien, naturellement !

— Première fois à Lighthouse Bay ? demanda Sam en serrant la main de Raimondo.

— Deuxième. C'était fantastique, ce matin, d'avoir la plage pour nous tout seuls. En Italie, c'est très rare de trouver des plages désertes.

Une autre famille les rejoignit : Catrina, enceinte de huit mois, depuis peu en congé de maternité ; son mari, Finn, et leur petite Piper, trois ans, qui se mit aussitôt à courir avec Chloé, tout excitée.

Faith poursuivit les présentations.

— Ça vous dit de venir dîner à la maison ? suggéra Ellie. C'est l'anniversaire du père de Sam. On fait un barbecue.

— Qui est de garde, ce soir ? demanda Trina.

— Broni. C'est sa dernière nuit avant ses vacances. La semaine prochaine, Stacey sera de retour de sa formation.

Quelques minutes plus tard, Faith, Raimondo et Chloé quittaient la plage, après avoir accepté l'invitation au barbecue. Cette fois, c'était une petite fille fatiguée qui fermait la marche, avec son seau et sa pelle, sur le chemin escarpé du retour.

Devrait-elle proposer à Raimondo de rentrer un moment ? s'interrogeait Faith en approchant de chez elle. N'avait-il pas envie d'être seul, après ces dernières vingt-quatre heures riches en émotions ?

À cette pensée, elle faillit éclater de rire.

En vérité, elle avait peur de se retrouver seule avec lui. Mais ils devaient impérativement discuter.

— Tu veux passer l'après-midi avec nous ? demanda-t-elle. Ou tu préfères te reposer et nous rejoindre ce soir pour la soirée chez Ellie ?

— Si ça ne te dérange pas, je veux bien rester avec vous. Merci, c'est très gentil.

Devant le portail du cottage, elle scruta son visage, et tenta de se mettre à sa place.

— Ce n'est pas de la gentillesse… Chloé va sûrement faire la sieste. Ce serait bien qu'on en profite pour parler de certaines choses, ajouta-t-elle à voix basse.

Elle poussa le portail et ils traversèrent le jardin.

— Tu ne fermes pas à clé ? s'étonna Raimondo.

— Que quand on s'absente plusieurs jours. Pour qu'il ne s'ouvre pas tout seul avec le vent.

Chloé posa son seau sur le paillasson et se débarrassa de ses tongs. Faith lui ébouriffa les cheveux.

— File à la salle de bains, ma puce. Je te rejoins dans une minute.

À son tour, Raimondo enleva ses chaussures avant d'entrer.

— Je vais doucher Chloé, lui dit-elle, le regard aimanté

par son dos musclé. Je n'en ai pas pour très longtemps, fais comme chez toi…

Elle s'engagea dans le couloir. Il la suivit.

— Il y a un album de photos, sur la table. Tu peux y jeter un coup d'œil, si tu veux, pendant que je m'occupe de Chloé.

Le visage de Raimondo s'éclaira à la vue du livre de naissance qu'elle avait sorti avant leur départ pour la plage.

— Merci, dit-il. Tu t'occuperas de moi, après ?

— C'était l'idée ! répondit-elle en soutenant son regard.

10

Lorsque Raimondo consulta sa montre, seulement quinze minutes s'étaient écoulées depuis que Faith l'avait laissé seul. En un quart d'heure, pourtant, les cinq premières années de sa fille avaient défilé sous ses yeux.

Avec beaucoup d'émotion, il avait lentement tourné les pages de la vie de Chloé et de Faith, dont il ignorait absolument tout. Il en aurait pleuré, à la pensée de ce qui aurait pu être s'il avait été au courant de l'existence de cette enfant.

Faith l'avait mise au monde et l'avait élevée seule pendant cinq ans. Épaulée par sa tante, heureusement. Raimondo se sentait redevable envers Isabel, qui avait pour ainsi dire pallié l'absence du père.

La gorge nouée, il revint pour la énième fois à la première page de l'album : Faith, rayonnante, les joues écarlates, dans un grand bassin circulaire, tenant dans ses bras un minuscule bébé aux yeux à peine ouverts et à la peau fripée.

Dio... Son cœur allait exploser !

Plus loin, Chloé fêtait son dernier anniversaire, sa mère penchée au-dessus d'elle pour l'aider à souffler ses quatre bougies, sur un gâteau en forme d'étoile de mer. Un instant d'amour, capturé avec une grande sensibilité. Il devait mille mercis à la personne qui avait pris ces photos. Sans elle, ces merveilleux moments ne seraient jamais entrés dans la postérité.

Il entendit Faith refermer doucement la porte de la chambre de Chloé. Puis ses pieds nus sur le tapis coloré du couloir.

Elle avait une maison chaleureuse, à son image.

Il baissa les yeux sur l'album de photos, puis se tourna vers elle, à court de mots. Elle lui effleura l'épaule et s'assit face à lui.

— Tu as l'air… bouleversé…

Elle le réconfortait, alors que c'était elle qui avait besoin de courage.

— J'ai tellement de regrets, murmura-t-il. Ces photos sont superbes. Merci de me les avoir montrées.

Il repoussa l'album vers Faith, déçu de ne pouvoir le garder et l'emporter. Elle posa les mains sur la couverture.

— Chloé adore les regarder.

— Je la comprends. La personne qui les a prises a du talent.

— Izzy. Elle est douée pour tout.

Après un instant de silence, Raimondo se pencha vers Faith, par-dessus la table.

— Je t'ai laissée tomber, je sais… Je… J'ai l'impression d'être dans un rêve… Comment est-ce possible ?

En se passant une main dans les cheveux, il s'éclaircit la voix.

— On était jeunes et insouciants, poursuivit-il, mais… je croyais qu'on avait pris des précautions…

Les joues de Faith s'enflammèrent. Elle n'en était que plus belle.

— J'avais oublié ma pilule pendant le séminaire de formation d'où je revenais quand on s'est rencontrés. Quand je me suis aperçue que j'étais enceinte, il était trop tard pour faire quoi que ce soit, dit-elle d'un ton d'excuse.

Elle semblait culpabiliser, et Raimondo s'en voulait lui aussi terriblement. Elle était si jeune, quand il l'avait rencontrée, si dynamique, si motivée par son métier ; or par sa faute, elle s'était retrouvée mère isolée.

Cette grossesse non désirée aurait pu la détruire, si elle n'avait pas été aussi forte. Elle avait modifié le cours de sa vie, en tout cas, tandis que lui poursuivait la sienne, sans la moindre pensée pour elle.

Non, ce n'était pas vrai, il avait souvent repensé à cette merveilleuse aventure. Mais ces quelques jours lui semblaient n'être qu'un rêve. Un mirage. Un instant merveilleux qu'il n'avait pas mérité.

— Les hommes sont différents..., dit-elle d'une voix très douce. Raconte-moi ce que tu as vécu à ton retour en Italie.

Ce n'était que justice ; il lui devait un minimum d'explications. Toutefois, il n'était pas certain de pouvoir être aussi honnête qu'elle l'était. Il ferait de son mieux.

— Ce que tu m'as offert pendant ces quelques jours était un précieux cadeau dont j'ai chéri le souvenir pendant des mois, des années. Je ne sais pas pourquoi, j'avais le sentiment de ne pas être digne de tant de bonheur. C'est pour ça, peut-être, que je n'ai pas cherché à garder le contact. Je n'ai jamais aimé ma femme, Maria. Il s'agissait d'un mariage arrangé, comme à l'époque de mon grand-père. Je me suis marié par devoir et je n'ai jamais été heureux en mariage. Tu étais le rêve que je ne méritais pas.

Un instant, il se tut, puis il haussa les épaules.

— Mélodramatique, hein, c'est ce que tu penses ? Pour me comprendre, tu dois comprendre le contexte familial. Mais même pour ma famille, je ne t'aurais jamais abandonnée, si j'avais su que tu attendais un enfant.

Faith voyait qu'il était sincère. Elle non plus n'aurait jamais imaginé qu'elle ait pu tomber enceinte, ou elle aurait pris la pilule du lendemain.

Dieu merci, elle n'avait pas eu l'ombre d'un doute, ou elle n'aurait pas eu cette merveilleuse petite fille.

À partir d'aujourd'hui, toutefois, Chloé appartenait aussi à la famille de Raimondo, et Faith devait en effet connaître un minimum de choses sur les Salvanelli.

— Parle-moi de ta famille, demanda-t-elle.

Il parut surpris, puis une lueur amusée s'alluma dans son regard.

— La famille paternelle de Chloé ? répliqua-t-il sur le ton de l'humour.

— Hum..., marmonna-t-elle, en s'efforçant d'ignorer un frisson qui lui hérissa les bras de chair de poule. J'aimerais savoir pourquoi tu as dit que tu ne méritais pas le bonheur que nous avons si furtivement connu ensemble.

— Laisse-moi d'abord te parler de ma famille... Par où commencer ? Dominico, mon frère, est de dix minutes mon aîné. À la mort de nos parents, nous avons été élevés par notre grand-père. Il était très sévère, et le décès de son fils ne l'a pas arrangé... Comme notre père avant nous, nous avons suivi des études de médecine, malgré les réticences de notre grand-père, qui aurait préféré que nous nous intéressions davantage à ce labo qui lui était si cher. Quand il est tombé malade, mon frère lui a néanmoins succédé. Je lui en suis reconnaissant.

Raimondo taisait beaucoup de choses mais Faith pouvait déjà se faire une petite idée de son enfance. Elle aussi avait été confrontée au deuil, plus tard, toutefois.

— Tu n'avais pas de grand-mère ?

— Morte en couches, à la naissance de mon père. Nous vivions dans une demeure somptueuse, mais très triste. Jusqu'à ce que Dominico rencontre sa femme. Teresa nous a apporté beaucoup de joie et de gaieté. Puis elle a eu un petit garçon, une bouffée d'oxygène dans notre vie. Enfin, mon grand-père était tranquillisé, mon frère était heureux et je pouvais cesser de culpabiliser de ne pas être marié. L'avenir de l'entreprise familiale était assuré, avec le fils de mon frère.

— Ton frère et sa femme s'aimaient ?

— Oh oui... Malheureusement, la tragédie s'est une fois de plus abattue sur notre famille. Les Salvanelli sont maudits...

Raimondo s'interrompit et son visage s'assombrit.

— Peu avant mon voyage en Australie, Teresa et son fils ont perdu la vie dans un accident de montgolfière. Dévasté, mon frère s'est coupé du monde, et j'ai dû le remplacer à la tête de la compagnie. Il avait un rendez-vous important à Sydney, auquel je me suis rendu à sa place. Mon grand-père était gravement malade, mais ce rendez-vous ne pouvait pas être annulé.

— Et c'est là que nous nous sommes rencontrés...

— *Sì.* Ma fleur australienne, murmura Raimondo, d'une voix si faible que Faith l'entendit à peine.

En se souvenant qu'il l'appelait « ma fleur sauvage », elle sentit des larmes lui brûler les yeux. Elle les refoula en se mordant la lèvre supérieure. Ce n'était pas le moment de craquer, au beau milieu de cette discussion capitale.

Par chance, Raimondo, plongé dans son passé douloureux, ne parut pas s'apercevoir de son trouble.

— Tu dois comprendre que pour mon grand-père, le monde tournait autour de la compagnie pharmaceutique qu'il avait fondée. Il y tenait comme à la prunelle de ses yeux et il voulait qu'elle reste aux mains des Salvanelli. Et soudain, il ne lui restait plus que quelques jours à vivre... Pour respecter sa volonté, mon frère m'a demandé de revenir en Italie dans les plus brefs délais. Ce que j'ai fait...

Faith ne se souvenait que trop bien de son départ précipité : dans l'heure qui avait suivi le coup de téléphone de son frère, il avait bouclé sa valise et commandé un taxi pour l'aéroport, qu'il avait quitté par le premier vol à destination de l'Europe.

— Il était question depuis très longtemps que j'épouse Maria, mais je résistais. Elle non plus ne tenait pas à ce mariage arrangé. Mais là, mon grand-père était à l'article de la mort. Le père de Maria était d'accord : soit elle se mariait avec moi, comme prévu, soit elle épousait mon frère, ce qui pour lui n'était absolument pas envisageable. Il venait de perdre sa femme et son fils ; jamais je n'aurais osé lui demander ce sacrifice.

Faith comprenait le dilemme auquel Raimondo avait été confronté, et même les raisons pour lesquelles il était parti sans explications.

Mais depuis tout ce temps, si elle était réellement « sa fleur australienne », pourquoi n'était-il jamais revenu, après son divorce ?

Certes, elle ne lui avait pas gardé rancune, mais elle ne pouvait pas s'empêcher de se demander ce qu'il adviendrait si son frère le sommait à nouveau de rentrer illico au pays. Sans doute s'exécuterait-il, et Chloé en aurait le cœur brisé.

— Tu n'as jamais pensé à revenir après t'être séparé de ta femme ?

Il poussa un profond soupir et ses épaules s'affaissèrent, puis il se redressa et plongea son regard dans celui de Faith.

— J'étais sûr que tu avais fait ta vie sans moi... Tu étais jeune, tu n'avais pas de raisons d'être aigrie, comme moi... Je ne voulais pas semer une deuxième fois la confusion dans ta vie.

En effet, elle était très heureuse sans lui, bien que parfois un peu triste que sa fille n'ait pas de papa, mais elle s'était fait une raison et ne nourrissait pas de ressentiment.

— Je pensais beaucoup à toi, poursuivit Raimondo. Et je me suis inspiré de ton exemple : j'ai trouvé une voie professionnelle qui me procurait des satisfactions.

Longuement, il scruta son visage, avant d'ajouter :

— Jusqu'à ce qu'on me parle de toi, de Lighthouse Bay... Et de ta fille. Tout d'un coup, rien n'était plus important que de venir ici...

Il avait donc fallu que quelqu'un prononce le nom de Lighthouse Bay pour qu'il ait un sursaut... Pour qu'il se souvienne d'elle.

— Et te voilà, dit-elle sèchement.

— Oui.

Comme il l'avait lui-même souligné, il était en effet capable de semer à nouveau le tumulte dans sa vie. Il suffisait de voir comme il la troublait, alors qu'il n'avait pas encore déployé toute sa galanterie italienne ! Du reste, elle le soupçonnait d'avoir des objectifs qu'il n'avait pas évoqués pour le moment, et d'être résolu à les atteindre.

Cela dit, elle était déterminée elle aussi.

— Quelles sont tes intentions, Raimondo ? demanda-t-elle. Si tu es des nôtres pour l'anniversaire de Chloé, repartiras-tu à la fin de la semaine pour ne plus jamais revenir ?

Elle soutint son regard, dans l'attente d'une réponse.

— Sois franc, s'il te plaît. Devra-t-elle se contenter de cartes de vœux ? Ou comptes-tu t'investir un peu plus ?

Il garda le silence, tandis qu'elle le fixait d'un regard de lionne. Pour protéger sa fille, elle ne reculerait devant rien. Ils devaient mettre les choses au point tant que Chloé dormait.

— Je comprends tes inquiétudes, dit-il enfin. Tu es devenue une femme forte.

Pour l'heure, elle se moquait de ses viles flatteries.

— Je n'avais pas le choix.

— Je ne t'ai jamais menti.

— Moi non plus. Alors pas de mensonge maintenant.

Il redressa le menton, l'air déterminé, et à son tour, Faith entrevit celui qu'il était devenu : sans doute s'était-il émancipé de sa famille ; néanmoins, elle ne regrettait pas d'avoir fait preuve de fermeté.

Elle espérait seulement que la discussion ne prendrait pas un tour agressif, mais il devait savoir qu'elle se tenait sur ses gardes.

Quand il se pencha vers elle, ce fut comme s'il avait appuyé sur un interrupteur : une force de caractère insoupçonnée brillait dans son regard.

Waouh… Où cachait-il cet aspect de sa personnalité ?

— Je vais te dire quelles sont mes intentions. Je n'en avais pas, initialement, mais après t'avoir vue à la grotte, hier, après t'avoir écoutée raconter la légende, je n'ai pas fermé l'œil de la nuit et j'ai rêvé à l'avenir. Les possibles qui s'offrent à nous. Je ne désire pas seulement que ma fille connaisse ma famille et mon pays. Je ferai tout pour que mon rêve devienne réalité.

Une détermination farouche se lisait dans ses yeux et perçait dans sa voix. Un peu trop virile, peut-être, au goût de Faith, mais elle avait vu des papas de toutes sortes, à la maternité, et elle savait gérer même les plus machos.

— Sans faire souffrir Chloé ? demanda-t-elle.

Comme par miracle, le regard de Raimondo se radoucit.

— Bien sûr que non. Elle est l'élément le plus important de l'équation.

— Merci. Plus importante que toi, plus importante que moi. C'est ce que je voulais que tu comprennes.

Rassurée, Faith se renversa contre le dossier de sa chaise. Il l'imita, sans la quitter des yeux.

— Ne t'inquiète pas pour ça.

— Maintenant, qu'attends-tu de ma part ?

Raimondo poussa un soupir mais dans son regard, elle lisait de l'admiration, l'ébauche d'un sourire, et une pointe de défi.

— Trois choses me feraient plaisir. Tout d'abord, j'aimerais être là pour l'anniversaire de Chloé, le fêter avec elle.

Faith acquiesça. Elle s'était déjà faite à cette idée.

— Ensuite, je voudrais lui offrir un cadeau.

Elle hocha de nouveau la tête. Chloé serait ravie. Et comme elle n'avait que cinq ans, Raimondo ne pourrait pas dépenser une somme folle.

— Tant que tu ne lui achètes pas une maison, OK.

À sa surprise, il éclata de rire.

— C'est déjà fait.

Il avait donc déjà acheté un cadeau ?

— Ah bon ?

— J'ai acheté une maison, déclara-t-il avec un grand sourire. Mais c'est un autre sujet de conversation et Chloé ne va pas tarder à se réveiller, j'imagine.

Déroutée, Faith jeta un coup d'œil à sa montre.

— C'est une blague... Où aurais-tu trouvé le temps pour des démarches aussi compliquées ?

— Rien de compliqué quand d'autres s'en occupent, répliqua-t-il. Tu n'as pas passé huit heures sur ton lieu de travail, hier ? Je suis riche, dit-il en écartant les mains, avec un mouvement de sourcils typiquement italien. Mais je peux attendre pour la mettre au nom de Chloé, si tu préfères.

Du pur délire. Il avait donc bel et bien acheté une maison, pour une enfant de cinq ans. Ou pour s'en rapprocher. Un acte qui défiait le bon sens. Cela dit, on pouvait en déduire que Chloé reverrait son père. Ce que Faith souhaitait entendre, non ? En revanche, elle détestait ne pas être sûre de tout maîtriser.

— Où se trouve-t-elle, cette maison ?

— À ton avis ?

Il la provoquait, comme elle l'avait provoqué, mais là, elle commençait à perdre patience.

— Tout près d'ici, ajouta-t-il.

Une seule maison était à vendre, sur la falaise : celle du vieux capitaine, avec une tourelle. Une ruine. Une maison immense et délabrée. À deux pas de celle dont Faith était propriétaire. Hallucinant... Certes, Raimondo avait de l'argent, il pouvait en faire ce qu'il voulait, mais tout de même...

— Et quel est ton troisième souhait ? demanda-t-elle.

— Avant de repartir, je voudrais que Chloé sache que je suis son père. Je te laisse décider du meilleur moment pour le lui dire... mais j'aimerais vraiment que ce soit avant mon départ.

Elle s'y attendait, et elle comprenait. Du reste, puisqu'il avait acheté une maison, il reviendrait. Elle pouvait donc révéler son identité à sa fille. Pour autant, Chloé n'était pas à l'abri des désillusions ; rien ne garantissait que Raimondo saurait lui apporter tout ce qu'elle attendait de lui. Et Faith était terrifiée par la perspective qu'il puisse la décevoir...

— Puisque tu sembles déjà avoir acheté cette maison, je n'y peux rien, dit-elle, mais tu aurais mieux fait d'acheter une maison de poupées... Quant à ton troisième souhait, j'y réfléchirai. On en reparlera ce soir. Je comprends que tu veuilles qu'elle sache.

— Merci, dit-il en se levant. Je t'ai donné du grain à moudre...

Ce n'était rien de le dire !

Par ailleurs, Faith souhaitait-elle arriver avec lui à la soirée chez Ellie ? En fait, elle n'avait pas vraiment le choix. Il faisait partie de sa vie, maintenant. Probablement pour toujours.

— Tu es toujours d'accord pour que je vienne ce soir chez ton amie ? demanda-t-il sur le pas de la porte.

— Bien sûr.

Avec une expression résignée, elle secoua la tête. Encore une fois, il avait deviné ses pensées.

— Il va falloir que je m'habitue à te voir débarquer...

— Comme tu dis... Je compte revenir régulièrement, je te le promets. J'espère que je serai le bienvenu.

Que dire ? Il la prenait tellement au dépourvu...

— Accorde-moi une chance, ajouta-t-il. Je ne te décevrai plus.

Faith sentait ses barrières vaciller mais, heureusement, elles tenaient bon.

— On verra, dit-elle.

Il lui tendit la main, et elle la lui serra, très rapidement, de crainte de se laisser troubler par ce contact.

— On partira d'ici vers 18 heures. Et on ne rentrera pas trop tard. Chloé devient vite grognon.

Au lieu de prendre congé, il s'avança vers Faith, sa carrure massive occultant la lumière de la porte ouverte. Son odeur masculine se mêlait à celle de la mer. Il se pencha vers elle et l'embrassa sur la joue. Ses lèvres étaient chaudes, douces. Avec une grande tendresse, il lui encadra le visage, et elle tourna la tête vers lui, ses lèvres effleurant presque sa bouche sensuelle. Un souffle chaud s'en échappait, porteur de la force de ce baiser qu'ils ne devaient pas s'autoriser.

Ce fut elle qui offrit ses lèvres, son premier signe de confiance, son premier geste de pardon.

Mais ce fut lui qui commença le baiser.

Les jambes flageolantes, elle s'agrippa à sa chemise. Il l'enlaça, d'un geste sûr et possessif, et la serra contre son torse. Mais elle le repoussa, en dépit d'une terrible envie de s'abandonner à cette étreinte.

Il se figea. Et s'en alla avant qu'elle ait pu prononcer un mot.

Quand elle eut repris sa respiration, elle referma la porte, et en s'adossant contre le battant, elle vit qu'il avait laissé un petit paquet sur la table.

— Raimondo ! cria-t-elle en rouvrant la porte. Tu as oublié quelque chose !

Il se retourna, avec un sourire si éclatant que Faith en eut à nouveau les jambes qui se dérobèrent.

— C'est un petit cadeau pour Chloé, quand elle se réveillera.

Elle le suivit des yeux tandis qu'il s'éloignait dans le chemin. Ce baiser... Ils se seraient retrouvés au lit si elle n'avait pas réagi. Un baiser qui avait ébranlé sa garde. Dieu merci, elle avait réussi à écouter la voix de la sagesse.

Voilà quel était le problème : dès que cet homme la touchait, elle n'était plus en possession de toutes ses facultés.

Or elle détestait se comporter de façon inconsidérée. Elle avait déjà commis cette erreur une fois et elle en avait retiré la leçon : Raimondo l'attirait physiquement mais elle ne pouvait pas lui faire confiance.

Alors pourquoi l'avait-elle laissé l'embrasser ?

Et pourquoi était-elle incapable de regretter cet instant d'égarement ?

Les bras refermés autour de sa taille, elle contemplait la porte comme si elle y voyait celui qui venait de la franchir.

Quels changements l'attendaient ? Une vie de famille, enfin ?

11

Une heure plus tard, Chloé apparut dans le salon en se frottant les yeux de ses petits poings.

— M. Salvanelli est parti ?

Elle paraissait si déçue que le cœur de Faith se serra.

— Oui, ma chérie, mais il revient ce soir.

Comme elle le craignait, sa fille était déjà sous le charme.

— Ah, d'accord. Il est gentil ! C'est quoi ? demanda la fillette en regardant le petit paquet que Raimondo avait laissé.

— Il a dit que c'était un cadeau pour toi.

— Pour moi ? s'écria-t-elle en courant vers la table, juste au moment où Izzy revenait. Je peux l'ouvrir ? demanda-t-elle à sa mère en caressant le papier cadeau.

— Bien sûr.

Faith croisa le regard de sa tante.

— Salut, Izzy. Raimondo a laissé un petit cadeau à Chloé, pendant qu'elle faisait la sieste.

— Sympa !

Côte à côte, elles regardèrent la fillette déplier soigneusement le paquet. Par chance, il n'y avait qu'un morceau de scotch, si bien que l'opération ne prit pas trop de temps.

— J'ai croisé Ellie, déclara Izzy. Il paraît qu'on est tous invités à l'anniversaire surprise de Reg.

— Raimondo aussi.

Izzy arqua les sourcils.

— Oh ! elle est trop belle ! s'exclama Chloé en découvrant la petite poupée en costume folklorique.

— Très jolie, oui, acquiesça Faith.

— Elle doit venir d'Italie, renchérit Izzy.

En évitant le regard de sa tante, Faith s'efforça d'afficher un sourire enjoué.

— Il faut lui donner un nom et la présenter à tes autres poupées.

Chloé hocha la tête, solennelle.

— Elle n'a pas les cheveux blonds mais elle s'appelle Elsa, comme la Reine des neiges, dit-elle en la serrant contre son cœur.

— C'est un joli nom, approuva Faith. Si tu l'emmenais dans ta chambre pour la montrer à ses nouvelles copines ?

Avec un sourire extatique, la fillette disparut dans le couloir. La tête inclinée, Izzy observait sa nièce.

— Toi, j'ai l'impression que tu as besoin d'une bonne tasse de thé…

— Deux, même, je crois. Il a acheté une maison, juste à côté, chuchota Faith.

Tout en branchant la bouilloire, sa tante leva un regard stupéfait.

— La maison du capitaine ? Non ? !

— Pour Chloé, si j'ai bien compris.

— Une maison de poupées aurait été plus raisonnable.

— Exactement ce que je lui ai dit ! répliqua Faith en riant.

Elle adorait sa tante. Déjà, elle se sentait moins tendue. Izzy s'avança vers elle et lui saisit les mains.

— Franchement, ça a l'air d'être quelqu'un de bien. Tu n'aurais pas été attirée par lui, sinon. Si tu lui accordais une chance ? On dirait qu'il a l'intention de s'installer ici, non ?

Izzy libéra Faith, puis elle lui tapota l'épaule.

— Je ne crois pas. Il va repartir en Italie, et Chloé sera aussi perturbée que moi. Je pense qu'il reviendra, plus ou moins souvent, et en vérité, ça ne me plaît que moyennement.

Toutes deux jetèrent un coup d'œil vers la chambre de Chloé, que l'on entendait faire parler ses poupées.

— Elle a besoin d'un père, chuchota Izzy.

— Il veut que je lui dise qui il est avant qu'il reparte.

— Pourquoi pas ? Puisqu'il semble prêt à s'investir, sur le plan financier autant qu'affectif.

Faith ferma les yeux un instant. Raimondo avait ébranlé tous ses repères. Heureusement qu'elle avait Izzy pour l'aider à y voir clair.

— Tu as raison, je crois qu'il s'est déjà attaché à elle. Mais je ne sais franchement pas comment annoncer ça à Chloé...

— Elle n'a que cinq ans. Elle l'acceptera aussi facilement qu'elle a adopté sa nouvelle poupée. Ce sont les adultes qui compliquent les choses.

Sans doute...

— Comment ai-je hérité d'une tante aussi sage ?

— Tu as eu de la chance ! Thé, alors ?

Faith embrassa Izzy.

— Pas tout de suite. Je vais d'abord parler à Chloé.

— Excellente initiative. Dis-lui les choses très simplement.

— Chloé ? appela Faith.

Sa fille passa la tête hors de sa chambre, une poupée dans chaque main.

— Susan et Elsa ont dit qu'elles étaient meilleures amies !

— Génial ! L'amitié, c'est très important. Et moi, j'ai un secret à te dire.

La fillette se rua vers sa mère.

— Un secret ? !

— Quand je te l'aurai dit, ce n'en sera plus un, mais c'est la vérité. Viens, ma puce...

Faith prit la main de sa fille et l'entraîna vers le canapé, où elle s'assit en l'installant sur ses genoux. Discrètement, elle coula un regard en direction de sa tante, qui lui adressa un signe d'encouragement. Son cœur battait à cent à l'heure. En caressant les cheveux de Chloé, elle huma le parfum de son shampoing pour bébé.

— Tu te rappelles, je t'ai expliqué que ton papa a dû partir avant ta naissance et qu'il n'avait pas pu revenir.

— Oui.

Le front plissé, Chloé cligna des paupières, concentrée sur les paroles de sa mère. Faith jeta un coup d'œil à Izzy, puis elle prit une profonde inspiration.

— Il habite toujours très loin d'ici mais maintenant, il va pouvoir venir nous voir de temps en temps.

— Mon papa ? Mon vrai papa ? Comme le papa de Piper et le papa d'Emily ?

Faith se forçait à sourire mais elle avait les larmes aux yeux. Sa fille n'aurait jamais de père à temps complet comme ses camarades.

— Oui, répondit-elle, une boule dans la gorge. Sauf qu'il n'habitera pas tout le temps avec nous. Mais tu pourras lui écrire et lui téléphoner.

— Et il viendra nous voir, tu as dit.

— De temps en temps.

— Un papa qui vient de temps en temps, c'est mieux qu'un papa qui n'est jamais là, non ? intervint Izzy en prenant place à leurs côtés.

— Oui..., acquiesça Chloé, sans conviction.

Izzy fit signe à Faith de continuer.

— Simplement, articula-t-elle en silence.

— Le secret, c'est que ton papa... c'est M. Salvanelli. Et il est très très content d'avoir fait ta connaissance.

Voilà, c'était dit. Chloé dévisageait sa maman avec des yeux ronds.

— C'est vrai ?

— Oui.

— C'est super ! C'est pour ça qu'il m'a acheté une poupée.

La fillette saisit la main de sa mère et la serra très fort.

— Mais toi, tu seras toujours ma maman, hein ?

— Bien sûr, mon chat, répondit Faith en lui caressant les cheveux. Je serai toujours ta maman et je serai toujours là pour toi.

Les bras autour de son cou, Chloé lui fit un gros bisou puis, en se tortillant, elle se dégagea de son étreinte.

— Je vais avoir un papa pour mon anniversaire, c'est trop cool ! Je peux retourner jouer avec mes poupées ?

— Oui, mon amour, va t'amuser.

Les yeux voilés de larmes, Faith croisa le regard d'Izzy. Sa fille vivait dans un monde inébranlable. Si seulement tout pouvait être aussi simple...

Deux heures plus tard, Raimondo remontait chez Faith, avec la certitude que l'avenir lui réservait une vie qu'il n'avait jusque-là osé imaginer que dans des moments de faiblesse. Il était père. Il avait une vraie famille, chaleureuse et joyeuse.

Presque instantanément, les mêmes ondes étaient passées entre Faith et lui que lors de leur si courte liaison.

Ce baiser... *Dio*, ce baiser...

Il ne devait pas y penser. Pour l'instant, la priorité revenait à sa fille.

Elle était si mignonne qu'il en était tout de suite tombé amoureux, comme il était tombé amoureux de sa mère des années plus tôt, sans se douter de l'empreinte indélébile que Faith Fetherstone imprimerait sur son âme.

Et sur sa vie. Son avenir. Il aurait dû revenir bien plus tôt.

Une petite fille...

Dans son dos, il croisa les doigts. Ce soir, Chloé l'appellerait peut-être « papa ».

Le méritait-il ?

Il s'arrêta devant la maison qui portait désormais un panneau *Vendu*. Il ne voyait pas un jardin à l'abandon, ni une façade de bois branlante aux peintures écaillées. Bah ! Il avait les moyens de faire faire des travaux. Non, il ne voyait qu'un château pour sa princesse.

Chloé adorerait la tourelle donnant sur la mer, au-delà du toit de la maison de sa mère. Il l'imaginait déjà observant l'horizon au travers du télescope de cuivre qu'il lui offrirait, juchée sur un trépied, l'index tendu vers un navire au loin, la belle Faith la couvant tendrement du regard.

Il imaginait aussi les voyages qu'ils feraient tous les trois – bien sûr, il commencerait par les amener en Italie ! – et la vie de famille qu'ils mèneraient ensemble. Si elles le voulaient bien. Patience. Il ne devait pas s'emballer.

Pour le moment, il en était encore à tenter de comprendre comment il avait pu faire un enfant à Faith – enfin, il savait très bien comment il avait fait ! –, comment Maria avait intercepté ses lettres – et là, il ne parvenait pas à concevoir qu'elle ait pu être aussi vicieuse, aussi cruelle.

Il n'osait pas songer aux épreuves que Faith avait dû subir, les regards, les jugements... Mais il ne voulait pas que des pensées amères lui gâchent la soirée. Sa fille l'attendait.

Il se remit en marche et pressa le pas.

La porte du cottage de Faith s'ouvrit avant qu'il ait pu frapper, et il fut accueilli par une petite fille surexcitée, un ruban jaune dans ses cheveux bruns, un joli sourire sur ses lèvres roses.

— Quel beau ruban ! la complimenta-t-il, juste pour le plaisir de voir son sourire s'élargir.

— Le jaune est ma couleur préférée, déclara Chloé, puis elle poursuivit sans transition : merci pour la poupée. Maman m'a dit que tu es mon papa, c'est vrai ?

Il aurait voulu la soulever entre ses bras, la faire tournoyer et la serrer contre son cœur, mais il préféra éviter de la brusquer.

— *Sì*, c'est vrai, je suis ton papa et je suis très heureux de t'avoir retrouvée.

— Alors je peux le dire à Piper ?

— Bien sûr. Si ta maman est d'accord.

Faith se tenait dans l'encadrement de la porte, protectrice, comme toute mère face à un étranger revendiquant la paternité de son enfant. Elle était incroyable, si belle, si courageuse, si honnête.

— Merci, lui chuchota-t-il.

D'un geste de la tête, elle l'invita à entrer.

— Excuse-moi, est-ce que j'ai des frères et sœurs ? demanda Chloé. Et des cousins et des grands-parents ? Piper, elle a plein de cousins et deux papis et deux mamies.

— Hélas, non. Tu as un oncle, en Italie, Dominico, mais il n'a pas d'enfant.

En croisant le regard de Faith, il secoua légèrement la tête. Il ne voulait pas attrister Chloé avec les malheurs de sa famille.

— Mais mon oncle Dominico, il ne sera pas là pour mon anniversaire ?

— Non, désolé, répondit-il en riant.

— Mais toi, tu seras là ?

— Oui, oui.

— Promis ?

La tête inclinée, Chloé ressemblait soudain énormément à sa mère, et Raimondo songea qu'il s'agissait de sa première promesse à sa fille.

— Sauf si le ciel s'écroule…

Elle acquiesça de la tête, et il vit qu'elle comprenait.

— Mon oncle Dominico, il est plus grand que toi ?

— On est de la même taille, et du même âge, on est jumeaux. Il est né seulement dix minutes avant moi mais parfois, il paraît plus vieux.

Isabel apparut et adressa un sourire bienveillant à Raimondo, puis elle s'éclipsa aussitôt, sans doute pour ne pas troubler leur intimité.

Une pensée incongrue traversa l'esprit de Raimondo : cette femme ne plairait-elle pas à son frère ?

— On ne va pas tarder à y aller, déclara Faith. Ellie n'habite pas très loin ; juste un peu plus haut, la dernière fermette.

— Ces petites maisons m'intriguaient, dit Raimondo. Je vais enfin pouvoir y entrer.

— Elles ne sont pas à vendre, répliqua Faith en le dévisageant d'un œil suspicieux, puis elle ajouta sur un ton plus gai : elles sont faites avec les mêmes pierres que le phare. Tu verras, on a une vue fabuleuse, de chez Ellie.

— Le phare est très pittoresque.

— Je l'adore ! La première fois que je suis venue à Lighthouse Bay, parce qu'on m'offrait un poste à la maternité, je me suis dit qu'il était le signe que je me plairais ici.

— C'est une grande chance de trouver un endroit où on se sent chez soi…

L'attachement de Faith à cette charmante petite ville poserait peut-être des problèmes par la suite mais bien évidemment, il était encore beaucoup trop tôt pour aborder ce sujet.

— En m'arrêtant devant la maison du vieux capitaine, tout à l'heure, j'ai pensé que ce serait bien d'avoir un télescope. On doit dominer le monde, depuis la tourelle.

— Je n'y suis jamais entrée. Et toi, Izzy ? lança Faith à sa tante, qui les avait rejoints.

— Une fois, répondit celle-ci avec un regard en direction de Raimondo signifiant très clairement qu'elle trouvait cette acquisition irréfléchie. Elle est en très mauvais état mais pleine de potentiel. On a effectivement une vue impressionnante, depuis la tourelle.

— Bon, sans vouloir vous bousculer, il faut qu'on parte ! annonça Faith en prenant un petit paquet enveloppé dans un dessin d'enfant. On a fait des chocolats pour le Dr Southwell, précisa-t-elle à l'attention de Raimondo. Des Rocky Road. Il les adore, pas vrai, Chloé ?

— Il en a toujours un bocal, répondit la fillette gaiement. Il dit que c'est moi qui fais les meilleurs Rocky Road du monde.

Sa mère la gratifia d'un sourire indulgent, et Raimondo les imaginait toutes les deux confectionnant les friandises, quand son téléphone se mit à vibrer dans sa poche. Il sortit prendre l'appel dehors en s'excusant. Dominico.

— *Ciao*, frangin, ça va ?

— Pas vraiment, j'ai une mauvaise nouvelle : il y a eu un incendie au labo.

Raimondo retint sa respiration. L'héritage de leur grand-père, dont ni l'un ni l'autre ne voulaient mais qu'ils s'étaient sentis obligés de perpétuer.

— Il est complètement ravagé… On me demande tout un tas de renseignements que je n'ai pas, il faut que tu rentres. Désolé.

Impossible. Raimondo avait fait une promesse à sa fille.

— Ça va être difficile, chuchota-t-il. J'ai donné ma parole à Chloé que je serais là demain pour son anniversaire.

Son frère eut un soupir désespéré.

— La police veut nous parler à tous les deux.

— Dis-leur que je suis en Australie et qu'ils devront attendre au moins quarante-huit heures.

Nouveau soupir. — OK, je me débrouillerai, murmura Dominico d'une voix lasse.

Sa détresse était palpable. Toujours en dépression, il noyait son chagrin dans le travail et n'était jamais vraiment parvenu à remonter la pente.

Comment encaisserait-il ce nouveau coup du sort ? Raimondo redoutait le pire.

D'un côté, il ne pouvait pas faire faux bond à Chloé. De l'autre, il ne pouvait pas laisser son frère déjà si fragile affronter seul cette situation difficile.

— Si je rentre, est-ce que tu accepteras de m'accompagner ensuite en Australie ? Un voyage te changera les idées, et je suis là avec une jeune demoiselle qui aimerait faire la connaissance de son oncle.

— Non, je ne crois pas.

— Alors je ne rentre pas.

— Il le faut.

— On en reparlera. Tu as un ami qui puisse rester avec toi jusqu'à mon retour ? Promets-moi de ne pas rester seul.

— OK, marmonna Dominico.

— Demande à Rosa de me réserver un vol au départ de Brisbane via Singapour. Je pourrai être à Brisbane en fin de soirée.

— *Sì*. Merci.

— Ne reste pas seul, OK ?

— OK.

— *Ciao*. Je dois annoncer à ma fille que je suis obligé de manquer à la promesse que je viens de lui faire.

Et là-dessus, il raccrocha.

Davantage que Chloé, Faith serait furieuse, à juste titre. Elle commençait tout juste à lui accorder sa confiance et il allait tout gâcher.

Raimondo maudissait le destin, les incendies, et la faiblesse de sa volonté.

12

Tout en arrangeant la queue-de-cheval de Chloé, Faith observait Raimondo, dont le visage s'était décomposé.

— Tout va bien, j'espère ? lui demanda-t-elle sitôt qu'il eut coupé la communication.

Il paraissait à la fois inquiet et furieux, ce qui n'augurait rien de bon.

— Un incendie a détruit le laboratoire, à Florence. Mon frère veut que je rentre.

Et voilà... Ce qui devait arriver était arrivé.

— Quand ?

— Ce soir. Je prendrai un vol de nuit.

Une bordée de jurons brûlait les lèvres de Faith mais elle se maîtrisa.

— Alors tu ne seras pas là pour l'anniversaire de Chloé ?

— Non. Désolé.

— Je n'attendais rien de ta part, dit-elle d'un ton glacial, indiquant très clairement qu'elle n'était pas surprise. Ce n'est pas à moi que tu dois des excuses. Tu ferais peut-être mieux de prévenir Chloé avant qu'elle raconte à tout le monde que son papa sera là demain pour fêter son anniversaire.

Un rictus déforma furtivement les traits de Raimondo. Faith se retenait de le traiter de tous les noms. Il n'avait même pas été capable de tenir sa première promesse. Elle avait envie de taper du pied et de lui demander s'il était à un jour près, mais elle savait que s'il avait prévu de partir il partirait.

— Chloé ? appela-t-elle.

Sa fille et Izzy s'étaient déjà engagées sur le chemin. Chloé fit demi-tour en courant.

— Ton père a quelque chose à te dire. Marchez devant, tous les deux.

Si elle demeurait face à Raimondo, elle allait prononcer des paroles qu'elle regretterait, et Chloé risquerait d'être choquée.

Izzy admirait un rosier dans le jardin des voisins. Elle la rejoignit.

— Il doit reprendre l'avion ce soir, à cause d'une urgence familiale, lui chuchota-t-elle, amère.

Toutes deux se tournèrent vers Chloé afin de voir comment elle accueillait la nouvelle. La voix de Raimondo portait jusqu'à elles.

— Chloé, je suis désolé… Je ne vais pas pouvoir tenir ma promesse. Il s'est passé quelque chose chez moi, en Italie, et je dois repartir avant ton anniversaire.

La fillette se rembrunit.

— Tu avais dit que tu serais là. Le ciel est tombé, comme dans *Chicken Little* ?

Il s'accroupit devant elle.

— *Sì*, mon petit. Tu es très intelligente. Il y a eu le feu dans notre usine et c'est comme si le monde s'était écroulé. Je dois aller aider mon frère à réparer les dégâts.

— Dans *Chicken Little*, en fait, le ciel n'est pas vraiment tombé.

Devant la mine déconfite de Chloé, Raimondo hocha la tête, solennel.

— En Italie, si, tout s'est réellement écroulé. Mais je reviendrai dès que possible, peut-être avec tonton Dominico. Je suis très triste de ne pas pouvoir fêter ton anniversaire avec toi, demain. J'ai manqué à ma promesse, ce n'est pas bien.

La fillette haussa les épaules avec un soupir résigné.

— C'est pas ta faute, si le ciel s'est écroulé.

Et elle glissa sa petite main dans celle de Raimondo. Faith avait les yeux brûlants de larmes.

— Mais tu viens quand même ce soir au barbecue ; je vais

pouvoir dire à Piper que tu es mon papa et que tu vas bientôt revenir.

Du haut de ses cinq ans, Chloé ne montrait-elle pas l'exemple à suivre ? Faith devait s'efforcer d'être aussi philosophe que sa fille. Izzy lui prit la main et y exerça une pression.

— Viens, allons-y, si on ne veut pas être en retard.

La fête battait son plein quand ils arrivèrent. La moitié de la clinique était là. L'autre moitié devait travailler de nuit, pensa Faith en se forçant à sourire.

Naturellement, Chloé courut chercher Piper et l'amena devant Raimondo.

— C'est mon *papà* ! annonça-t-elle fièrement, en s'appliquant à imiter l'accent italien. Il est venu d'Italie, il va repartir ce soir mais il va revenir.

Piper en resta bouche bée, tous les regards convergèrent vers le nouveau venu, et Faith se sentit rougir jusqu'aux oreilles. Izzy éclata de rire. Trina l'imita, en se tenant le ventre, puis elle adressa un clin d'œil à Faith et échangea une poignée de main avec Raimondo.

— Vous êtes donc le père de Chloé, pas seulement un ami. Voilà qui explique beaucoup de choses.

— Ah bon ?

— Oh oui, répondit-elle, énigmatique. Bienvenue, Raimondo, bien qu'on se soit déjà rencontrés ce matin à la plage. Faith nous donnera bientôt plus de détails, je compte sur elle.

Puis elle se tourna vers le reste des convives.

— S'il vous plaît ! Une minute d'attention, s'il vous plaît ! Voici le Dr Raimondo Salvanelli, de Florence, un ami des Fetherstone.

Son mari vint se poster près d'elle.

— Tu te rends compte, chéri, c'est le papa de Chloé !

Finn jeta un coup d'œil à Faith, qui avait les joues en feu. Puis il s'avança vers Raimondo et lui serra la main.

— Ah, les enfants..., soupira-t-il. Je suis pédiatre, je les connais. Regardez la vôtre : elle a produit son petit effet et maintenant, elle joue tranquillement à la poupée avec ma fille.

— Ce sont les enfants ! dit Raimondo en regardant Chloé

avec un sourire attendri. Cette petite puce est aussi adorable que sa maman.

Celle-ci leva les yeux au ciel.

— Faith est très appréciée, ici, déclara Finn, une légère note d'avertissement dans la voix.

Et elle en fut touchée.

— Malheureusement, je dois repartir ce soir, mais je reviendrai dès que possible faire plus ample connaissance avec Chloé et rattraper le temps perdu avec Faith.

Elle se mordit la langue afin de ne pas le remettre à sa place. Raimondo paraissait si sûr de lui, au lieu de faire profil bas. Il n'était ici que parce qu'elle avait bien voulu l'introduire auprès de ses amis. Et il ne tenait qu'à elle de le bannir à tout jamais du cercle de ses proches.

— J'espère qu'on aura l'occasion de se revoir, dit Finn. Sam m'a raconté que vous aviez sauvé un nouveau-né, hier, à la maternité. Ce n'est pas souvent qu'on a des urgences, mais un médecin de plus à Lighthouse Bay ne serait pas de trop !

— J'ai l'intention de demander l'agrément du gouvernement australien. Je suis déjà référencé dans la base de données des professionnels de santé, pour mes missions humanitaires. Ça ne devrait pas poser de problèmes.

— Excellent, venez que je vous présente...

Et voilà, les dés sont jetés, pensa Faith en regardant Raimondo et Finn se fondre dans la foule. Tout le monde savait maintenant qu'il était le père de Chloé, il n'était plus question de faire machine arrière.

Trina glissa un bras sous le sien.

— Eh bien, ces deux dernières journées ont dû être mouvementées ! Et il repart déjà ? Viens boire un verre de vin, bien que je ne puisse pas t'accompagner. Ellie m'a raconté qu'il avait débarqué à la grotte. Ça a dû te faire un de ces chocs !

Faith scruta le regard de son amie. Elle n'y lisait aucun jugement, que de la sympathie.

— Ce n'est rien de le dire... Apparemment, il n'a jamais reçu mes lettres. Tu te rappelles les Italiens que la sœur de Sam avait invités à votre mariage ? Ce sont eux qui ont provoqué une réaction en chaîne. En quelque sorte, tout est ta faute !

Trina leva les mains en riant.

— Francesca ? Désolée. Tu sais qu'il est craquant ? Je comprends pourquoi tu es tombée sous le charme. Quel âge avais-tu ? Vingt ans ?

— Je venais de finir mes études, répondit Faith en prenant le verre de cristal que Trina lui tendait. Je t'accorde qu'il est bel homme, mais il n'a pas intérêt à faire de la peine à Chloé.

— Il le sait, j'en suis sûre. Et Chloé est aussi forte que sa maman. Et que sa tante. Elle a été élevée sur de bonnes bases, elle saura faire face à toutes les situations.

En regardant son amie, Faith se sentit submergée d'émotion. Depuis la veille, elle était le jouet d'un tsunami de sentiments qui déferlaient vague après vague. C'était rassurant de savoir qu'elle pouvait se raccrocher à ses proches.

— Merci. Je l'espère.

— Laisse-le se débrouiller. Tu en as déjà assez fait. Ne prends que le meilleur de ce qu'il t'offre.

Faith faillit s'étouffer.

— Le meilleur ? J'ai l'impression d'apprendre à surfer et d'avoir été engloutie par une énorme vague.

— Mais non, tu as le sens de l'équilibre. Et plein d'amis pour t'aider à garder la tête hors de l'eau !

Une bière à la main, Raimondo bavardait avec les uns et les autres. Les enfants couraient entre les tables et les chaises éparpillées dans le jardin, l'océan en toile de fond.

L'ambiance était beaucoup plus détendue que dans les milieux qu'il fréquentait à Florence.

À la vue de Faith se dirigeant vers lui avec la femme de Finn, il inspira une grande bouffée d'air marin. Il avait parfaitement conscience de ce qu'elle pensait de son départ précipité et il était dans ses petits souliers.

Plus vite il partirait, plus vite il serait de retour pour se racheter.

— Te voilà, dit-elle très posément. Tu as survécu à l'assaut de la communauté médicale de Lighthouse Bay ?

— Tout le monde est très sympathique.

Quelqu'un interpella Trina.

— À tout à l'heure, dit-elle à Faith en s'éloignant.

Il ne pouvait s'empêcher de la dévorer des yeux. Elle était si belle, cette femme qu'il avait brièvement cotoyée autrefois et qui serait peut-être son avenir… Malgré le tumulte dans lequel il l'avait plongée, elle parvenait à afficher une sérénité exemplaire.

— Merci de m'avoir permis de rencontrer tes amis.

— Je n'y suis pour rien… Il y avait une soirée, comme on en fait souvent, et tu étais là…

— Ma présence te met mal à l'aise.

— Oui, avoua-t-elle en riant, alors qu'elle avait envie de pleurer. Tu vas faire jaser, c'est sûr. Mais Chloé avait besoin de savoir que son père existait. Quelque part, j'espérais que ce moment arriverait un jour.

— Je suis sincèrement navré de devoir repartir ce soir.

Elle le dévisagea comme si elle tentait de le sonder, mais elle garda le silence. Qu'aurait-elle pu dire ?

Raimondo s'en voulait de la quitter de cette manière, mais il mettrait un point d'honneur à ce que cela ne se reproduise pas. À l'avenir, il redéfinirait ses priorités. Aujourd'hui, toutefois, il avait promis à Dominico de rentrer au plus vite, et à la pensée de son frère, il sentit l'anxiété remonter.

En bâillant, Chloé vint se blottir contre sa mère, qui lui ébouriffa affectueusement les cheveux.

— Tu as sommeil, mon chat ?

La fillette était un peu pâle et paraissait fatiguée, malgré sa sieste.

— Déjà ? s'étonna-t-il.

— Elle a attrapé un mauvais rhume, il y a une quinzaine de jours, précisa Faith. Elle a du mal à se remettre complètement, malgré les vitamines, le soleil et un nombre d'heures de sommeil hallucinant.

L'inquiétude perçait dans sa voix, et Raimondo se remémora la douleur de son frère quand il avait perdu son fils. Non. Il ne pouvait rien arriver à cette enfant, alors qu'il venait tout juste de découvrir qu'il en était le père.

— Tu lui as fait faire un bilan sanguin ?

— Oui. On a rendez-vous chez Finn lundi pour les résultats. Tu te rappelles, Chloé ?

Celle-ci hocha la tête d'un air las.

— On va bientôt y aller, ma puce.

— Et tu ne m'avais rien dit ? chuchota Raimondo.

— Non, répliqua-t-elle sèchement. Merci de te soucier d'elle. Nous allons dire au revoir à tout le monde. Tu peux rester encore un moment. Bon voyage.

Il réprima un commentaire qu'il n'aurait pas été judicieux de formuler. OK, il avait été maladroit, mais il était peiné de n'avoir aucun droit sur sa fille, quand bien même il était seul responsable de cet état de fait.

— Je m'en vais avec vous.

Faith se figea et pivota sur ses talons.

— Je n'y tiens pas.

Il haussa les épaules.

— Je viens quand même.

Il la suivit et lorsqu'ils prirent congé, il apprécia qu'Isabel ne parte pas avec eux. Elle comprenait, il lui en était reconnaissant.

Pendant que Faith couchait sa fille, Raimondo arpentait le living en repensant à tout ce qui s'était produit au cours des deux jours précédents, suite à cet énorme changement survenu dans sa vie. Ses projets d'avenir, le choc d'avoir revu Faith, les sentiments qu'elle avait ravivés, les merveilleuses perspectives qui s'ouvraient à lui maintenant qu'il avait la confirmation d'être père.

Et tout à coup, l'étrange léthargie de Chloé. Juste au moment où il devait partir.

Il prendrait des nouvelles, avec diplomatie, car il avait failli s'attirer les foudres de Faith en insinuant qu'elle aurait dû lui parler de l'état de santé de Chloé.

De sa poche intérieure, il retira une carte de visite au dos de laquelle il inscrivit son numéro de portable personnel. Puis le numéro de son domicile. Et les coordonnées de Dominico. *Dio*... S'il arrivait quelque chose à Chloé et que Faith ne puisse pas le joindre... Il n'osait même pas y penser.

Puis sur une deuxième carte, il nota les noms de toutes les personnes qu'il pourrait avoir besoin d'appeler : Faith, Isabel, Finn, le pédiatre, dont il ignorait le nom de famille.

— Elle s'est endormie, annonça Faith en le rejoignant.

Et si Chloé était atteinte d'une grave maladie ? Raimondo fut saisi d'une bouffée de panique. Puis il se raisonna : il ne pouvait pas s'empêcher d'imaginer le pire parce qu'il avait déjà vécu trop de malheurs, mais il n'y avait pas lieu de s'alarmer.

— Déjà ? demanda-t-il.

Faith arqua les sourcils.

— Ben oui. Si je te le dis, c'est la vérité.

— Je te crois, mais... À ton avis, cette fatigue, c'est normal ?

Faith se passa une main lasse sur le visage et Raimondo songea qu'elle avait eu son lot d'émotions, elle aussi, ces deux derniers jours. Lui, au moins, avait eu le temps de se faire à l'idée qu'il allait la revoir. Elle avait dû en plus encaisser l'effet de surprise.

Soudain, il avait envie de la prendre dans ses bras et de la consoler, de lui dire que tout allait bien se passer, comme tout père réconforterait une mère. Hélas, il ne pouvait pas se permettre ces gestes.

— Faith, je suis désolé..., bredouilla-t-il en s'avançant vers elle et en lui posant une main sur le bras. Pour tout...

— Elle va bien, je ne suis pas inquiète. Les résultats des analyses nous le confirmeront lundi.

Lundi. Dans deux jours. Quand il serait à des milliers de kilomètres – cela dit, il n'aurait qu'à lui téléphoner.

Il lui donna sa carte de visite.

— Tu peux appeler à tout moment à l'un de ces numéros, dit-il, et il lui remit la seconde carte. Tu me noteras le tien et celui de Finn ? Celui d'Izzy, aussi, peut-être, au cas où tu ne serais pas joignable.

— Je te donnerai mon numéro de fixe et mon numéro de portable, mais je ne tiens pas à ce que tu appelles Finn. Je te tiendrai au courant.

— J'aimerais avoir les coordonnées de Finn, insista-t-il.

Elle ne répondit pas.

— OK, je me débrouillerai. Ce n'est pas difficile de se procurer le numéro de téléphone d'un médecin.

Sitôt eut-il prononcé ces mots qu'il se mordit la langue.

— Voilà donc le véritable Raimondo Salvanelli ? Tu essaies de m'intimider ?

— Ce n'était pas mon intention, désolé.

— Tu ne feras pas la loi, ici, tu es chez moi.

— Si ma fille est malade, je suis en droit de le savoir.

— Chloé est ma fille, mais je te communiquerai les résultats des examens dès que je les aurai. Évidemment, rien ne t'empêche de les demander à Finn, ajouta-t-elle sans dissimuler sa colère.

— Calmons-nous...

Contrarié, Raimondo se passa une main dans les cheveux. C'était sa faute si la conversation avait pris ce tour déplaisant.

— Tu as raison, dit-il. Excuse-moi, je regrette de m'être emporté. Pardon.

Dans le regard de Faith, il lisait la détresse, l'inquiétude et le même instinct protecteur que lui-même éprouvait à présent. Il était évident qu'elle avait peur que sa fille soit malade. Et il ne l'aidait pas, avec ses exigences.

Ce fut plus fort que lui, il la prit dans ses bras, très doucement, en espérant être capable de l'apaiser.

— Je veux être là pour toi et pour Chloé.

— Qui me dit que tu reviendras ? demanda-t-elle d'une voix

tremblante qui le bouleversa. Qu'est-ce que je dirai à Chloé, si tu ne reviens pas ? Que tu l'as oubliée ?

Il lui caressa les cheveux et, contre toute attente, elle posa la joue contre son torse. Elle sentait si bon... C'était si bon de la tenir entre ses bras...

Avec un geste d'une grande tendresse, il lui souleva le menton.

— Quand je reviendrai, je ne te quitterai plus.

Perdu dans les profondeurs vert émeraude de ses yeux de sirène, il attendit, en caressant du pouce ses lèvres tremblantes. Elle était si belle...

— Tu ne dis rien ?

— Comment veux-tu que je te croie ?

— Dès mon retour, je ferai tout pour te convaincre. Aujourd'hui, le devoir m'appelle auprès de mon frère. Fais-moi confiance. Essaie, au moins.

— D'accord, je veux bien essayer, murmura-t-elle.

Et elle se blottit contre lui. Ne pouvant résister, il inclina la tête, et lorsque leurs lèvres se rencontrèrent, il sut qu'après de longues errances il venait enfin de trouver son port d'attache.

13

Les bras noués autour du cou de Raimondo, Faith savourait le contact de ses lèvres. Comment avait-elle pu vivre tant d'années sans lui ? Comment avait-elle pu se passer si longtemps de cet homme ?

Elle se rappelait encore son parfum, la chaleur de son souffle sur sa peau tandis qu'il lui couvrait le visage de baisers avant de revenir à sa bouche, la chaleur de sa langue.

Ses jambes vacillèrent quand il la plaqua contre lui. Les yeux fermés, elle se cramponna à sa taille.

Ce n'était qu'un baiser.

Un baiser auquel elle s'abandonna, oubliant le monde extérieur, ses craintes et ses tracas, le chaos émotionnel des deux jours qui venaient de s'écouler.

Les seins lourds, presque douloureux, pressés contre le torse de Raimondo, elle sentait le désir enfler, de plus en plus brûlant. Il y avait si longtemps qu'un homme fort ne l'avait pas tenue dans ses bras. Si longtemps que Raimondo lui avait révélé les secrets de son corps. Trop longtemps, à en croire la façon dont elle réagissait à un simple baiser.

À contrecœur, elle s'écarta de lui et scruta son visage, ses beaux yeux noirs où brillait le désir, la promesse de les transporter tous deux vers des sommets dont elle avait presque oublié l'existence.

Mais si elle se laissait envoûter, elle n'était pas sûre d'y survivre, cette fois, s'il partait pour ne plus revenir.

— Tu crois que c'est une bonne idée ? murmura-t-elle.
— Pourquoi pas ?
— Qu'y a-t-il entre nous ?
— Le destin. Ce soir, je dois partir, mais je reviendrai.
Il pouvait se produire n'importe quoi, songea Faith, un accident, une catastrophe aérienne. C'est pourquoi il fallait saisir l'instant présent, l'opportunité d'être aimée, ce rayon d'espoir qui perçait au travers des nuages et illuminait l'avenir. S'il arrivait quelque chose à Raimondo, elle aurait au moins partagé ce moment avec lui.
— Fais-moi l'amour, chuchota-t-elle.
— Mon désir le plus ardent, répondit-il, les yeux rivés aux siens.
— S'il te plaît...
Le mot s'échappa de ses lèvres dans un souffle, à peine audible, presque irréel, et pourtant elle n'avait aucun doute, aucune hésitation. Elle voulait sentir le corps de Raimondo contre le sien, avant qu'il s'en aille, car en son for intérieur, elle n'avait toujours pas la certitude de le revoir. Tant pis si elle devait souffrir, elle désirait qu'il lui donne du plaisir.
La terre se déroba sous ses pieds quand il la souleva entre ses bras. La joue contre sa poitrine, elle se concentra sur les battements de son cœur, plus forts que les voix parasites dans son esprit.
Avec une grande douceur, il la déposa sur le lit et s'étendit au-dessus d'elle.

14

Le dimanche matin, entre les draps froissés où Raimondo et elle avaient fait l'amour, Faith contemplait le ciel sans le voir, par la fente entre les rideaux. Elle revoyait la tempête des retrouvailles, la tendresse des murmures, la douceur des caresses, dont le souvenir lui réchauffait le cœur et ravivait son désir.

Dans les bras l'un de l'autre, ils avaient retrouvé la magie, avec une intensité accrue par les erreurs de Raimondo et l'inquiétude que leur causait Chloé, si bien que Faith ne regrettait rien du plaisir qu'ils s'étaient donné, et elle était prête à courir le risque d'une nouvelle déception.

Raimondo les avait quittées à contrecœur, après un dernier regard pour sa fille endormie, puis il était remonté dans sa voiture de location pour partir prendre l'avion.

En quarante-huit heures, il avait de nouveau bouleversé la vie de Faith, mais cette fois, au moins, ils avaient pris toutes les précautions nécessaires pour ne pas concevoir un deuxième enfant.

Il reviendrait, elle devait y croire. Il l'avait promis. Chloé aurait un père, et elle... Pour le moment, elle était encore incapable de se projeter dans un nouvel avenir.

Et aujourd'hui, c'était l'anniversaire de sa fille ; elle devait reléguer Raimondo au second plan de ses pensées.

Cinq ans déjà que Chloé illuminait sa vie. Le temps passait

si vite ! Où en seraient-elles dans cinq ans ? s'interrogea-t-elle, et Raimondo revint la hanter.

Leur baiser. Ce qu'il avait entraîné.

Impossible de faire abstraction de leur folle nuit d'amour.

Il devait être au-dessus de l'océan, dans l'avion à destination de Singapour. Il n'avait pas encore appelé pour souhaiter un joyeux anniversaire à Chloé, mais Faith refusait de croire qu'il les avait déjà oubliées. De nombreux tracas l'attendaient en Italie, après l'incendie du laboratoire pharmaceutique, et il devrait en outre prendre de nombreuses dispositions, avait-il dit.

Faith n'avait que faire de sa fortune, et elle était consciente qu'elle devrait veiller à ce que sa fille ne perde pas de vue la valeur des choses, si son père continuait à lui faire des cadeaux extravagants. Elle ne voulait pas que Chloé se laisse pervertir par l'argent d'un homme riche.

N'es-tu pas un peu dure avec lui ? lui chuchota une petite voix, qu'elle refusa d'écouter.

En vérité, elle ne savait plus trop où elle en était, depuis l'arrivée de Raimondo – encore moins depuis son départ ! Ce qui n'était guère étonnant. Faire l'amour avec lui avait été quelque chose d'incroyablement stupide et d'incroyablement merveilleux. La vie pouvait être tellement injuste…

Mais bref ! Chloé allait bientôt se réveiller. En principe. Vu qu'elle dormait comme un loir, ces derniers temps, on ne savait jamais. Quoique, avec l'énorme paquet livré la veille par un coursier, il y avait des chances pour qu'elle ne tarde pas à surgir de sa chambre.

Elle avait déjà fait preuve d'une patience remarquable, en acceptant d'attendre le jour de son anniversaire pour l'ouvrir.

« C'est comme Noël », avait-elle dit.

Faith se demandait comment Raimondo avait fait, un samedi, pour faire expédier ce colis, alors qu'il ignorait encore qu'il devrait repartir en urgence.

Les camarades de Chloé devaient arriver à 10 heures. Faith avait décidé d'organiser la petite fête le matin, de crainte que sa fille soit épuisée par l'excitation, d'ici l'après-midi.

La mère d'Ellie, pâtissière de métier, avait confectionné un gâteau Reine des neiges, qu'elle devait apporter vers 9 heures.

À 11 heures, comme on était dimanche, les adultes partageraient un brunch, puis en début d'après-midi, Finn ferait cuire des saucisses sur le barbecue.

Chloé serait la star du jour, parmi tous ceux qui comptaient pour elle et sa mère. À l'exception de Raimondo…

Tant pis !

Faith se leva et tira les rideaux, puis elle ouvrit la fenêtre. Il faisait un temps magnifique. Une bouffée de bon air marin s'engouffra dans la chambre, amenant un sourire sur ses lèvres. Chaque jour, elle savourait la chance qu'elle avait de vivre au bord de la mer, dans cette petite ville et ce cottage qu'elle aimait tant.

— Maman ! Maman ! C'est mon anniversaire !

Un missile en pyjama rose déboula dans la pièce et se jeta dans ses bras.

Son précieux trésor, sa vie, songea-t-elle en humant les cheveux de Chloé.

— Hello, ma chérie ! Bon anniversaire ! Rappelle-moi, quel âge as-tu aujourd'hui ? demanda-t-elle en feignant de se gratter le menton.

— Cinq ans !

— Tu commences à être grande ! Bientôt l'école primaire. Mais d'abord, tu dois souffler tes cinq bougies !

— Piper a dit qu'elle me ferait un cadeau.

— C'est très gentil. Tu n'oublieras pas de remercier tout le monde.

— Oh non !

Amusée, Faith caressa la joue de sa fille, et fronça les sourcils en découvrant une légère ecchymose dans son cou.

— Tu t'es cognée ?

— Je sais pas, répondit Chloé en jetant des regards vers la cuisine. On peut ouvrir les cadeaux ?

— Oui, et ensuite, on prendra le petit déjeuner.

— Je me demande ce qu'il y a dans le gros carton de M. Salvanelli. Je veux dire, de papa. Ça fait drôle de dire « papa ».

— Alors nous lui chercherons un nom qui lui va mieux !

À 11 heures, quand les adultes arrivèrent, tous les cadeaux avaient été déballés et les enfants commençaient à se calmer, après avoir chacun tiré au sort un petit gadget et englouti d'énormes parts de gâteau.

Chloé avait été comblée et elle était extatique. Elle avait reçu une série de poupées Reine des neiges, les draps et la housse de couette Reine des neiges, un coussin avec le portrait d'Elsa, et le château de la Reine des neiges, composé de trois étages entièrement meublés, jusque dans les moindres détails, un jouet somptueux qui avait fortement impressionné les petites filles.

Faith avait suggéré une maison de poupées à Raimondo. Il l'avait prise au mot, et il avait commandé la plus féerique d'entre toutes.

Avec un soupir, elle songea qu'elle devrait lui dire gentiment de ne pas trop gâter Chloé.

Trina et Finn arrivèrent les derniers, et Piper se rua à leur rencontre, suivie de Chloé. Soudain celle-ci tituba et tomba comme au ralenti, sur le côté. Par chance, le coussin Elsa se trouvait juste là.

Le cœur de Faith fit un bond. Avec Finn, elle s'agenouilla auprès de sa fille.

— Pas de panique, dit-il d'une voix posée, professionnelle. Elle respire. Ce n'est qu'un petit malaise. Trop d'excitation, peut-être. Allons l'examiner dans son lit.

Joignant le geste à la parole, il souleva la fillette et la porta jusqu'à sa chambre. Faith referma la porte derrière eux et entreprit de déshabiller Chloé. En plus du bleu dans son cou, elle en avait deux sur le ventre, et plusieurs dans le dos. En outre, les ganglions au creux de ses aisselles étaient anormalement enflés.

En marmonnant des paroles indistinctes, elle remua et reprit lentement connaissance.

Malheureusement, la fête était finie pour elle.

À travers la porte, Faith entendait Izzy prendre congé des invités, les remercier et leur promettre qu'on leur donnerait des nouvelles de Chloé.

Lorsque Finn appela les urgences du centre hospitalier régional, elle prit la main de sa fille et s'efforça de dissimuler son angoisse. Mais sourire était difficile.

Ma fille a une maladie trop grave pour être soignée à Lighthouse Bay, ne pouvait-elle s'empêcher de penser.

Une ambulance les conduisit à l'hôpital, où l'on fit aussitôt une prise de sang à Chloé. Suite à quoi, on décida qu'elle devait être transférée à l'hôpital pédiatrique de Sydney. Finn et Faith l'y accompagnèrent en hélicoptère.

Dès leur arrivée, Faith décida d'appeler le frère de Raimondo, en se bouchant l'oreille pour ne pas être gênée par les sirènes des ambulances.

— Salvanelli Compagnia Farmaceutica, répondit une voix féminine.

Elle pria pour que la réceptionniste parle anglais, car elle-même ne connaissait pas un mot d'italien.

— Je voudrais parler à M. Dominico Salvanelli, s'il vous plaît.

— *Signor* Salvanelli n'est pas là. Malheureusement, je ne peux pas vous dire quand essayer à nouveau de le joindre.

Dieu merci, malgré un fort accent, l'anglais était parfait. Pour autant, Faith n'était pas plus avancée. Elle allait encore devoir laisser un message, comme elle en avait déjà laissé plusieurs sur le fixe et sur le portable de Raimondo.

— Faith Fetherstone, d'Australie, se présenta-t-elle en articulant le plus clairement possible. Pouvez-vous demander à M. Dominico Salvanelli de prier son frère de me rappeler au plus vite. C'est très urgent.

Elle avait espéré que Raimondo ferait immédiatement demi-tour pour être à ses côtés dans cette terrible épreuve. En vain. Il lui faudrait l'affronter seule.

Isabel ne la rejoindrait que lorsqu'elle serait guérie de son rhume. Chloé était trop faible pour être exposée au moindre virus.

L'heure des visites était passée et Faith ne parvenait pas à trouver le repos, sur une chaise au chevet de sa fille. Des bébés pleuraient, des enfants jetaient des jouets sur le plancher, des machines bipaient et des infirmières venaient sans arrêt s'assurer que Chloé n'avait besoin de rien.

Faith avait cessé de tenter de joindre Raimondo, pour se concentrer entièrement sur Chloé. Force lui était d'admettre qu'elle n'avait pas été aussi attentive qu'elle aurait dû l'être, ces derniers jours, accaparée par Raimondo.

Dix heures s'étaient écoulées depuis la chute, les dix heures les plus longues de la vie de Faith, qui tournait en rond dans la chambre comme un zombie.

Heureusement, le diagnostic initial de leucémie myéloïde aiguë avait été écarté, après une ponction et une biopsie de la moelle osseuse.

Finn lui avait annoncé cette bonne nouvelle une heure plus tôt. Elle s'était assise par terre, contre le mur de la chambre, pour l'écouter.

— Vraisemblablement, il s'agit d'une infection bactérienne secondaire, avait précisé Finn. Surajoutée à la primo-infection virale, elle s'est traduite par des symptômes qui évoquaient une leucémie.

Faith avait à peine entendu ce qu'il lui avait dit ensuite :

— Chloé est en anémie, son taux de globules blancs est extrêmement élevé, d'où la poussée de fièvre. Je viens d'avoir un coup de fil du médecin qui s'est occupé d'elle. Il regrette de ne pas avoir pu te parler en personne ; il a été retenu au bloc. Avec le traitement antibiotique, tout devrait vite rentrer dans l'ordre. Repose-toi, Faith. Prends des forces pour demain.

— Oui, avait-elle bredouillé.

Elle avait la gorge tellement serrée qu'elle était incapable de formuler des phrases. Elle devrait appeler Trina et Izzy, qui lui avaient déjà laissé plusieurs messages.

Finn appela de nouveau.

— Tu as pu joindre Raimondo ?

— Toujours pas. Il est encore dans l'avion. Il doit atterrir dans quelques heures.

— Je suis sûr qu'il va revenir.

— Dans le meilleur des cas, il ne sera pas là avant deux jours. Merci pour tout, Finn.

— Essaie de te reposer, Faith.

— Oui. De toute façon, je n'ai plus de batterie, dit-elle avant de raccrocher.

Raimondo ne devait plus être loin de Florence, à présent. Il aurait pu appeler durant son escale. Cette fois, il ne pouvait pas accuser sa femme d'avoir intercepté ses messages.

Il avait d'autres priorités, Faith n'aurait pas dû être surprise. Néanmoins, la déception était cuisante. Ne se doutait-il pas qu'elle aurait eu besoin de se blottir entre des bras forts pour pleurer, après avoir si brutalement pris conscience de la fragilité de la vie de sa fille ?

Les deux jours qui venaient de s'écouler ne signifiaient donc rien pour lui ?

En regardant sa fille dormir, Faith laissa les larmes ruisseler sur ses joues, trop lasse pour les essuyer. Une perfusion dans un bras, l'autre main sous le menton, Chloé était aussi blanche que les oreillers.

On lui avait fait une transfusion sanguine et administré deux antibiotiques différents. Sa mère ne pouvait pas l'aider ; Impuissante, elle ne pouvait que rester assise à ses côtés.

Dieu merci, il y avait eu plus de peur que de mal, et maintenant que l'espoir succédait à l'angoisse, Faith se sentait épuisée, la tête entre les mains, les yeux fermés.

Chloé vaincrait cette méchante infection. Il le fallait.

La porte s'entrouvrit mais Faith ne prit pas la peine de se redresser, persuadée qu'il s'agissait d'une infirmière.

— Faith..., chuchota Raimondo.

Les cheveux en bataille, les traits tirés, le costume froissé, il s'avança dans la chambre.

— Tu es là ? bégaya-t-elle en se levant.

Et elle se jeta dans ses bras.

15

Il la serra contre lui et elle éclata en sanglots, puisant le réconfort à la chaleur qui se dégageait de son torse, à la force de ses mains qui lui caressaient le dos.

— Je n'aurais jamais dû partir, chuchota-t-il dans ses cheveux. Je ne partirai plus jamais sans vous.

Faith n'avait pas la tête à saisir la portée de ces paroles. Son cerveau était comme anesthésié. Elle ne pouvait que gérer l'instant présent.

— Elle était si faible, bredouilla-t-elle, la voix étranglée, entre le soulagement et l'épuisement.

Elle ne parvenait pas à croire que Raimondo était là. Elle n'espérait qu'un appel, elle ne comprenait pas comment il avait fait pour revenir aussi vite.

— Ma pauvre Faith, tout le mal que je te fais sans le vouloir… Je n'aurais jamais dû partir.

— Oh non…, murmura-t-elle en levant enfin les yeux vers lui. Comment as-tu fait pour être déjà là ?

Il se passa une main dans les cheveux, au souvenir de cet invraisemblable voyage.

— J'ai fait demi-tour à Singapour. J'ai appelé un ami médecin et je lui ai demandé de se rendre auprès de Dominico. Mais c'est une autre histoire… J'ai eu un peu de mal à récupérer mes bagages et à échanger mes billets mais finalement, tout s'est arrangé.

— Tu dois être épuisé, dit-elle en regardant ses cernes.

— Moins que toi, moins que Chloé. Je n'aurais jamais dû partir, répéta-t-il encore une fois.

Faith lui posa une main sur le bras et ils se tournèrent tous les deux vers leur fille.

— Tu es là, maintenant.

Tout doucement, il s'assit au bord du lit et effleura la petite main de Chloé.

— Maman ? marmonna-t-elle, et ses paupières tressaillirent, sans se soulever.

Raimondo ferma les yeux, puis les rouvrit et les leva vers Faith.

— Quand je pense que tu étais toute seule...

Elle hocha tristement la tête.

— Elle est si pâle...

Les lèvres tremblantes, il esquissa un piètre sourire.

— Tu ne répondais pas à mes appels. C'est Finn qui m'a dit que tu n'avais plus de batterie. Je croyais que tu ne voulais pas me parler.

— Oh si...

Il l'enlaça et la serra contre lui.

— Tu étais en droit d'être fâchée... J'avais si peur...

— Tu as fait ce que tu devais faire. Je n'avais pas mon chargeur ; on est partis si vite. Une infirmière doit m'en apporter un demain.

— Pardonne-moi d'avoir appelé Finn. J'étais fou d'inquiétude...

Pour la première fois depuis longtemps, un sourire se dessina sur les lèvres de Faith.

— Ce n'est pas grave, je ne t'en veux pas.

— Tu n'auras plus besoin de téléphone pour me joindre puisque je suis là, maintenant.

— Jusqu'à quand ?

— Pour toujours, déclara-t-il gravement. Crois-moi.

Elle scruta son visage fatigué, ses yeux chaleureux.

— Je te crois, de tout mon cœur, dit-elle en se blottissant contre lui, soudain remplie d'espoir et animée d'un regain d'énergie.

16

Isabel

Un mois plus tard, deux jours avant le mariage, Dominico et Isabel, les deux témoins, avançaient côte à côte dans l'allée de l'église, pour la répétition de la cérémonie.

À côté de lui, elle se sentait minuscule, et s'efforçait de ne pas jeter des coups d'œil en direction de son torse puissant, ni de humer le divin parfum de son after-shave.

Depuis qu'il était arrivé à Lighthouse Bay, il n'arrêtait pas de la regarder, sans rien dire, comme s'il essayait de comprendre quelque chose. Il en était presque ridicule.

Du reste, il n'était pas son genre et il avait sept ans de moins qu'elle. Dans ses yeux, néanmoins, on lisait la sagesse d'un homme beaucoup plus vieux. Les Salvanelli savaient se donner des airs sombres et mystérieux !

Aujourd'hui, en tout cas, Raimondo respirait la joie de vivre.

Dominico prit le bras d'Isabel et se pencha vers elle comme pour lui dire quelque chose à l'oreille, mais il n'en eut pas le temps car le curé donnait de nouvelles instructions. À contrecœur, il alla se poster près de son frère jumeau. Isabel se rendit aux côtés de Faith.

— Je crois que tu lui plais, lui chuchota sa nièce.

— Il est trop jeune, répondit-elle à voix basse. Et il a de trop lourds bagages.

— Tu l'aideras à les porter…

Isabel leva les yeux au ciel et ses joues s'empourprèrent.

— Je ne t'avais encore jamais vue rougir, plaisanta Faith, même quand ce médecin intérimaire te draguait.

Là-dessus, elle retourna auprès de Raimondo, et Dominico revint glisser son bras sous celui de sa tante.

— Vous devriez venir à Florence avec Chloé, suggéra-t-il, quand les deux tourtereaux seront en voyage de noces.

— Ils ne partent que deux semaines.

— Ça leur permettrait justement de prolonger leur lune de miel.

Isabel lui coula un regard amusé.

— Et que ferons-nous, Chloé et moi, en attendant les jeunes mariés ?

— Florence est une ville magnifique, déclara Dominico avec un sourire entendu. Je vous la ferai visiter.

— Merci pour l'invitation, c'est sympa. On verra ce que Faith veut faire.

— Et vous ? C'est important de savoir de quoi on a envie...

— Ne vous inquiétez pas : je fais toujours ce que j'ai envie de faire !

Deux jours plus tard

Sur le parvis de la petite église blanche surplombant l'océan, sous un soleil éclatant, Raimondo jeta un coup d'œil à son frère jumeau.

Le visage de marbre, Dominico regardait droit devant lui, les yeux rivés sur le vitrail représentant le Christ, sans doute perdu dans de douloureux souvenirs.

— Frangin ? Aujourd'hui est jour de fête, hein ?

— Bien sûr, acquiesça Dominico avec un sourire qui rassura son frère. Je suis heureux. Tu as réussi à patienter un mois entier avant de te marier.

— Si j'avais pu l'épouser plus tôt, crois-moi, je l'aurais fait ! répliqua Raimondo en riant. Merci d'être là.

Il avait eu du mal à arracher son frère à sa profonde dépression et aux nombreuses démarches engendrées par l'incendie du laboratoire, mais pour rien au monde, Dominico n'aurait voulu manquer le mariage de son jumeau.

Aux anges, Raimondo savoura la caresse du soleil australien, avant de pénétrer dans l'église.

Malgré les années perdues, il était aujourd'hui le plus heureux des hommes. Jusqu'à son dernier souffle, il mettrait un point d'honneur à se montrer digne de cette chance inouïe que Faith et Chloé lui avaient offerte. Et à l'avenir, peut-être la petite famille s'agrandirait-elle ?

Il ne pouvait qu'être d'accord avec son frère : impossible de résister aux femmes de la famille Fetherstone !

À la répétition du mariage, Dominico avait été séduit par Isabel, mais celle-ci avait fait mine de demeurer insensible à son charme, arguant qu'il était bien trop jeune pour elle. Sept ans, la différence d'âge était pourtant insignifiante !

Dominico avait quitté Florence avec l'intention de reprendre l'avion dès le lendemain de la cérémonie. Or pour la plus grande satisfaction de Raimondo, il avait suffi d'une soirée en compagnie d'Isabel pour que son frère parle déjà de prolonger son séjour.

Après leur voyage de noces, en Italie et en France, Faith et Raimondo reviendraient vivre en Australie, à Lighthouse Bay.

Raimondo priait le bon Dieu pour que son frère s'éprenne de ce lieu où l'on entendait les vagues et les mouettes par les fenêtres ouvertes. La brise marine l'aiderait à panser ses blessures, il en avait la certitude.

Tout en s'avançant vers l'autel, il jeta un coup d'œil aux amis et collègues de Faith, ses futurs associés. Oui, il serait heureux, ici. Bien sûr, il irait aussi souvent que possible en Italie, mais jamais sans sa famille. Il avait hâte de faire découvrir son pays à Faith et à Chloé.

En entendant le bruit d'une voiture, des portières claquer, il sentit son cœur s'emballer. La femme de sa vie était là.

Aux premières notes de musique, tous les regards se tournèrent vers l'entrée de l'église, dont les portes s'ouvrirent pour livrer passage aux petites demoiselles d'honneur.

Vêtues d'une robe jaune ornée d'une ceinture mauve, Chloé et Piper, solennelles, jetaient des pétales de rose autour d'elles, telles deux petites fées au visage rayonnant de joie.

Quand Isabel apparut, le regard pétillant, le sourire radieux et le visage serein, Raimondo sentit son frère tressaillir. Sa robe de soie lilas faisait ressortir ses cheveux bruns et soulignait les lignes de son corps svelte et élancé.

À son bras, Faith irradiait de lumière, les yeux rivés à ceux de Raimondo, à l'autre bout de l'église.

Dio… Elle était sublime, son amour, son ange. Jamais il ne se lasserait de la contempler, jamais il ne se lasserait de la combler. Une immense gratitude lui gonfla le cœur à la pensée de tout ce que lui offrait cette femme si belle.

Sur les marches de l'église, Faith s'immobilisa et posa une main sur le bras d'Isabel, sa tante, son amie, son roc, celle qui s'apprêtait à la confier aux bons soins de l'homme de sa vie.

Jamais elle n'aurait cru que ce moment arriverait, que Raimondo l'attendrait un jour devant l'autel, auréolé d'amour et de joie. Elle s'étonnait de ne pas trembler, de ne pas éprouver la moindre crainte quant à son avenir et celui de Chloé.

Tous ses doutes s'étaient dissipés à l'hôpital, lorsque Raimondo avait prononcé le serment de toujours demeurer à leurs côtés. Désormais, elle n'imaginait plus la vie sans lui.

En smoking noir, chemise de soie blanche, rose jaune à la boutonnière, il se tenait avec son frère devant l'autel, irradiant d'un amour dont elle sentait la force depuis l'entrée de l'église, et lorsque leurs regards se rencontrèrent, elle fut parcourue d'un frisson de désir.

Oui, mon amour, me voici.

Au bras de sa tante, elle s'avança vers l'homme qu'elle aimerait jusqu'à la fin de ses jours.

TINA BECKETT

Des retrouvailles inattendues

Traduction française de
C. DUTEIL

BLANCHE

HARLEQUIN

Titre original :
THE SOLDIER SHE COULD NEVER FORGET

Ce roman a déjà été publié en 2020.

Prologue

Vingt-deux ans plus tôt

— Ne pleure pas, Jessi !

Assise en pleurs sur une souche au bord du ruisseau, Jessi Spencer se raidit.

Elle ne s'était pas aperçue qu'on l'avait vue quitter l'auditorium en larmes, encore moins qu'on l'avait suivie. Et ce timbre râpeux n'appartenait pas à Larry Riley, amoureux d'elle depuis des années, ni à son père — heureusement ! —, mais à Clint Marks, la dernière personne susceptible de se soucier de ses états d'âme.

— Je... Je ne pleure pas, marmonna-t-elle, s'empressant de sécher ses larmes.

Une botte de moto éraflée apparut dans son champ de vision, curieusement décalée sous la grande toge verte, tenue traditionnelle de la cérémonie marquant la fin de leurs études secondaires, et elle ne put s'empêcher de sourire.

Clint en robe ! Pourvu que quelqu'un l'ait pris en photo !

Il s'assit près d'elle, et lui prit le menton, la forçant à le regarder.

— Tu es une piètre menteuse, Jessi May.

Ce petit nom d'amitié déclencha un nouveau torrent de larmes, qu'il essuya d'un doigt léger.

Elle ne l'avait jamais vu se comporter ainsi. Peut-être avait-il aussi conscience de ce que cette soirée signifiait ?

Dans quelques heures, leur bande d'amis s'égaillerait, et

chacun partirait vers sa nouvelle vie. Larry et Clint iraient au camp d'entraînement commencer leur formation militaire. Les papiers n'étaient pas encore signés, mais c'était une question de jours. Et sa meilleure amie passerait l'année suivante en Espagne dans le cadre d'un programme d'échange universitaire.

Ils partaient tous. Sauf elle.

Elle était coincée à Richmond avec un père autoritaire qui avait mal pris que Larry décide de faire carrière dans l'armée. Il ne voulait pas que sa fille fréquente un militaire. Elle avait fait de son mieux pour le lui cacher, mais il l'aurait appris tôt ou tard.

Elle aurait peut-être dû choisir une fac d'un autre Etat au lieu de rester là. Mais elle était fille unique, et elle n'avait pu se résoudre à laisser sa mère seule dans la vaste demeure familiale...

— Qu'est-ce qu'il se passe, Jessi ?

Elle haussa les épaules.

— Mon père, il...

Ça semblait ridicule de se plaindre de son père à quelqu'un comme Clint, qui méprisait l'autorité. Si seulement elle pouvait être comme lui ! Mais elle avait toujours voulu ménager tout le monde, et plus encore depuis qu'elle avait compris que les « vitamines » de sa mère étaient en fait des antidépresseurs.

Les yeux de Clint prirent cette froideur métallique qui l'effrayait.

— Quoi, ton père ? Qu'est-ce qu'il a fait ?

Elle se mordit la lèvre.

Une rumeur courait sur la famille de Clint, on disait qu'il devait son caractère morose à son père. Mais son père à elle n'était pas comme lui.

— Rien. Il est juste excessif. Il ne veut pas que je fréquente des garçons comme toi et Larry.

Clint esquissa un sourire ironique.

— « Moi et Larry » ? Je vois. Larry et moi sommes effectivement pareils...

La réflexion de Clint lui arracha un sourire.

Ils ne se ressemblaient pas du tout, en fait. Larry était comme elle, il marchait au pas, voulait avoir de bonnes notes. Clint en revanche était *borderline*. Son tatouage et sa boucle d'oreille embarrassaient les professeurs et faisaient se pâmer les filles. Y compris elle.

— Vous vous engagez tous les deux dans l'armée, quand même.

— Ton père ne m'aimerait pas de toute façon, que je sois dans l'armée ou non.

— Il veut me protéger.

Clint eut un bruit de gorge qui pouvait passer pour un rire.

— J'ignorais que j'étais dans la course. Ainsi, je serais au coude à coude avec Larry Riley-le-brillant-élève ?

Ses yeux cherchèrent les siens, sa main tiède se posa sur sa nuque, et elle sentit une soudaine chaleur au creux de son ventre.

Clint Marks ne lui avait jamais manifesté le moindre intérêt. Et pourtant, il était là. Avec elle. Il était le seul à avoir remarqué qu'elle s'était éclipsée après l'obtention de son diplôme. Le seul à l'avoir suivie.

— Je... Tu voulais l'être ?

— Non...

Le ton peiné ne cadrait pas avec le démenti.

Elle posa la main sur sa joue.

— Clint ?

Un grondement s'échappa de la gorge de Clint, et il se passa une chose que, en dix-huit ans, elle n'aurait jamais crue possible : Clinton Marks, le *bad boy* du lycée, murmura son prénom, et sa bouche s'empara de la sienne.

1

Ce matin-là, le Dr Jessica Riley prit une fois de plus le chemin de l'hôpital pour vétérans de Richmond, l'estomac noué.

Chelsea, sa fille de vingt et un ans, se trouvait depuis deux mois dans le service psychiatrique de cet hôpital en tant qu'ex-prisonnier de guerre.

Elles avaient toujours fait front ensemble, s'étaient soutenues, s'étaient toujours tout dit. Mais Chelsea était rentrée de sa première affectation métamorphosée, frêle épave aux antipodes de la solide recrue qui avait fièrement assuré pendant sa formation militaire.

— Le nouveau psychiatre est arrivé, lui annonça Maria, l'infirmière qu'elle croisa en entrant dans le service.

— Vraiment ? dit Jessi avec amertume.

Le dernier thérapeute de sa fille était parti subitement, et on lui avait dit que celle-ci serait confiée à d'autres psychiatres militaires en attendant son remplacement.

Maria hésita, consciente que le sujet était douloureux.

— Le Dr Cordoba a dû démissionner pour des raisons familiales. Ce n'est pas sa faute.

Jessi savait d'expérience les dégâts que pouvaient causer les problèmes familiaux. Mais avec le passage de l'ouragan qui avait ravagé la côte, elle avait eu un planning infernal. Le manque de médecins urgentistes ne s'était jamais autant fait sentir, et le personnel médical était au bord de l'épuisement. Et à bout de patience.

Pour couronner le tout, Chelsea perdait le seul thérapeute avec lequel elle avait tissé des liens depuis son hospitalisation.

Jessi avait espéré que l'on découvrirait pourquoi sa fille avait sombré dans le désespoir depuis son retour, que celle-ci finirait par accepter ce qu'il s'était passé dans cet horrible camp de prisonniers. Ce fragile espoir s'était envolé, et elle en voulait au Dr Cordoba d'abandonner les patients qui comptaient sur lui. De n'avoir pas été là le jour atroce où sa fille avait tenté de mettre fin à ses jours.

Bien sûr, c'était injuste. Elle devait essayer de se mettre à sa place. Elle ne pouvait imaginer ce que c'était que d'avoir affaire au quotidien à des patients atteints de stress post-traumatique. Mais elle aussi avait eu quelques cas particulièrement durs. Et personne ne l'avait vue vomir avant de se rendre à son travail, le sourire aux lèvres.

Maria lui posa la main sur le bras.

— Son nouveau médecin est un des meilleurs dans sa partie. Il consacre sa vie aux patients comme votre fille. Il vient de Californie juste pour s'occuper des SPT du Dr Cordoba en attendant son remplacement. Il est déjà allé voir Chelsea et a étudié son dossier.

Le meilleur dans son domaine. Ah bon ? Mais s'il ne devait pas rester...

— Qu'en pense-t-il ?

L'infirmière évita son regard.

— Je ne sais pas. Il m'a demandé de vous envoyer dans son bureau dès votre arrivée. C'est la première porte à gauche.

L'ancien bureau du Dr Cordoba.

Malgré les paroles encourageantes de Maria, Jessi sentait la colère couver en elle.

C'était le troisième thérapeute en deux mois. Combien de temps celui-ci comptait-il rester ?

— Comment l'hôpital a-t-il trouvé ce médecin aussi vite ?

— Il fait des rotations entre les différents hôpitaux militaires pour remplacer les absents...

Un hurlement coupa la parole à Maria. Une femme venait

vers elles, poussant un fauteuil roulant où un vieil homme beuglait des mots inintelligibles en brandissant le poing.

Maria se précipita vers eux.

— Excusez-moi, lança-t-elle à Jessi par-dessus son épaule. Le médecin de Chelsea est dans son bureau, il vous attend... Alors, monsieur Ballenger, qu'est-ce qui ne va pas ?

Jessi se sentait de plus en plus impuissante, et elle n'aimait pas du tout ça. Elle avait envie de zapper l'entretien et d'aller directement dans la chambre de Chelsea. Mais, bien sûr, il fallait d'abord qu'elle rencontre le nouveau membre de l'équipe soignante qui s'occupait de sa fille.

Bon sang, et elle avait oublié de demander son nom à l'infirmière !

Carrant les épaules, elle prit la direction indiquée, s'arrêta devant la porte et foudroya du regard la plaque du Dr Cordoba, toujours en place dans son cadre bon marché.

Le nouveau n'avait pas encore mis la sienne.

Tant pis, il se présenterait lui-même. Elle en ferait autant, puis il lui demanderait comment elle allait. Ils faisaient tous ça. Allait-elle lui dire la vérité ou répondrait-elle « bien », comme chaque fois qu'on lui posait la question ?

Elle frappa à la porte.

— Entrez, répondit une voix masculine, basse et bourrue.

Elle sentit la chair de poule gagner ses épaules, ses bras.

Cette voix impatiente, sexy, elle n'avait aucune envie de l'associer à un psychiatre militaire. Ni à aucun psychiatre, d'ailleurs. Surtout pas s'il était chargé de soigner sa fille.

Allons, il était probablement obèse et chauve...

Réconfortée par cette pensée, elle poussa la porte et entra.

L'homme assis derrière le bureau, absorbé par l'écran de l'ordinateur, n'était ni gros ni chauve. Il avait la tête tournée, et son visage était dans l'ombre, mais elle nota ses cheveux très noirs, courts sur les côtés et plus longs sur le front à la mode militaire, qui grisonnaient légèrement sur les tempes. Il avait une quarantaine d'années, à en juger par ses rides d'expression et le long sillon qui marquait sa joue gauche.

Une fossette trop souvent utilisée ?

Quelque chose dans ce profil la troubla, comme l'avait fait sa voix.

— Asseyez-vous, dit-il. Je suis à vous dans une minute.

Elle déglutit tandis que l'angoisse lui mordait l'estomac.

Y avait-il un problème avec Chelsea ? Celle-ci avait-elle fait une nouvelle tentative de suicide ? Etait-ce pour cela que Maria avait évité son regard ?

Elle voulut poser la question, mais les mots s'étranglèrent dans sa gorge. Alors, elle s'assit en tremblant, regarda autour d'elle pour se calmer les nerfs, et ses yeux tombèrent sur la plaque posée sur le bureau, qui ne portait plus le nom du Dr Cordoba mais...

Elle se figea, battit des cils, se concentra sur chaque lettre dans l'espoir qu'elle avait mal lu. Puis elle leva les yeux vers la portion de visage éclairée, et cette fois elle le reconnut.

Clinton Marks !

Des images jaillirent, de baisers brûlants, d'instants volés dans l'herbe au bord du ruisseau près du lycée.

Elle aurait dû le savoir, le trouble ressenti en entendant sa voix n'était pas le fait du hasard. Mais jamais elle n'aurait imaginé... Seigneur, c'était un fantôme du passé, un rite de passage, rien d'autre.

Pourtant il était là, assis devant elle en chair et en os. Pire, il était le nouveau thérapeute de sa fille. Comment était-ce possible ?

Peut-être n'allait-il pas la reconnaître ?

Mais quand Clint tourna la tête, cet espoir s'envola. Le choc marqua ses yeux gris, ses lèvres se pincèrent. Puis le sourire moqueur si familier apparut, et son regard tomba sur son annulaire.

— J'aurais dû reconnaître ton nom de famille, dit-il. Moi et Larry, au coude à coude... Toujours mariée avec lui ?

— Je suis veuve, murmura-t-elle.

Larry s'était tué dans un accident de voiture quelques mois après leur mariage. Juste après avoir appris par un ami commun qu'on l'avait vue revenir à l'auditorium avec Clint le soir de la remise de diplômes. Il lui avait posé une question à laquelle elle avait refusé de répondre, puis il avait disparu dans la nuit dans le vrombissement de son moteur, pour ne plus jamais revenir.

— Je suis désolé.

L'était-il ? Difficile à dire. Le Clinton Marks d'aujourd'hui portait exactement le même masque que pendant leurs années de lycée, il ne laissait paraître aucune émotion. La boucle d'oreille avait disparu et le tatouage était caché sous ses manches longues, mais il affichait toujours un amusement blasé. Elle avait vu ce masque se fissurer une seule fois. Hélas, ce souvenir la maintenait collée à sa chaise, alors qu'elle aurait dû s'en aller et exiger que le « punk » qui avait disparu de sa vie après avoir couché avec elle se voie immédiatement retirer le dossier de sa fille, pour être remplacé par un praticien vraiment soucieux de ses patients.

Il avait de l'empathie, pourtant. Il lui en avait montré. Elle avait senti ses doigts caressants glisser dans ses cheveux, ses paumes encadrer son visage, sécher ses larmes.

Elle s'aperçut qu'il attendait une réponse.

— Merci. C'était il y a longtemps.

« Et toi aussi. »

Le regard de Clinton vola vers son écran avant de revenir se poser sur elle.

— Ta fille. Y a-t-il une chance pour que… ?

— Pardon ? demanda-t-elle, l'esprit ailleurs.

— Chelsea. D'après son dossier, elle a vingt et un ans…

Elle comprit soudain. Il lui posait la même question qu'avait posée Larry avant de partir dans la nuit : « L'enfant est-il de moi ? »

Le chagrin familier lui serra le cœur.

— Elle est de mon mari.

La mâchoire de Clinton se durcit.

— Tu n'as pas perdu de temps pour l'épouser après mon départ.

Mais Clint était déjà sur le départ à ce moment-là. Il avait été parti bien avant de s'en aller vraiment. Il n'avait jamais été question qu'il reste, et ils avaient utilisé un préservatif ce soir-là. Donc, Chelsea ne pouvait pas être de lui... Même si les préservatifs n'étaient pas infaillibles.

— Tu ne devais pas revenir. Tu l'avais dit toi-même.

— C'est vrai.

Clint Marks était toujours le même garçon méfiant. A cette différence près que, maintenant, il avait un corps d'homme. Un corps dur, viril, avec un visage capable de briser des milliers de cœurs féminins.

Il en avait brisé au moins un.

Mais elle ne l'avait pas admis à l'époque. Elle avait repris le cours de sa vie, faisant tout pour effacer le souvenir de cette soirée dévastatrice. Elle avait cru y arriver avec Larry. Elle l'avait vraiment aimé, à sa façon. Il était tout ce que Clint n'était pas : attentionné, fiable, présent, prêt à renoncer à l'armée pour elle. Trois mois plus tard ils étaient mariés, et elle était tombée enceinte.

Et elle aimait plus que tout l'enfant qu'il lui avait donnée.

La raison de sa présence ici : Chelsea.

— C'était il y a longtemps, répéta-t-elle, les yeux fixés sur sa plaque. Mais si tu penses que ce qu'il s'est passé entre nous t'empêche de soigner ma fille...

— Qu'est-ce que ça veut dire, Jessi May ? la coupa Clint, les sourcils froncés. Que nous devons nous comporter comme s'il n'y avait jamais rien eu ? J'ai envie de soigner Chelsea, pas de te faire des avances, si c'est ce qui t'inquiète.

Elle sentit son visage s'empourprer.

— Bien sûr que non...

— Je t'ai demandé sa filiation uniquement parce que je ne serais pas autorisé à m'occuper de son cas s'il s'avérait qu'elle... n'était pas de Larry.

En d'autres termes, si Chelsea était sa propre fille.

Il devait être sacrément soulagé qu'elle ne le soit pas. C'était très clair, il ne s'intéressait pas plus à elle maintenant que vingt-deux ans plus tôt.

Quel gâchis ! Pas tout à fait un triangle amoureux mais presque : à l'époque, Larry était amoureux d'elle, elle était folle de Clint, et Clint n'aimait que lui-même.

Ce qui la ramenait au présent dilemme.

— Ma fille est très sensible. Si elle croit que tu la soignes pour faire avancer ta carrière militaire, tu peux lui faire encore plus de mal.

— Je suis très doué dans mon domaine, et l'avancement ne m'intéresse pas, rétorqua brièvement Clint.

Il n'y avait aucun orgueil dans ses propos. Plutôt de la tension.

Elle le crut. Sur sa plaque, son grade de colonel attestait d'une déjà belle carrière. Son propre père ayant appartenu à l'armée, elle savait qu'il fallait environ vingt ans pour accéder à ce grade.

Ce dernier avait gravi les échelons jusqu'au grade de général et était mort cinq ans plus tôt. C'était à cause de lui qu'elle et Clint s'étaient retrouvés au bord du ruisseau. Quand il avait su que Larry se destinait à une carrière militaire, son père s'en était pris à elle, arguant de la dépression de sa mère pour la dissuader d'unir sa vie à un soldat. Le soir de leur remise de diplômes avait concrétisé tous les changements qui se préparaient : elle allait perdre tous ceux qu'elle aimait... Puis, contre toute attente, Larry avait changé d'avis : il s'était décidé à la dernière minute pour des études d'agriculture à la faculté locale.

« Moi et Larry. Au coude à coude... »

Une idée lui traversa l'esprit, et elle fixa Clint, effarée.

— Oh ! mon Dieu ! Tu lui avais dit, n'est-ce pas ? Tu avais parlé de mon père à Larry ?

Il ne le nia pas. Il ne cilla même pas.

— Comment va ton père ?

— Il est mort il y a cinq ans, dit-elle d'une voix sourde.

Elle avait beaucoup aimé son père, même s'ils ne partageaient pas la même vision des choses. Il avait été un soutien précieux après la mort de Larry, quand elle s'était retrouvée seule, enceinte, terrassée par le chagrin.

— Je suis désolé, dit Clint en posant sa main sur la sienne. Et ta mère ?

— Elle va bien. Elle s'inquiète pour Chelsea. Comme moi.

— Parlons de ta fille, alors, dit-il en reculant.

— L'infirmière m'a dit que tu avais vu Chelsea et que tu avais parcouru son dossier. Tu sais donc ce qu'elle a fait.

— Discutons-en, puis nous irons la voir ensemble, dit-il en sortant un bloc-notes qu'il posa devant lui.

Elle était surprise de le voir aussi ordonné. Elle ne reconnaissait plus le garçon débraillé aux cheveux longs du temps du lycée.

L'homme qu'elle avait devant elle était aussi discipliné que l'avait été son père. Dix crayons bien taillés s'alignaient devant lui, à côté d'un stylo de qualité. Il n'y avait rien d'autre sur le bureau hormis sa plaque et son ordinateur, et elle était prête à parier qu'il avait remplacé ses bottes de moto par des mocassins cirés.

Elle essaya de rassembler ses esprits.

Aujourd'hui, ce qui comptait, c'était la façon dont le Clint actuel allait soigner sa fille. Comme il l'avait dit, ils devaient se concentrer sur Chelsea. C'est ce qu'elle allait faire.

Et si, pour une raison quelconque, elle jugeait qu'il ne pouvait rien pour sa fille, elle téléphonerait, écrirait des lettres, manifesterait avec des banderoles devant l'hôpital s'il le fallait jusqu'à ce qu'on trouve le médecin capable d'aider Chelsea.

2

Dans le couloir, Clint se força à détourner les yeux de la silhouette somptueuse de Jessi.

Elle n'avait plus rien à voir avec la brindille qu'il avait connue. Son corps s'était épanoui, exhibant des rondeurs que ses mains brûlaient d'explorer.

« Oublie ça, crétin. Tu es là pour soigner sa fille. »

Il avait eu un choc en s'apercevant que la femme superbe aux yeux empreints d'inquiétude assise devant lui n'était autre que la fille qu'il avait convoitée à l'époque du lycée. Celle qu'il avait aimée dans un moment de faiblesse, ému par ses larmes. Celle à qui il avait renoncé au profit du garçon qu'elle voulait et qu'elle avait épousé.

Il avait voulu la protéger, mais il en avait été incapable à l'époque, et il ne l'était pas davantage aujourd'hui. Il pouvait juste faire son travail. Malheureusement, elle ne lui était toujours pas indifférente après toutes ces années.

Il sentit son cœur se serrer à la pensée de l'instant où il avait cru que Chelsea était peut-être de lui. Si elle était née trois mois plus tôt, l'histoire aurait eu une fin différente…

Non. Il avait fait ce qu'il fallait à l'époque. Il était parti et n'avait aucun regret.

Comme ils arrivaient devant la chambre de Chelsea, Jessi dut surprendre son expression, car elle haussa les sourcils d'un air interrogateur.

D'accord, il avait peut-être un regret. Mais il était trop tard à présent.

Les doigts crispés sur le dossier de Chelsea, il allait pousser la porte pour entrer dans la chambre, quand Jessi le retint.

— J'ai entendu des choses au sujet des hôpitaux pour vétérans, Clint. Sache que si je sens qu'on ne lui donne pas le traitement approprié, je la ferai transférer ailleurs.

Il se souciait de ses patients. De tous. Quoi que recommandent les petits fonctionnaires de Washington, quoi que prône l'administration hospitalière de l'unité où il était affecté, il traitait toujours ses patients comme des compagnons d'arme. Ce qu'ils étaient.

— Oublie les ragots. Tant que je serai là, elle aura le meilleur de moi-même.

— Et si le règlement de l'hôpital stipule que… ?

— Il faut toujours que tu t'inquiètes, Jessi May, la coupa-t-il avec un demi-sourire. Tu me connais, pourtant. Depuis quand je me conforme aux règles des autres ?

— Veux-tu cesser de m'appeler comme ça, s'il te plaît ?

Il lui décocha son plus beau sourire.

— C'est une règle ?

— Non, répondit-elle, riant malgré elle.

Une infirmière leur jeta un regard curieux.

Se rappelant la gravité de la situation, il hocha la tête.

— Tu es prête ?

— Je crois.

Il entra le premier et lui tint la porte.

Assise devant la fenêtre, sa patiente contemplait la pelouse. Elle ne réagit pas à leur entrée.

Comment avait-il pu ne pas remarquer la ressemblance entre les deux femmes ? Chelsea avait les mêmes cheveux blonds, la même physionomie éthérée que sa mère autrefois. Mais la jeune femme vulnérable qu'il avait devant lui avait survécu à une formation militaire musclée. Sa fragilité actuelle résultait de son syndrome de stress post-traumatique.

Ce syndrome affectait différemment les gens. Certains étaient torturés et se faisaient du mal. D'autres devenaient impulsifs et furieux et s'attaquaient aux autres.

Lui-même ne savait pas ce qui était le pire même si, adolescent, il aurait pu se prononcer sur la question quand il s'était retrouvé avec un doigt cassé.

Il n'avait jamais parlé à personne de son doigt ni du comportement de son père. Mais en trouvant Jessi en pleurs à cause de son père à elle, il avait envisagé le pire. Son soulagement avait été immense de découvrir qu'il s'agissait de tout autre chose.

— Bonjour, Chelsea, dit-il doucement. Vous vous souvenez de moi ? Je suis venu vous voir un peu plus tôt.

Aucune réaction. L'air misérable, elle continuait de regarder fixement dehors.

Il jeta un coup d'œil à son dossier pour revoir les médicaments prescrits par le Dr Cordoba et prit note de baisser les dosages : il fallait aider Chelsea, pas la transformer en zombie.

Jessi s'agenouilla devant sa fille et lui prit la main.

— Bonjour, ma puce. Comment vas-tu ?

— Je veux rentrer à la maison, dit la jeune femme, d'une voix si ténue qu'il l'entendit à peine.

— Moi aussi, chérie, répondit Jessi. Je le désire plus que tout. Mais tu n'es pas prête. Tu le sais bien.

— Je sais, murmura Chelsea en se tournant vers la fenêtre.

Clint savait que sa réaction n'était qu'un mécanisme de défense, mais Jessi devait avoir le cœur déchiré de voir sa fille se détourner d'elle.

Il approcha une chaise et s'assit devant les deux femmes.

— Je vais ajuster votre traitement médicamenteux, Chelsea. Vous êtes d'accord ?

Elle soupira.

— Faites pour le mieux.

Il passa quinze minutes à les regarder, prenant des notes et comparant ses observations à ce qu'il connaissait du comportement passé de Chelsea.

Celle-ci s'était tailladé les poignets. Jessi l'avait trouvée dans la baignoire. Elle avait fait des garrots avec des foulards, une réaction rapide qui avait sauvé la vie de sa fille. Une transfusion sanguine avait permis d'éviter des dommages irréversibles au cerveau et aux organes. Mais cela n'avait pas effacé les dégâts émotionnels résultant de ce que le dossier qualifiait de « mois de captivité ».

Tout traumatisme devait être traité sur le plan mental et affectif. Certains semblaient s'en sortir indemnes. D'autres étaient écrasés sous le poids de ce qu'ils avaient vécu. D'autres encore se comportaient comme s'ils s'en moquaient, même si ce n'était pas le cas.

Comme lui ?

Jessi avait persuadé Chelsea de s'allonger sur le lit. Assise près d'elle, elle avait glissé un bras autour d'elle et lui parlait avec douceur.

Il se leva et posa la main sur son épaule.

— Je vous laisse ensemble quelques minutes. Passe me voir avant de quitter l'hôpital, dit-il.

Au cas où elle souhaiterait qu'un autre thérapeute soit assigné à sa fille, il devait lui dire qu'elle était coincée avec lui pour toute l'hospitalisation de Chelsea, car il n'y avait personne pour le remplacer. Il lui incombait de la convaincre de lui donner une chance. Il savait qu'il pouvait aider sa fille. Il avait eu affaire à toutes sortes de soldats en crise, hommes et femmes confondus. C'était ce qui lui avait fait accepter cette affectation. Ses rotations ne duraient pas plus de six mois. Cela devrait suffire pour soigner Chelsea, ou au moins élaborer un projet de traitement.

Certes, s'il avait su qu'un des cas du Dr Cordoba était la fille de Jessi Spencer, il n'aurait pas mis tant d'empressement à revenir dans sa ville natale. C'était dangereux pour lui d'être ici. Sur bien des plans.

Mais Jessi n'était plus la fille qu'il avait connue. Elle était plus forte. Elle avait perdu son mari très jeune et avait élevé sa fille seule. D'après le dossier de Chelsea, elle était médecin urgentiste. On n'affrontait pas des traumas à longueur de journée sans être équilibré émotionnellement. Il avait eu un aperçu de sa solidité dans le bureau : elle l'avait étudié sans rien laisser paraître de ses pensées, alors que la Jessi d'autrefois était transparente.

Tant mieux. Il était ici pour soigner sa fille, pas pour reprendre leur relation où ils l'avaient laissée. Il avait couché avec elle un soir, après quoi il s'était arrangé pour que son amoureux en titre sache qu'il devait renoncer à ses rêves pour gagner son cœur.

A l'évidence, Larry l'avait fait.

C'était une chose que lui, Clint, ne ferait jamais. Pour personne. S'il gardait ça en tête durant les prochains mois, tout irait bien. Et s'il apportait à Chelsea une aide efficace, ce serait la cerise sur le gâteau...

Il rectifia mentalement.

Pas juste la cerise, le gâteau tout entier. Point final.

— Combien de temps ça va prendre ? s'enquit Jessi avec angoisse. Je ne voudrais pas qu'un autre thérapeute laisse tomber Chelsea comme...

Comme le Dr Cordoba. Comme le père de Chelsea quand il s'était enfui dans la nuit.

— Tu parles du Dr Cordoba ?

— Oui.

— Il ne l'a pas abandonnée, dit Clint d'une voix adoucie. Sa femme est très malade. Il a dû prendre un poste qui lui permette d'être auprès d'elle. C'était impossible ici, où il consacrait beaucoup de temps à ses patients.

Elle se mordit la lèvre.

Absorbée par ses problèmes, elle n'avait pas pensé que le Dr Cordoba pouvait avoir des soucis aussi graves, voire pires.

— Je ne sais pas quoi dire. Je suis vraiment désolée...

— J'ai pensé que tu devais le savoir, dit Clint. Si tu redoutes que je parte du jour au lendemain, je te rassure tout de suite, je te préviendrai largement à l'avance.

Soudain, l'angoisse des derniers mois lui comprima la poitrine, son cœur s'affola, son estomac se souleva.

Les signes d'une crise de panique. Elle en avait eu deux depuis l'hospitalisation de Chelsea. Non, pas maintenant !

S'efforçant de refouler sa nausée, elle prit plusieurs inspirations.

— Je ne m'attends pas à ce que tu restes éternellement...

Mais l'affreuse sensation grandissait, le sang lui bourdonnait aux oreilles, sa vision se brouillait. Il était trop tard pour enrayer la crise.

Bondissant sur ses pieds, elle fonça vers la porte et n'eut que le temps de s'engouffrer dans les toilettes des femmes juste avant qu'un spasme violent lui torde l'estomac.

Elle tenait le coup depuis plusieurs semaines grâce au café et à l'adrénaline et n'avait pas pris de petit déjeuner ce matin. Les conditions parfaites pour une crise. L'irruption de Clint Marks dans sa vie n'y était pour rien.

La crise passée, elle tira la chasse d'eau et alla en tremblant se rincer la bouche et s'asperger le visage. Tendant à l'aveuglette la main vers le distributeur de serviettes en papier, elle sentit un linge se glisser dans sa paume.

Elle s'essuya le visage et respira lentement pendant que son cœur retrouvait un rythme plus normal.

— Merci, dit-elle, sachant déjà qui elle verrait en ouvrant les yeux. Tu ne devrais pas être là.

— Parce que c'est contraire au règlement ? Je croyais qu'on avait déjà réglé cette question. Je voulais m'assurer que tu allais bien, ajouta Clint en souriant.

Les mots résonnèrent en elle, douloureusement familiers. Il avait dit la même chose le soir de la remise de diplômes, quand elle s'était enfuie de l'auditorium. Heureusement, ses parents n'avaient rien remarqué. Quand elle était revenue une heure et demie après, la réception battait son plein. Sur son conseil, elle avait prétexté un malaise dû au stress, et son père avait gobé le mensonge. Du reste, elle se sentait vraiment mal. Pas à cause du stress, mais parce que le garçon qu'elle avait toujours voulu, celui à qui elle avait offert sa virginité, allait partir pour l'armée, la laissant derrière lui.

— C'est le choc de tout ça, dit-elle, revenant au présent.

— Je sais, murmura Clint.

Comme elle s'enveloppait de ses bras, frissonnante, il enleva sa veste et la lui posa avec naturel sur les épaules.

— As-tu mangé récemment ? J'ai l'impression que tu ne tiens que grâce à la colère et au stress. C'est sans doute la cause de ton malaise.

— Je mangerai plus tard.

— Ou pendant que nous discuterons des différentes options de traitement. Moi aussi, j'ai sauté le petit déjeuner ce matin. Je grignoterais volontiers quelque chose.

Avant de comprendre ce qu'il lui arrivait, elle se retrouva à la cafétéria devant un bagel et un verre de jus de fruits.

Avec douceur, Clint lui exposa en détail le traitement qu'il envisageait pour Chelsea. Celle-ci devrait vivre avec son traumatisme toute sa vie, mais il lui donnerait les outils nécessaires pour le faire le mieux possible.

C'était aussi son souhait en tant que mère. Elle aurait voulu plus que tout effacer la souffrance de sa fille, mais c'était impossible. Elle devait faire confiance à Clint. Il paraissait compétent.

— Et si elle essaie encore de se faire du mal ? demanda-t-elle en reposant son bagel dans l'assiette.

— Je prendrai des mesures pour éviter ça, dit-il avec une fermeté qui la perturba.

Elle n'était toujours pas convaincue qu'il était l'homme de la situation. Mais quelle autre option avait-elle ? Une institution ? Ramener Chelsea à la maison en espérant qu'elle n'attente plus à ses jours ?

Non. Elle ne pouvait pas courir ce risque.

Elle ferait tout pour arracher sa fille à ses ténèbres, quitte à voir Clint tous les jours et à revivre encore et encore leur brève étreinte au bord du ruisseau. Sa décision était prise.

— Je veux que tu me tiennes informée de toutes tes démarches.

— Ne t'inquiète pas, Jessi. Nous l'arracherons à cet enfer.

Il avait dit « nous ». Sa promesse lui fit chaud au cœur.

L'ancien Clint était toujours tapi derrière cette coupe de cheveux militaire et ce bureau bien rangé. Elle le voyait à l'intensité de son regard : malgré les apparences, les années passées dans le rang ne l'avaient pas transformé en bureaucrate insensible. Il était un rebelle. Il l'avait toujours été. Et cette idée lui rendait espoir, tout en l'effrayant un peu.

Elle savait d'expérience qu'il n'avait pas peur de détruire ce qui lui faisait obstacle. Elle devrait juste veiller à ce que son cœur ne se trouve pas sur son chemin.

3

Jessi venait de suturer une plaie et s'apprêtait à prendre un nouveau patient quand un cri de douleur enfantin se fit entendre à l'entrée des urgences.

Un homme très pâle s'engouffra à l'intérieur, portant une fillette dont la jolie robe rose était salie.

Jessi se précipita, consciente que le cas était plus sérieux que les blessés mineurs qui patientaient en salle d'attente.

L'homme remarqua le stéthoscope qui pendait à son cou.

— Vous êtes médecin ?

— Oui. Je peux vous aider ?

— Nous étions à un… elle est tombée, bredouilla-t-il, incohérent, au milieu des hurlements de la fillette.

— C'est votre fille ?

— Oui. Elle est tombée d'un trampoline. C'est sa jambe.

Les enfants aimaient grimper aux arbres, nager dans les lacs, rouler à bicyclette, mais partout le danger guettait.

Jessi écarta des boucles blondes du visage de l'enfant.

— Comment tu t'appelles ?

— Tara, hoqueta celle-ci entre deux sanglots.

— Je sais que ta jambe te fait très mal, Tara. Nous allons arranger ça, dit-elle en faisant signe à une infirmière du bureau d'admission, qui s'approcha avec un bloc-notes.

Les cris de la fillette baissèrent d'un ton.

— Emmenons-la en salle d'examen pendant que Gina recueille les informations nécessaires.

Ce n'était pas le protocole standard — ils étaient censés enregistrer chaque admission, sauf dans le cas où une vie était en jeu. Mais la priorité était de calmer la souffrance de la fillette et la détresse de son père.

Clint Marks n'était pas le seul à enfreindre des règles.

Elle n'avait pas le choix. Elle avait lu la terreur et l'impuissance sur le visage du père. Elle avait connu la même peur paralysante quand elle s'était accroupie devant la baignoire où Chelsea se vidait de son sang. Elle avait hurlé pour lancer ce même appel à l'aide. A Dieu. A l'univers. A tous ceux qui l'entendraient.

Comme le père égaré qui la suivait en salle de soins, elle avait été forcée de confier son enfant à un professionnel qualifié en priant pour qu'il arrange les choses. Parce qu'elle était impuissante.

Mais que se passait-il si celui à qui on confiait l'être cher l'était aussi ?

La terreur lui comprima douloureusement la poitrine.

Stop. Cette fillette avait besoin d'elle, elle devait garder la tête froide pour lui venir en aide.

— De quelle jambe s'agit-il ? demanda-t-elle au père.

— La droite. C'est son tibia.

— Elle est tombée par terre ? Du trampoline ?

Elle posait question après question, rassemblant autant d'informations que possible pour déterminer la nature exacte de la blessure. Gina prenait des notes.

— Couchons-la sur la table d'examen.

A peine la jambe de Tara eut-elle touché le métal froid qu'elle poussa un hurlement strident qui se mua en sanglots.

Le cœur maternel de Jessi était mis à rude épreuve, mais elle ne devait pas se laisser attendrir. Il fallait qu'elle fasse un examen complet pour savoir de quoi souffrait l'enfant.

Elle prit les constantes de Tara en lui parlant avec douceur. Relevant sa robe, elle remarqua une contusion sur le jarret, ainsi qu'une déformation du tibia. L'os s'était brisé en deux. Pour savoir si on pouvait le remettre en place sans chirurgie, il fallait attendre le résultat de la radio.

— Gina, pouvez-vous rester pour prendre le reste des renseignements auprès de M. … ?

— Lawrence, dit le père. Jack Lawrence.

— Merci. Pouvez-vous faire ça pendant que j'appelle la radiologie ?

Un infirmier vint chercher l'enfant sur un chariot, et son père l'accompagna, déjà un peu plus rassuré.

Parfois, pour un parent, le simple fait de savoir que tout ne reposait pas sur ses seules épaules était un soulagement.

Mais pourquoi elle-même avait-elle encore l'impression d'être écrasée sous le poids du tourment ?

Parce que, au-delà du physique, la blessure de Chelsea touchait au fondement de son être. Et elle n'était pas sûre que Clint ou quiconque puisse la guérir. Aucune attelle, aucun plâtre ne pouvait soigner un esprit cassé.

Une demi-heure après, Tara et son père revenaient en salle de soins, où un orthopédiste attendait de prendre en charge la fillette.

Elle réprima son envie d'embrasser la petite fille.

Inutile d'enfreindre *toutes* les règles. Certaines avaient leur raison d'être. Elle espérait que Clint savait lesquelles devaient être respectées. Elle sentait que oui. Il ne dépasserait pas certaines limites professionnelles, il ferait tout pour laisser leur passé derrière eux. Et si l'un d'eux franchissait la ligne, il renoncerait à soigner Chelsea.

Devait-elle dire à sa fille qu'elle était allée au lycée avec Clint ? Lui parler de ce qu'il s'était passé au bord du ruisseau ? Pas forcément. Clint semblait avoir un plan. Elle devait lui laisser le temps d'agir. Elle ne pouvait pas risquer de faire encore plus de mal à Chelsea.

— Jessi ? appela Gina comme elle quittait la chambre de la patiente. Vous avez un appel sur la ligne 2.

— D'accord, merci.

C'était sûrement sa mère qui voulait confirmer leur dîner de ce soir. Elle lui avait promis de la tenir au courant de l'état de Chelsea, quoi qu'il lui en coûte. Depuis la mort de son mari, sa mère n'avait plus que Chelsea et elle. Et si elle n'était plus sous antidépresseurs, elle commençait à avoir des absences que Jessi mettait sur le compte du stress de la maladie de son unique petite-fille.

Au bureau de réception, elle décrocha le téléphone et appuya sur le bouton.

— Allô ?

— Jessi ? C'est Clint.

Comme si elle n'avait pas reconnu sa voix !

Elle déglutit, le cœur serré d'appréhension.

— Il y a un problème avec Chelsea ?

— Non. Tu as une minute ? Je veux organiser le planning. Je tiens à ce qu'on ait un entretien tous les jours.

La voix basse, râpeuse, éveillait de curieuses sensations au creux de son ventre.

— Tous les jours ?

Au sujet de Chelsea, évidemment, pauvre idiote ! Qu'est-ce qu'il lui prenait ?

— Oui. Nos emplois du temps sont probablement chargés, mais nous pouvons le faire par téléphone si nécessaire.

— Ah... D'accord.

Etait-il en train de dire qu'il ne tenait pas à la rencontrer en personne, préférant avoir cet entretien par téléphone interposé ? Elle l'ignorait, mais elle parcourut son planning des cinq prochains jours.

— Je veux aussi vous voir ensemble, Chelsea et toi.

— Pourquoi ?

— Le Dr Cordoba n'avait pas de séances avec toi ?

— Non. Il parlait d'en organiser plus tard.

— Je pense que la famille doit être impliquée dès que possible. C'est toi qui travailleras avec Chelsea quand on signera sa décharge.

« Sa décharge. » Le plus beau mot qu'elle ait entendu depuis des semaines. Et dans la bouche de Clint, il avait une résonance réelle au lieu de n'être qu'une vague possibilité. Il était vraiment sérieux en prétendant vouloir tout faire pour traiter efficacement sa fille.

Elle sentit sa gorge se serrer de gratitude.

— Merci d'être prêt à enfreindre les règles, Clint, dit-elle, ne sachant trop si elle parlait de Chelsea ou de leur relation de jeunesse.

— De rien, Jessi. Chelsea a beaucoup de chance de t'avoir.

— C'est plutôt Chelsea et moi qui avons de la chance, répliqua-t-elle sans réfléchir.

— Je t'appellerai.

En raccrochant, elle pria pour avoir pris la bonne décision.

Elle avait autorisé à revenir dans sa vie l'homme qui lui avait fait connaître l'extase avant de la plonger dans le désespoir en partant sans se retourner. Mais avait-elle le choix ?

On avait toujours le choix. Elle avait peut-être pris la mauvaise décision à l'adolescence, mais elle était plus maligne aujourd'hui. Plus forte. Elle pouvait contrôler ses émotions. Sinon pour elle, dans l'intérêt de sa fille.

4

Jessi s'engouffra dans le bureau de Clint avec une demi-heure de retard, hors d'haleine, le visage empourpré, les cheveux en bataille.

— Désolée. Nous avons eu une urgence à l'hôpital…

Clint refoula son émotion.

Elle lui avait montré la même image après leurs ébats au bord du ruisseau, vingt-deux ans plus tôt, et il avait déploré que leur relation soit sans issue.

Rien n'avait changé. Et la première séance familiale s'annonçait désastreuse.

— Pas de problème, dit-il en se levant. J'ai un autre patient dans une demi-heure, il faudra juste écourter la séance.

— Pauvre Chelsea ! J'ai honte. Mais je suis libre demain, je viendrai passer la journée avec elle.

Quand ils pénétrèrent dans la chambre de Chelsea, la première chose qu'il remarqua fut le plateau du déjeuner, intact. En les voyant entrer, Chelsea s'empressa de fourrer une cuillerée de purée de pommes de terre dans sa bouche et se mit à mâcher ostensiblement.

Elle manipulait son entourage. Il l'avait déjà remarqué quand il avait essayé de la faire parler de sujets personnels.

Elle fit passer sa purée avec plusieurs gorgées d'eau et resta immobile, respirant bruyamment.

— C'est bon ? demanda-t-il avec une feinte nonchalance.

Chelsea haussa les épaules. Elle prit une nouvelle bouchée, encore plus petite.

Le message était clair : « On ne parle pas la bouche pleine. »

Bah, elle finirait par vider son assiette. Elle était très menue, et il se réjouissait de la voir avaler quelque chose. Il l'avait noté dans son dossier. Elle se nourrissait à peine, sauf en présence d'un tiers. Le personnel avait pris l'habitude de s'attarder dans sa chambre sous prétexte de bavarder. C'était le seul moyen de la faire manger.

Jessi restait plantée là, désarmée par le comportement distant de sa fille.

Il lui adressa un signe de tête rassurant, lui désigna une chaise et s'assit à côté d'elle.

— Commençons, si vous êtes d'accord, Chelsea.

Mâche, mâche, mâche. Elle passa aux haricots verts sans un mot.

D'accord, si elle voulait la jouer ainsi, il suivrait.

Il se tourna vers Jessi, navré de ce qu'il allait faire, mais une seule chose pouvait briser l'isolement de sa fille : affronter les sujets désagréables.

— Puisque Chelsea est occupée, dis-moi la raison de sa présence ici.

Jessi écarquilla les yeux.

— Tu veux dire quand elle...

— Oui.

Elle déglutit pour rassembler son courage avant d'évoquer la tentative de suicide — ou refuser de l'aborder.

— Eh bien, je... j'ai appelé Chelsea sur son portable pour la prévenir que je rentrais tôt à la maison. Elle ne répondait pas, j'ai eu sa boîte vocale. Je voulais m'arrêter en route acheter des plats thaï, sa cuisine préférée, précisa-t-elle, les larmes aux yeux. Mais j'ai changé d'avis et suis rentrée directement pour l'emmener dîner au restaurant. Quand je suis arrivée... quand j'ai pénétré dans la maison, je...

— Stop, l'interrompit Chelsea, les yeux baissés, la fourchette levée. Ne la faites pas parler de ça.

Voulait-elle épargner sa mère ou se préserver ?

— De quoi voulez-vous qu'on discute, alors ?

Il y eut un long silence, puis elle répondit :

— De ce que vous espérez accomplir en me gardant ici.

— Il ne s'agit pas de nous, Chelsea. Il s'agit de *vous*.

— Où est le Dr Cordoba ? demanda-t-elle, levant enfin la tête pour le regarder.

— Il est parti travailler ailleurs.

— A cause de moi, murmura-t-elle dans un souffle.

— Bien sûr que non. Il a dû prendre cette décision pour des raisons personnelles. Ça n'a rien à voir avec vous.

Jessi prit une profonde inspiration.

— Nous voulons tous t'aider, ma puce.

— Tout ce que je touche se transforme en cendres…

— Non, répondit Jessi, se rapprochant pour lui caresser les cheveux. Tu as beaucoup souffert ces derniers mois, mais tu n'es pas seule.

— Si, maman. Pour vous tous, je souffre de stress post-traumatique à cause de ma détention dans ce camp, n'est-ce pas ? Le Dr Cordoba le croyait. Mais ce n'est pas le cas.

— Vous avez essayé d'attenter à vos jours, Chelsea. Quelque chose vous a fait penser que la vie ne valait pas la peine d'être vécue.

Les épaules de Chelsea se voûtèrent.

— Cela a-t-il un rapport avec votre grossesse ?

Jessi sursauta puis fixa sa fille, interloquée.

Bon sang. Jessi n'était-elle donc pas au courant ? C'était noté dans le dossier de Chelsea. L'examen médical avait révélé qu'elle avait eu un enfant ou qu'elle avait fait une fausse couche. Il avait supposé…

— Je veux qu'elle sorte, dit sa patiente, raidie. Tout de suite.

— Mais, Chelsea…, implora Jessi.

— Tout de suite, répéta la jeune femme, haussant le ton. Tout de suite, tout de suite ! *Tout de suite !*

Jessi se leva et sortit comme une somnambule sous les cris douloureux de sa fille, qui s'arrachait les cheveux et jetait son plateau à travers la pièce.

Il appela l'infirmière, et à eux deux ils purent administrer un sédatif à Chelsea, mettant fin à ses hurlements hystériques. Son corps s'amollit, ses yeux se fermèrent.

Planté devant le lit, il resta un moment à l'observer avec un sentiment de malaise, comme chaque fois qu'il la rencontrait.

Il y avait quelque chose qu'il ignorait, qui n'était pas mentionné dans son dossier. C'était en rapport avec sa grossesse. Elle était calme avant qu'il aborde ce sujet. Il était temps de creuser la question.

Mais pour l'instant, il devait affronter Jessi.

Jessi avait eu l'estomac révulsé en voyant l'infirmière se ruer dans la chambre. Les hurlements étaient devenus des plaintes, puis le silence était retombé. Elle avait envie de vomir mais était parvenue à se contenir.

— Je ne savais pas, bredouilla-t-elle, adossée au mur du couloir, quand Clint s'approcha.

— Je regrette, dit Clint en se passant la main dans les cheveux. Je pensais qu'elle t'en avait parlé.

— Elle ne m'a rien dit. Cela a-t-il pu se passer pendant sa détention ?

— Je ne sais pas. C'est la première émotion que je la vois manifester. Nous avons touché un point sensible. Malgré tout, c'est une bonne chose.

— Je ne peux pas imaginer ce qu'elle a traversé, murmura-t-elle en fixant le plafond du couloir, désemparée.

Au cours d'une patrouille nocturne, le convoi de Chelsea était tombé dans une embuscade tendue par de faux policiers. Ils avaient été gardés en détention pendant quatre mois, et on les avait séparés pour les interroger. C'est seulement quand ils avaient été libérés et rapatriés que Chelsea avait appris qu'un de ses compagnons était mort pendant leur captivité.

Jessi se tourna vers Clint en soupirant.

— Elle a été débriefée par l'armée, mais je n'ai jamais su ce qu'elle avait dit, et je... j'avais peur de la harceler. Elle semblait aller bien.

— Tu ne pouvais pas deviner ce qu'elle allait faire, dit-il en écartant une mèche blonde de sa joue.

Elle n'était pas sûre qu'elle supporterait de voir sa fille souffrir autant, semaine après semaine. Et une grossesse...

Chelsea avait-elle été violée pendant sa captivité ?

D'après l'état-major, aucun indice ne le laissait penser, et Chelsea n'était pas bavarde.

— Je crois que ma présence à ces séances lui fait plus de mal que de bien.

— Voyons comment ça se passe cette semaine, d'accord ? Elle a été admise pour rester sous surveillance après sa tentative de suicide. Ça te donne l'autorisation de prendre des décisions concernant ses soins. Elle peut encore s'ouvrir.

— Elle ne tolère même pas ma présence, Clint ! Tu l'as entendue.

— C'est le choc qui l'a fait réagir ainsi. Elle ne s'attendait pas à ce que je lui pose cette question. Au moins, elle extériorise sa souffrance au lieu de la refouler.

Il la scruta, les yeux étrécis.

— Depuis combien de temps n'as-tu pas pris un peu de temps pour toi, Jessi ?

— Je ne m'en souviens pas.

— Elle n'a pas besoin que tu craques aussi, et c'est ce qu'il se passera si tu ne t'accordes pas un peu de repos.

Elle savait qu'il avait raison. Depuis des semaines, elle avait l'impression de se tenir au bord d'un précipice, sans pouvoir reculer.

— Tu as dit que tu étais libre demain. Si tu faisais quelque chose d'amusant ? Quelque chose qui te fasse plaisir ?

— Je veux passer la journée ici avec Chelsea.

— Elle comprendra. Ce n'est peut-être pas une mauvaise idée de lui laisser une journée pour réfléchir à ce qu'il vient de se passer.

— Je ne saurais même pas quoi faire, avoua-t-elle, consciente qu'elle n'avait aucune envie de rester enfermée chez elle à ruminer de sombres pensées.

— Ecoute, je n'ai rien d'urgent demain. Si on faisait quelque chose ensemble ? C'est la saison des foires, il y a probablement un événement prévu dans le coin.

— Mais je ne peux pas. Chelsea...

— Elle ira très bien.

Jessi se sentait déchirée entre des émotions contradictoires. L'idée de passer la journée avec Clint la tentait beaucoup...

— Je ne suis pas sûre.

— Parce que je suis son thérapeute ?

— Oui, répondit-elle, saisissant cette excuse au vol.

— On peut toujours remédier à ça, rétorqua Clint.

Il avait déjà parlé de confier sa fille à un autre praticien.

— Non ! dit-elle, prise de panique. Je veux que ce soit toi.

Secouant la tête, il lui toucha la joue.

— Dans ce cas, il faut que tu prennes soin de toi.

Elle acquiesça, incapable de détourner les yeux du regard indéchiffrable qui la fixait.

— J'essayerai.

— Veux-tu que je regarde le programme des festivités locales pour voir si on peut trouver quelque chose sans rapport avec l'hôpital ?

Elle refoula son sentiment de culpabilité.

— D'accord.

Il laissa retomber sa main.

— Ça va aller, ce soir ?

Lui posait-il la question en tant que psychiatre ou en tant qu'homme ?

Peu importe. Elle ne voulait surtout pas mettre en péril la relation thérapeutique de sa fille avec la seule personne qui pouvait peut-être communiquer avec elle.

Leurs rapports devaient rester professionnels. Même si l'innocente caresse de Clint réveillait en elle des émotions qu'elle n'avait pas éprouvées depuis vingt-deux ans. D'une façon ou d'une autre, elle devait les réprimer.

— Ça ira. Préviens-moi s'il y a du changement, d'accord ? dit-elle, satisfaite de son ton convaincant.

— Entendu. Je termine à 22 heures, mais l'hôpital sait où me joindre en cas de problème.

Il sortit une carte et y griffonna quelque chose avant de la lui tendre.

— Je te verrai demain matin. D'ici là, voici mon numéro de portable. Appelle-moi si tu as besoin de moi.

« Si tu as besoin de moi. »

Des paroles inutiles, car elle avait déjà besoin de lui. Plus qu'il ne faudrait.

Mais elle n'appellerait pas, quelle que soit son envie de le faire.

5

Clint grimpa sur la plus haute rangée de gradins et tendit la main à Jessi. Elle se laissa guider au milieu des spectateurs, et ils s'adossèrent à la cloison métallique pour assister au spectacle.

Elle regarda le cheval entrer dans l'arène en caracolant, les oreilles dressées.

Trois bidons de deux cents litres avaient été disposés en un triangle autour duquel le cheval et son cavalier devaient galoper le plus rapidement possible. Chronométrée, la course était une épreuve de vitesse apparemment facile, mais si un cheval renversait un tonneau, son cavalier recevait une pénalité de cinq secondes qui pouvait lui coûter la victoire.

— J'ai participé à cette course autrefois, remarqua-t-elle.

— Je sais, répondit Clint.

Elle lui jeta un regard surpris et manqua le départ du concurrent.

— Tu le savais ?

— Je venais à la foire à l'occasion, dit-il en souriant. J'ai assisté à plusieurs événements du 4-H[1].

La pensée que Clint l'avait vue concourir la troublait. Comment avait-elle pu le manquer ? Il se distinguait des jeunes de leur âge à l'époque, on le remarquait.

1. Les clubs 4-H sont un mouvement de jeunesse administré par le ministère de l'Agriculture américain, qui a pour but le développement personnel des jeunes à travers des programmes et événements variés dans différents domaines d'activité.

— J'ignorais que tu t'intéressais au 4-H.

— Je ne m'y intéressais pas plus que ça, dit-il, les yeux fixés sur la course. Tu as toujours ton trophée ?

Absorbé par ce qu'il se passait dans l'arène, il n'entendit probablement pas son hoquet de surprise au milieu des hurlements de la foule.

Elle n'avait gagné qu'une fois au cours des années où elle avait participé à l'événement !

— Comment sais-tu que je… ?

— Il se trouve que j'étais dans le coin ce jour-là.

Comment pouvait-on se trouver là par hasard ? La foire s'étendait sur des kilomètres, et l'arène où se déroulaient les courses de chevaux était située à l'écart des manèges et des baraques de sandwichs.

— Tu m'as vue concourir ?

— J'ai vu beaucoup de gens concourir.

— Tu assistais à toutes les courses ?

— Pas toutes. J'avais des amis qui participaient à différentes choses.

Comme cette course en particulier ? Elle n'y croyait pas.

Elle reporta son attention sur le nouveau cheval qui venait d'entrer dans l'arène.

Sa cavalière le guida jusqu'à la ligne de départ et lui lâcha la bride. Tendu en avant, le cheval fonça, la queue dressée, encouragé par sa cavalière chaque fois qu'ils dépassaient un bidon en prenant des virages aussi serrés que possible. Puis, dans un galop effréné, le cheval fila droit vers la ligne d'arrivée. Dans les haut-parleurs, le présentateur annonça le score en précisant que la candidate et sa monture prenaient la deuxième place.

Clint se pencha, et le parfum de son après-rasage assaillit Jessi en même temps que son bras la frôlait. Troublée, elle faillit ne pas entendre sa question.

— Je me suis toujours demandé pourquoi des chevaux commençaient par le baril de gauche et d'autres par celui de droite.

— P… parce que les chevaux ont un côté dominant, un peu comme nous sommes droitiers ou gauchers.

— Intéressant. Alors, ton cheval était droitier ?

— Oui, répondit-elle.

Il l'avait *vraiment* vue concourir !

Quelle importance ? Il n'y avait pas de quoi en faire un plat. Pourtant cela la tracassait, elle ne savait pas pourquoi.

Aucun des deux chevaux suivants ne battit le meilleur temps. Malgré le troublant aveu de Clint, Jessi commençait à se détendre. Il avait bien fait de proposer cette sortie.

— Tu crois que Chelsea… ?

— L'hôpital m'appellera en cas de besoin. On ne travaille pas aujourd'hui.

— Il s'agit de ma fille, Clint. Je ne peux pas m'empêcher de m'inquiéter pour elle.

— Je ne te demande pas de ne pas penser à elle. Je veux juste que tu profites de ta journée. C'est ce qu'elle voudrait.

Jessi acquiesça dans un soupir.

Elle avait insisté pour s'arrêter voir Chelsea avant de partir, sans lui dire que Clint l'accompagnait à la foire.

— Elle a paru contente quand je lui ai dit où j'allais.

— Exactement. Et elle voudra sûrement savoir ce que tu as fait. Alors passons un bon moment…

Soudain, il y eut un effroyable craquement métallique.

Immédiatement, le bras de Clint l'entoura, la plaquant contre lui.

— Ne bouge pas ! lui intima-t-il au milieu des hurlements.

A l'extrémité des gradins, une partie de la cloison métallique s'était décrochée sous le poids des spectateurs et pendait mollement. Plusieurs personnes avaient été projetées en bas. D'autres dévalaient les gradins, prises de panique. Quelqu'un trébucha et atterrit sur un spectateur, plusieurs rangs plus bas.

Dans les haut-parleurs, une voix appela au calme et demanda une aide médicale.

— Reste ici, ordonna Clint.

— Je viens avec toi. Je suis aussi médecin.

Clint lui prit la main et descendit les marches avec précaution en s'efforçant de ne piétiner personne.

Le temps qu'ils arrivent en bas, une ambulance déboulait sur le terrain poussiéreux qui séparait l'arène des camping-cars et des vans. La foule se fendit pour la laisser passer.

Une des victimes s'était relevée. Une autre était partie. Mais trois autres étaient encore à terre, dont un homme, sans doute un fermier à en juger par sa tenue vestimentaire, qui se tenait la jambe.

— Je suis médecin, lui dit Clint. Pouvez-vous attendre une minute pendant que nous faisons le tour des blessés ?

— Allez-y, dit l'homme.

Jessi décida de s'occuper de la femme qui gémissait, couchée sur le flanc, pendant que Clint se chargeait de l'enfant qui se tordait par terre en pleurant.

— Je suis médecin, laissez-moi passer, dit Jessi.

La femme était consciente mais souffrait visiblement beaucoup.

— Où avez-vous mal ?

— Brandi, haleta la femme en essayant vainement de se mettre sur le dos. Ma fille… Où est Brandi ?

Jessi leva les yeux.

Deux infirmiers venaient de jaillir de l'ambulance. Les badauds lui cachaient Clint, mais elle savait qu'il soignait une fillette.

— Quel âge a votre fille ?

— Elle… elle a cinq ans. Elle porte un short rose, dit la blessée avec effort.

— On s'occupe d'elle. Où avez-vous mal, madame ?

— Aux côtes… Respirer me fait souffrir…

Jessi prit rapidement ses constantes. Tout allait bien, à l'exception d'une sensibilité anormale au côté droit.

— Vous êtes-vous cogné la tête ?

— Non. J'ai atterri sur le côté… Je ne peux pas me lever…

Un infirmier s'agenouilla près d'elles.

— Qu'avons-nous ici ?

Elle considéra le très jeune homme.

— Possible fracture des côtes. Comment va la petite fille ?

— Elle a un poignet fracturé, mais on peut l'évacuer.

La patiente de Jessi fondit en larmes.

— C'est elle ? C'est ma fille ?

C'était un miracle que personne n'ait été grièvement blessé ou même tué dans l'accident. Heureusement, la structure avait été montée sur un sol meuble et non sur une surface dure comme le béton ou l'asphalte.

Elle se tourna vers l'infirmier.

— Pouvez-vous demander au Dr Marks si sa patiente s'appelle Brandi ? Si oui, il s'agit de sa fille.

— Je reviens tout de suite.

Elle demanda aux badauds de s'écarter et aperçut enfin Clint. Il lui adressa un clin d'œil qui lui arracha un sourire.

Tout cela était si familier. Si perturbant aussi !

La fillette était bien Brandi. En quelques minutes, tous les blessés furent chargés dans l'ambulance, qui repartit lentement en se frayant un chemin parmi la foule, sans sirène pour ne pas effaroucher les chevaux, au risque de causer un autre accident.

Clint attira Jessi à l'écart.

— Ils ferment l'accès à la partie dangereuse des gradins.

— J'étais adossée à la cloison métallique… Elle est là depuis des lustres, je n'imaginais pas qu'elle risquait de s'effondrer.

— C'est un accident.

— Ça aurait pu être pire. Qu'en est-il de la personne qui est tombée en descendant ?

— Apparemment, tout va bien, car nous n'avons pas eu d'autres patients.

La tension était retombée, et tout le monde se dirigea vers les barrières entourant l'arène, tandis que de nouveaux concurrents se mettaient en position pour participer à la course.

— Tu veux manger quelque chose ? proposa Clint.

— Tu peux manger après tout ça ?

Il lui prit la main.

— Ils vont tous bien, Jessi. Profitons du reste de la journée.

Elle n'était pas sûre d'aller si bien que ça, perturbée qu'elle était par la sensation de sa main tenant la sienne. Elle avait envie qu'il la touche. Elle voulait...

La sonnerie du portable de Clint l'arracha à ses pensées, et elle se raidit d'appréhension.

Clint porta l'appareil à son oreille.

— Marks.

— Clinton ? Clinton Marks ?

Les sourcils froncés, il s'efforça de situer la voix féminine. Le léger accent du Sud était familier, mais quelqu'un de l'hôpital l'aurait appelé « docteur ».

Tendue, les poings serrés, Jessi semblait terrifiée.

— Dr Marks à l'appareil, s'annonça-t-il d'un ton formel.

— Eh bien, *docteur* Marks, dit la voix avec amusement, c'est Abigail Spencer, la mère de Jessi et la grand-mère de Chelsea. Tu te souviens de moi ?

Il articula silencieusement « ta mère » pour rassurer Jessi, tout en se demandant pourquoi Abigail n'appelait pas plutôt sa fille.

Jessi dut avoir la même idée, car elle jeta un coup d'œil à son portable pour s'assurer qu'il n'était pas éteint.

Son père et celui de Jessi avaient été en poste dans la même base militaire, et il avait souvent vu Mme Spencer durant ses années de lycée. Il avait gardé le souvenir d'une femme affable aux cheveux blonds et bouclés comme sa fille, à l'opposé de sa propre mère qui sursautait chaque fois que la porte s'ouvrait, se plaçant craintivement devant lui le temps de jauger l'humeur de son mari.

Il se frotta le petit doigt.

Sa mère n'avait pas toujours été là pour le protéger...

Il avait toujours senti que la mère de Jessi avait vu le gosse en souffrance qu'il était derrière son blouson de cuir et ses cheveux hérissés de rebelle.

Il s'éclaircit la gorge.

— Bien sûr que je me souviens de vous. Comment allez-vous ?

— Je voudrais voir ma petite-fille, mais Jessi pense que ce n'est pas le moment, et j'aimerais savoir pourquoi. Il y a quand même plus de deux mois…

Il ne voyait pas en quoi cela le concernait, sauf si Jessi s'était servie de lui pour décourager ses visites.

— Je regrette, madame Spencer. Vous devriez en parler à votre fille, car je ne peux pas discuter du traitement de Chelsea. Jessi devrait fournir une autorisation écrite de…

Jessi lui tapa sur le bras pour attirer son attention et secoua farouchement la tête.

— Je peux faire mieux que ça, dit Mme Spencer. Si tu venais dîner à la maison ce soir ? Jessi sera là. Nous pourrions régler ça tous les trois…

Il y eut un silence, qui fut rompu par la voix de Mme Spencer.

— Je suis sa grand-mère. Tu ne crois pas que j'ai le droit de savoir ce qu'il se passe ?

— Je vous le répète, ce n'est pas de mon ressort, répondit-il, s'en voulant de parler ainsi à cette femme qui avait toujours été bonne avec lui. Jessi est légalement responsable d'elle en ce moment.

— Elle veut me protéger, mais je n'en ai pas besoin, dit Mme Spencer en soupirant. Acceptes-tu de venir dîner ?

Il n'était pas question d'accepter sans l'accord de Jess.

— Ecoutez, appelez votre fille. Si elle est d'accord pour que je vienne, j'en serai ravi.

Nouvelle tape sur le bras.

— Qu'est-ce que tu fais ? chuchota Jessi.

Il haussa les épaules avec impuissance.

Contrairement à Jessi, il ne s'était jamais marié, consacrant sa vie à soigner les soldats traumatisés au service de leur pays. Il l'avait fait pour son père qui, comme Chelsea, s'était senti très seul au retour de mission.

— Très bien, je vais le faire. Tu aimes toujours le ragoût de bœuf ?

Abigail se souvenait de ça ? Il n'avait déjeuné chez elle qu'une seule fois. Ce jour-là, il avait découvert que le père de Jessi surprotégeait sa fille. Celui-ci ne l'avait pas aimé. Pas du tout. Et il n'avait plus jamais été invité chez les Spencer.

— J'adore ça, dit-il.

Il doutait que Jessi accepte qu'il vienne discuter de l'état de Chelsea. Si elle avait voulu que sa mère sache comment se passait le traitement de Chelsea, elle lui en aurait déjà parlé.

— Viens vers 7 heures, alors.

— Merci pour l'invitation, madame Spencer, répondit-il évasivement.

Après avoir raccroché, il rencontra le regard accusateur de Jessi.

— Pourquoi l'as-tu laissée t'inviter à dîner ?

Comme s'il avait eu le choix !

— La question est plutôt de savoir comment elle a eu mon numéro de téléphone. Et pourquoi elle m'a appelé, moi ?

— Je ne vois pas ce que tu...

Il fut interrompu par un rythme de samba. La sonnerie du portable de Jessi.

— Seigneur, gémit-elle. Comment vais-je te sortir de là ?

— Je peux venir, si tu es d'accord.

— Bonjour, maman... Non, je... je suis à la foire, bredouilla-t-elle pendant qu'il payait leurs beignets au vendeur. Je sais, je suis désolée. Ça s'est décidé à la dernière minute. Des amis m'ont invitée.

Elle écouta sa mère et s'empourpra.

— Non, ce n'est pas un homme, maman.

Il se hérissa, outragé, en prenant les deux assiettes en carton que lui tendait le vendeur. Il était tout prêt à lui prouver qu'il *était* un homme... Mais elle le savait déjà.

— Ne sois pas si déçue, maman... Tu as fait quoi ? Comment as-tu eu son numéro de téléphone ?

Elle serra les lèvres et se laissa choir sur un banc voisin.

— C'est vrai. J'avais oublié que j'avais laissé sa carte sur le réfrigérateur. Que faisais-tu chez moi, au fait... Maman, tu gâtes trop Cooper. Tu sais qu'il faut surveiller son poids.

Cooper ?

Clint eut la vision fugitive d'un malabar musclé se prélassant dans son lit.

Avait-elle un petit ami ? Non, elle lui en aurait parlé.

Il posa une assiette sur les genoux de Jessi, garda l'autre et fixa son beignet, mal à l'aise.

Mais lui en avait-il donné l'occasion ? Il l'avait questionnée sur Larry, pas sur un autre homme.

— Quoi ? Clint a *déjà* accepté de venir ? Quel empressement !

Elle lui tira la langue tandis qu'il mordait dans un beignet, et il se détendit un peu.

— D'accord, je vais bientôt rentrer, et je passerai par là. Bisous.

Elle coupa la communication et prit son beignet avec la serviette en papier qu'il lui tendait.

— Empressé, hein ? commenta-t-il ironiquement.

— Que pouvais-je faire ? Si je lui avais dit que tu ne pouvais pas venir dîner, elle aurait tiré ses propres conclusions. Et je pouvais difficilement lui avouer que tu mangeais un beignet à côté de moi !

— Qui est Cooper ? demanda-t-il nonchalamment.

— Un beagle partagé... Mmm, c'est bon.

Il était fasciné par le sucre en poudre qui maculait sa lèvre inférieure et devait se faire violence pour ne pas le lécher.

— Un beagle... « partagé » ?

Jessi passa la langue sur sa lèvre pour ôter le sucre.

— J'admets que ça peut sembler bizarre. Il m'a adoptée il y a environ un an. Il est venu gratter à ma porte. Personne ne l'a jamais réclamé, et maman et moi nous en occupons à tour de rôle. Il est censé être au régime, dit-elle en étendant ses jambes devant elle. Quand je travaille tard, maman le prend chez elle. Tu le verras ce soir, puisque tu viens dîner.

Elle engloutit une autre bouchée de beignet d'un air gourmand.

— Enfin, si tu as encore de la place après ça.

— Tu ne m'as pas demandé si j'avais des projets pour ce soir.

— Seigneur, dit-elle, les yeux agrandis. Tu en as ?

— Non. Mais je ne veux pas te compliquer davantage les choses, dit-il en se remémorant son expression torturée quand elle avait découvert la grossesse de sa fille. Je sais que ce n'est pas facile pour toi, Jessi.

— Non, en effet. Je te demande juste de me laisser donner le ton de la conversation. Maman serait folle d'angoisse si elle connaissait la gravité de l'état de Chelsea. Elle a été sous antidépresseurs pendant plusieurs années. Elle n'est pas elle-même, ces temps-ci, et ça m'inquiète.

Il fronça les sourcils. Les gens cachaient bien leurs problèmes.

— Elle est au courant de la tentative de suicide ?

— Oui. Mais elle n'était pas là quand c'est arrivé. Elle l'a su après.

Il lui toucha la main.

— Tu es sûre de vouloir que je vienne ?

— Je ne suis sûre de rien, actuellement. Mais maman a raison. Chelsea est sa petite-fille et elle ne l'a pas vue depuis deux mois. Il est temps de lui dire ce qu'il se passe. Je... je voudrais juste lui donner les informations par bribes qu'elle puisse assimiler. Les cinq dernières années ont été dures pour elle.

Depuis la mort de son mari.

— Je comprends, dit-il en se redressant. Je te laisserai répondre aux questions spécifiques, et je comblerai éventuellement les vides médicaux. Ça te va ?

— C'est parfait. Merci infiniment, Clint.

Au moins, elle n'avait pas jeté sa carte de visite à la poubelle... Mais elle ne l'avait pas non plus gardée dans son portefeuille.

— Si tu as fini, je te ramène chez toi. Tu ne veux sûrement pas qu'on arrive chez ta mère dans la même voiture.

Elle lui tendit son assiette et attendit qu'il ait jeté leurs déchets dans une poubelle voisine avant de répondre.

— Non, ce n'est probablement pas une bonne idée, dit-elle avec un sourire en se levant.

Comme ils regagnaient le parking, il se surprit à espérer que la soirée se passe mieux que la journée.

Après avoir aidé sa mère à dresser la table, Jessi s'éclipsa à la salle de bains et, vu les cernes qui lui marquaient le visage, sortit machinalement sa trousse de maquillage.

Elle se sentait de plus en plus nerveuse. Passer un moment de détente à la foire avec Clint, c'était une chose. C'en était une autre de dîner en sa compagnie, en butte aux questions de sa mère sur l'état de Chelsea.

Elle mettait la dernière touche à ses cils quand la sonnette retentit, déclenchant les aboiements de Cooper.

Elle se figea, la brosse de mascara à la main. Puis elle remit la brosse dans son tube, battit des cils devant la glace, inspira profondément et descendit au rez-de-chaussée.

Sa mère l'avait prise de vitesse. De l'escalier, elle la vit aller ouvrir, son tablier autour de la taille, suivie de Cooper qui bondit aussitôt pour accueillir le nouveau venu.

Clint se pencha pour le caresser.

Les cheveux encore humides de la douche, il était à tomber avec son polo rouge épousant son torse athlétique et son jean noir moulant une autre partie — plus dangereuse — de son corps. Il se redressa et embrassa sa mère pendant que Cooper lui reniflait les chevilles. Enfin, levant les yeux, il rencontra les siens.

Elle sentit son cœur s'affoler tandis que le regard de Clint glissait sur sa silhouette et qu'il esquissait un sourire appréciateur.

Il était sexy. Craquant. Et elle était stupide.

Dévalant les dernières marches, elle attrapa le collier de Cooper pour le tirer dans la maison.

— Je suis contente que tu aies pu venir, dit-elle, avec toute la nonchalance dont elle était capable.

En parfaite hôtesse, sa mère entraîna Clint dans le salon et lui offrit un verre, qu'il refusa poliment.

Jessi en fut surprise. A l'époque du lycée, influencée par son caractère indomptable, elle avait supposé qu'il buvait. Mais, en fait, elle ne l'avait jamais vu toucher à l'alcool.

Comme sa mère la questionnait du regard, elle déclina l'offre elle aussi.

Elle devait être vigilante si elle voulait que la soirée se déroule comme prévu. Si elle avait son mot à dire, ils éviteraient autant que possible de parler de Chelsea. Si sa mère insistait, elle se montrerait franche mais glisserait sur les aspects les plus déprimants : ou Chelsea ne voulait pas évoquer ce qui avait causé sa tentative de suicide, ou elle avait refoulé cette partie de sa vie. Clint n'avait pas encore pu aller au fond des choses. Après tout, il ne la soignait que depuis quelques jours.

— Tu es ravissante, remarqua Clint comme Abigail retournait dans la cuisine mettre la touche finale à son repas, suivie de Cooper qui espérait grappiller un morceau au passage.

— Merci. Je suis sincèrement désolée que tu te retrouves coincé au milieu de tout ça.

— Ce n'est rien. Je n'ai pas mangé de repas fait à la maison depuis... un sacré bout de temps.

Elle avait du mal à le croire ! Un homme comme lui ne devait pas manquer de petites amies. Il était encore plus séduisant aujourd'hui, même si elle ne l'aurait pas cru possible. Grand échalas insoumis à l'adolescence, il s'était étoffé, et pas seulement physiquement. Il avait acquis la maturité qui lui faisait défaut autrefois. A l'époque il avait brisé bien des cœurs féminins — dont le sien —, mais aujourd'hui sa masculinité coupait le souffle. Et son sourire plein d'assurance lui laissait vraiment penser qu'il pouvait aider Chelsea.

— Assieds-toi, dit-elle. Maman ne va pas tarder à revenir, et j'aimerais fixer rapidement quelques règles. Comme je te l'ai dit, elle sait peu de choses sur Chelsea. Elle est au courant de sa tentative de suicide, mais elle ignore la gravité de son état. Je voulais simplifier les choses en attendant...

Sa voix se brisa sous l'effet de l'émotion.

— En attendant de retrouver l'espoir ? reprit Clint. Il y a toujours de l'espoir, Jessi. Je pense que nous commencerons à voir des progrès dès les prochaines semaines. Que veux-tu que je dise à ta mère exactement ? Le mensonge me met mal à l'aise.

Pourtant, il lui avait recommandé de mentir à son père pour expliquer sa longue disparition le jour de leur remise de diplômes. Pourquoi ? Pour se protéger des foudres de son père ? Pour la protéger, elle ?

Un peu des deux, sans doute.

— Je ne te demande pas de mentir. Tu dis qu'il y a toujours de l'espoir. Si tu peux garder ça en tête quand tu parleras de Chelsea, ça aidera maman à se sentir mieux.

— Elle va demander à la voir, tu sais. Vois-tu une raison pour t'y opposer ?

— Je m'inquiète pour elle, je te l'ai dit. Je veux... au moins être là quand elle verra Chelsea.

« Et que tu aies le temps de réaliser un miracle avant. »

C'était ce qu'elle souhaitait le plus au monde. Elle avait confiance en Clint. Elle n'aurait pas su expliquer pourquoi. Il avait promis de faire l'impossible pour Chelsea, et elle le croyait. Elle espérait juste que ça suffirait.

Cinq minutes après, Abigail annonçait que le dîner était servi. Cooper s'installa sous la table, la tête posée sur un pied de Clint, et elle n'arriva pas à le déloger.

— Laisse-le. Il ne me gêne pas, tant qu'il ne me demande pas de lui céder le délicieux contenu de mon assiette.

Tout le monde rit.

Jessi craignait que sa mère ne les questionne sur Chelsea dès qu'ils seraient assis, mais ils bavardèrent de tout et de rien en dégustant la salade. Ils n'abordèrent le sujet redouté que lorsque arriva le fameux ragoût de bœuf, qu'elle eut bien du mal à attaquer, la gorge nouée par la nervosité.

— Jessi m'a dit que Chelsea souffrait de stress post-traumatique. C'est ce que tu penses aussi, Clint ? demanda Abigail.

Jessi posa sa fourchette et attendit que celui-ci réponde.

Clint se tapota la bouche avec sa serviette et acquiesça.

— Beaucoup de vétérans viennent nous voir avec des problèmes liés à ce qu'ils ont vu et fait en opération.

— Cela veut-il dire que tu as une idée de la manière de procéder ?

Elle remarqua qu'il l'observait.

— Pour l’instant, nous sommes ouverts à tout. Je suis encore en train d’étudier les notes de son précédent médecin.

— J’oubliais que tu viens juste d’arriver, dit Abigail. Le timing est parfait. Alors, tu avais le mal du pays ?

Jessi faillit s’étouffer avec une gorgée d’eau, mais Clint ne se laissa pas démonter.

— Les médecins militaires sont régulièrement mutés dans de nouvelles affectations, comme les autres membres des forces armées. Nous le savons tous les deux, n’est-ce pas ?

Elle retint un sourire.

C’était bien de Clint, ça ! Il rappelait à sa mère quelque chose qu’ils avaient en commun et s’en servait pour éluder les vraies questions… Comme il l’avait fait quand elle lui avait demandé pourquoi il devait partir le lendemain de leur remise de diplômes.

« J’ai signé les papiers, ils m’ont dit de me présenter », lui avait-il répondu. Elle l’avait cru à l’époque, mais aujourd’hui, elle avait l’impression qu’il avait fui. Qu’il avait redouté les conséquences de leurs ébats au bord du ruisseau. Et cela la blessait.

Sa mère souriait aussi.

— Je me doute que tu as dû souvent déménager, comme nous quand Jessi était petite. Mais je me réjouis que tu sois de retour et que ce soit toi qui soignes Chelsea.

Clint eut l’air surpris.

— Pourquoi ?

Coupant sa viande, Abigail leva les yeux avec dans le regard un mélange de soulagement et de compassion.

— Parce que tu sais mieux que personne ce que c’est que de subir les contrecoups d’un stress post-traumatique.

6

Durant les secondes qui suivirent, on aurait entendu une mouche voler dans la pièce.

Clint n'avait jamais évoqué les problèmes de son père, ni avec Jessi ni avec personne. Sa mère en avait-elle parlé à Abigail Spencer ? Pire, Jessi était-elle au courant ?

Pendant que les questions se bousculaient dans sa tête, celle-ci le fixait, interdite. Il crut déceler de la pitié dans ses yeux. Il fallait qu'il dise quelque chose.

A ce moment, la douleur de son petit doigt se réveilla, lui rappelant les raisons qui l'avaient poussé à s'engager dans l'armée en abandonnant Jessi. Il serra les poings et prit sa décision : il allait dire la vérité en ce qui concernait son père. Déballer son linge sale.

— Oui, dit-il. Vous avez raison.

La fourchette de Jessi heurta son assiette en cliquetant.

— Maman, je doute que le moment soit bien choisi pour faire ce genre de remarque.

Les yeux verts d'Abigail, si semblables à ceux de Jessi, s'agrandirent.

— Oh ! Je suis désolée. Je croyais que tout le monde était au courant...

Il frotta machinalement son articulation déformée, un tic qui lui rappelait quotidiennement l'importance cruciale de son travail. Car le stress post-traumatique n'affectait pas seulement le soldat mais tous ses proches.

— Ce n'est rien, dit-il. Je ne parlais pas de mes problèmes. Et j'ai ignoré pendant longtemps qu'on pouvait y remédier.

— Tu as souffert de stress post-traumatique ? demanda Jessi, retrouvant sa voix.

— Moi non. Mon père. Quand j'étais au lycée.

Des émotions passèrent dans les yeux de Jessi. La tristesse. Le choc. Et celle qu'il avait espéré ne jamais voir : la culpabilité.

— Clint, je... Tu ne nous l'as jamais dit.

— Tu l'aurais fait, *toi* ?

Il savait qu'elle comprendrait l'insinuation.

Instructeur dans un camp d'entraînement militaire pour nouvelles recrues, le commandant Spencer s'était fermement opposé à ce que sa fille sorte avec un soldat. Parce que, comme toute la base, il était témoin des tourments que subissait Roger Marks, tentant de noyer dans l'alcool les démons qui le hantaient, faisant de la vie des siens un enfer...

Quelles qu'aient été les raisons du commandant Spencer, elles lui avaient sauvé la peau, à lui, Clint. Ses papiers d'enrôlement lui avaient fourni le parfait prétexte pour quitter Richmond. Il avait sauté sur l'occasion. Car il avait peur de son père et *pour* son père. Il s'était enfui parce qu'il craignait de devenir comme lui. Mais, surtout, il ne voulait pas qu'on sache. Il avait honte.

Ironie du sort, on l'avait quand même su...

— Non, bien sûr, repartit sèchement Jessi. Je n'aurais pas partagé mes secrets avec n'importe qui !

Son ton accusateur était éloquent. Car elle avait partagé son secret avec lui, mais il ne lui avait pas dit le sien. Peut-être parce qu'il n'aspirait qu'à une chose ce soir-là : effacer la souffrance qui voilait ses beaux yeux verts.

Jessi ignorait qu'il était secrètement amoureux d'elle. Il s'était retrouvé en train de lui faire l'amour, ajoutant à la longue liste de ses péchés. Et il en avait rajouté en la quittant le lendemain — soi-disant pour la protéger.

Peut-être que partir était une façon de se racheter, comme son enrôlement dans l'armée. Un besoin de réparer ses fautes, voire celles de son père, de faire la paix avec le passé.

Il avait échoué en ce qui concernait Jessi, il ne l'avait protégée de rien du tout. Mais son travail était devenu une véritable passion. Et, oui, dans une certaine mesure il s'était racheté. Aider les soldats meurtris à retrouver une vie normale était une façon de donner à son père l'assistance qu'il n'avait pas reçue. Et aussi, songea-t-il en fléchissant son doigt mutilé, de protéger leurs enfants.

Abigail interrompit le cours de ses pensées.

— Je suis sincèrement désolée, Clint. Je croyais que tu en avais parlé à Jessi, puisque vous alliez à l'école ensemble.

Il avait fait plus que ça. Mais il ne voulait pas y songer maintenant.

— Ce n'est rien…

— Ne t'inquiète pas…

Il avait parlé en même temps que Jessi, et tout le monde éclata de rire, ce qui dissipa la tension. Cooper lui-même poussa un *ouah* approbateur.

— J'ai de la glace à la pêche pour le dessert, annonça Abigail.

Il consulta sa montre.

Presque 9 heures.

— Merci, mais je dois rentrer. Je commence tôt demain.

Il repoussa sa chaise, délogeant Cooper affalé sur son pied. Ses pattes cliquetant sur le parquet, le chien vint presser la tête contre sa jambe.

Il se pencha pour le gratter derrière les oreilles.

— Je vous aide à débarrasser ?

— Non merci, répondit Abigail en souriant. Oh ! J'allais oublier… Quand pourrai-je voir Chelsea ? Je veux passer une ou deux minutes avec elle pour m'assurer qu'elle est…

— Bien sûr, dit-il avec un coup d'œil à Jessi. La prochaine fois que Jessi et moi la verrons ? Samedi à 3 heures ?

Jessi acquiesça d'un signe de tête.

— Entendu, dit-elle. Mais je veux d'abord te parler un peu de son état, d'accord, maman ? Je ne tiens pas à ce que tu sois choquée par ce qu'elle pourrait dire.

— Je ne suis pas née d'hier, ma fille. Je sais que c'est grave. Je veux juste la voir.

— Je passerai te chercher en rentrant du travail, dit Jessi. Nous pourrons y aller ensemble.

Le cœur de Clint se serra en la voyant embrasser sa mère.

Malgré les maladresses de John Spencer, l'amour avait régné dans cette maison. Les deux femmes étaient visiblement très proches. Et il se réjouissait que la colère adolescente de Jessi n'ait pas laissé de cicatrices entre elles.

— Merci encore pour ce dîner, madame Spencer.

— C'était un plaisir. Je suis contente que tu sois venu. Je me sens déjà mieux.

Il se dirigea vers la porte, et Jessi lui emboîta le pas.

— Je te raccompagne à ta voiture.

Il ouvrit la porte, oubliant Cooper, qui bondit dehors.

— Il n'ira pas loin, le rassura Jessi.

Ils descendirent l'allée qui embaumait les fleurs de magnolia.

Ce parfum, il ne l'avait pas oublié. A l'insu de Jessi, il était resté des heures devant chez elle le soir de la remise de diplômes, guettant des bruits de dispute ou pire encore. Mais tous les pères ne se défoulaient pas sur leurs proches avec leurs poings. Il ne s'était rien passé. Il se rappelait juste la chaleur lourde et l'entêtante odeur des fleurs qu'il associerait toujours à ce soir-là. Maintenant encore, le souvenir du moelleux tapis de mousse sur lequel ils s'étaient aimés flottait autour de lui. Avec l'image de son doux visage empourpré pendant qu'il promenait ses lèvres sur son cou...

Bon sang, il n'aurait jamais dû venir ici ! Maintenant, il brûlait de l'embrasser. De revivre un peu de la magie qu'ils avaient connue vingt-deux ans plus tôt. Plus vite il partirait, plus vite il recouvrerait la raison.

Il pressa le pas, mais comme ils arrivaient à la voiture, il sentit la main de Jessi lui toucher le bras.

Les clés à la main, il se tourna vers elle.

— Pourquoi ne me l'as-tu pas dit... ce jour-là ? dit-elle.

— Je croyais m'être expliqué. C'était mon problème, il n'y avait aucune raison que j'y implique quelqu'un d'autre.

— Bon sang, Clint ! J'ai pleuré toutes les larmes de mon corps à cause des stupides règles de mon père sans même savoir que toi…

— Je ne t'ai rien dit parce que je voulais que personne ne le sache. Mais ça n'a plus d'importance. C'est le passé.

— Et ton père est parti.

Clint serra la mâchoire malgré lui.

Le cancer du foie de son père provoqué par des années d'alcoolisme n'enlevait rien au fait qu'il aurait dû savoir comment lui venir en aide.

— Le tien aussi.

— Oui. Il ne souffre plus. Les attaques devenaient plus fréquentes à la fin…

— Je suis désolé, dit-il en glissant un bras autour d'elle.

Il voulait étreindre brièvement Jessi avant de la lâcher, mais elle se blottit contre sa poitrine et le contempla avec ses grands yeux.

Ces yeux qui lui remuaient les entrailles chaque fois qu'elle le regardait. C'était arrivé au lycée, et c'était encore le cas aujourd'hui.

Il s'adossa à la portière de la voiture.

— Pour ce que ça vaut, je suis contente que tu aies été le premier… Et que ce soit toi aujourd'hui.

Il eut l'impression de recevoir un uppercut à l'estomac.

Elle était heureuse de lui avoir offert sa virginité à lui, au lieu de Larry ? Pendant des années, il s'était reproché ce qu'il avait fait ce soir-là.

Et que voulait-elle dire en prétendant se réjouir « que ce soit lui aujourd'hui » ? Faisait-elle allusion à Chelsea ?

— Jessi, j'ignorais qui elle était avant que tu entres dans le bureau, je te le jure.

— Moi aussi, j'ignorais que tu étais son médecin avant de voir la plaque sur ton bureau…

Elle lui effleura la joue du bout des doigts et sourit.

— Je n'ai jamais vraiment cru à tes airs de rebelle au lycée.

— Non ? Et pourquoi ?

— Parce que tu semblais perdu, parfois. Je ne comprenais pas pourquoi à l'époque... Maman a raison, tu sais.

— Comment ça ?

— Tu es le meilleur thérapeute pour Chelsea. Je suis heureuse que tu sois là, Clint. Heureuse que tu sois revenu. Promets-moi que tu ne la laisseras pas tomber.

Il prit soudain conscience que ses doigts touchaient toujours sa peau, excitant ses sens.

L'oppression qu'il ressentait s'accrut. La corde raide sur laquelle il avançait était encore plus fragile qu'il n'avait cru.

Passer la main, c'était précisément ce qu'il devrait faire maintenant. Céder la place à quelqu'un d'autre, prendre ses jambes à son cou et regagner la Californie.

Etait-ce pour cela que Jessi était dans ses bras et lui faisait les yeux doux ?

— Je ne peux pas te le promettre, Jessi May. Je dois agir au mieux des intérêts de ta fille.

— Je sais. Mais jure-moi que demain, quand tu pénétreras dans ce bureau, tu seras encore son médecin.

— Je serai là pour elle.

— Bon. Parce que je suis sur le point de faire une chose très, très stupide...

Il n'eut pas besoin de lui demander quoi. Parce qu'il s'apprêtait à faire une chose tout aussi insensée.

Dans une soudaine flambée de désir, il l'attira à lui pour l'embrasser à pleine bouche.

Dès que leurs lèvres se touchèrent, il se retrouva projeté dans le passé.

A l'époque, il n'avait pas pu se rassasier d'elle. Du goût de sa bouche, de sa peau. Le parfum délicat de ses cheveux, ou peut-être des magnolias, lui avait enivré les sens, le grisant comme une drogue.

Elle laissa échapper un gémissement et lui noua les bras autour du cou en se serrant contre lui.

Enfouissant les doigts dans ses cheveux bouclés humides de la moiteur du soir, il se rappela leurs corps en sueur en train de s'aimer. Il n'avait qu'une envie : la pousser dans la voiture et l'emmener au bord du ruisseau retrouver le souvenir magique de leurs ébats d'adolescents.

Le gémissement plaintif de Cooper déchira le silence de la nuit, suivi d'un bruit de porte qui s'ouvrait. Puis la voix d'Abigail appela le chien.

Etouffant un juron, il lâcha Jessi.

Abigail appela de nouveau.

Les buissons les dissimulaient à sa vue. Il ne tourna pas la tête, les yeux rivés sur les traits pâles de Jessi. Même quand Cooper décida de trottiner vers eux au lieu de regagner la maison, il ne la quitta pas du regard.

Elle recula d'un pas, puis de deux, la main sur la bouche. Encore un pas, et elle se pencha pour attraper le collier de Cooper.

— Je suis désolée... Ne la laisse pas tomber, Clint, je t'en prie. C'était ma faute. Pas la sienne.

Il secoua la tête en silence tandis qu'elle entraînait le chien vers la maison.

Il n'y avait aucun médecin pour le remplacer. Il ne pouvait pas partir. Pas encore. Chelsea ne pouvait pas se permettre de perdre deux thérapeutes en quelques jours.

Et il ne pouvait pas se permettre de commencer quelque chose qu'il ne pourrait pas finir. Il avait fait l'amour à Jessi une fois et avait à peine trouvé la force de s'en aller. Si cela se reproduisait, il n'y arriverait pas.

Dorénavant, il avancerait avec précaution. Et il garderait ses distances avec Jessi et sa mère autant qu'il lui serait possible.

7

Chelsea parlait.

Pas beaucoup, mais pendant leurs séances des derniers jours, Clint avait remarqué un changement subtil dans son comportement. Elle se montrait plus intéressée, moins taciturne. Il n'en savait pas la cause, mais il s'en réjouissait.

Et puis, ça l'empêchait de penser aux conséquences dévastatrices du baiser qu'il avait échangé avec Jessi devant chez sa mère. Et aux soupçons qui lui étaient venus.

Avait-elle essayé de le manipuler pour le faire rester ?

Non, elle n'était pas comme ça. Quand il était parti, vingt-deux ans plus tôt, elle n'avait pas essayé de le faire changer d'avis. Certes, elle lui avait fait promettre qu'il continuerait à soigner sa fille juste avant de l'embrasser, mais elle n'était pas la seule à avoir eu cette idée. Il se sentait aussi coupable qu'elle. Et elle avait veillé à garder ses distances depuis.

Leurs consultations se faisaient maintenant par téléphone malgré leur décision de voir Chelsea ensemble. Et lors de ces appels, le ton de Jessi restait professionnel. Comme le médecin qu'elle était.

Elle était intelligente. Elle savait exactement quelles questions poser sur l'état d'esprit de sa fille. D'après les infirmières, elle rendait visite à Chelsea quand il ne travaillait pas. Elle avait dû se débrouiller pour connaître son planning et venait en son absence.

Il aurait dû lui être reconnaissant de lui laisser le champ libre, mais il s'en irritait parce que sa présence lui manquait.

Mais que faire d'autre ? Il s'était toujours enorgueilli de son sang-froid, qualité qui avait fait singulièrement défaut à son père. Pourtant, il le perdait totalement dès que Jessi se trouvait dans les parages. Chaque fois.

C'était le cas vingt-deux ans plus tôt, et rien n'avait changé. Il ne pouvait simplement pas lui résister. La fille trop bien pour lui pour laquelle il avait secrètement eu le béguin au lycée faisait de lui un être impulsif, imprudent. Un être brutal dont il avait peur, à l'image de son père.

Avec les années, le gamin brut et révolté qu'il était avait cédé le pas à un homme raisonnable et pondéré, et il avait fini par se trouver. Mais l'antidote ne marchait que s'il gardait ses distances avec les autres.

L'entretien d'aujourd'hui serait un test. Jessi devait venir avec sa mère dans un peu plus d'une heure. Il s'était mis en garde. Réprimandé. Immergé dans le travail. En vain. Son cœur battait déjà la chamade à la perspective de la revoir.

Allons, il n'y avait eu qu'un baiser. Il pouvait arrêter quand il voulait...

Hélas, cette phrase résonnait de façon trop familière. Il suffisait de substituer le mot « verre » au mot « baiser », et on avait son père dans toute sa splendeur.

Mauvais.

Son assistante poussa la porte.

— Docteur Marks ? Miles Branson est là pour son rendez-vous. Vous êtes prêt à le recevoir ?

— Oui, faites-le entrer. Merci, Maria.

Il avait été débordé ce matin avec deux nouveaux patients en plus de ses consultations, il n'aurait pas dû penser à Jessi. Mais elle s'était insinuée dans les recoins de son cerveau, surgissant dans ses pensées quand il s'y attendait le moins. Comme maintenant.

Le patient entra, lui serra la main et s'assit en face de lui.

Souffrant aussi de stress post-traumatique, Miles avait bien progressé ces deux dernières semaines. Peut-être parce qu'il était depuis peu le papa comblé d'une petite fille.

— Comment vont Maggie et le bébé ? demanda Clint.

— Magnifiquement bien, dit l'homme avec un sourire ravi.

Il fit défiler des photos sur son portable et lui montra un cliché de sa femme dans son lit d'hôpital, avec le bébé enveloppé dans une couverture rose. Elle paraissait épuisée mais heureuse, contemplant le nourrisson qui braillait, la bouche grande ouverte et la frimousse rouge de colère.

— Elles sont superbes, commenta Clint.

— J'ai beaucoup de chance, dit Miles en souriant, les yeux fixés sur les deux femmes de sa vie. C'est la première fois depuis longtemps que je crois en quelque chose.

— Je sais. Etes-vous prêt à essayer de diminuer les médicaments ?

— Je ne peux pas tout arrêter d'un coup ?

Clint réfléchit un instant.

Contrairement à ses supérieurs préoccupés par l'aspect financier des traitements, il ne se souciait que de ses patients, et il avait parfois fait des vagues. Mais ça ne l'avait pas empêché de gravir les échelons du commandement. Même si l'antidépresseur qu'il avait prescrit à Miles n'était pas addictif comme une benzodiazépine, il trouvait quand même plus sûr d'en réduire le dosage progressivement tout en poursuivant une thérapie régulière.

Miles avait été suivi par différents médecins depuis deux ans. Durant ce laps de temps, il s'était fiancé puis marié à une femme merveilleuse qui le soutenait dans son combat. Grâce à Dieu, il n'avait pas connu l'agitation ni l'agressivité qu'avait montrées le père de Clint.

— Passons de soixante milligrammes à vingt milligrammes pour commencer, dit-il en prenant son carnet d'ordonnances pour rédiger la nouvelle prescription. Nous continuerons nos séances, et dans deux semaines, si tout va bien, nous réduirons encore le dosage. Ça vous va ?

— Parfait. Merci, docteur.

Pendant les quarante-cinq minutes qui suivirent, ils analysèrent les humeurs et les comportements du jeune père, en s'attardant sur ses difficultés. Clint prit des notes. Ensemble, ils envisagèrent comment aborder les prochaines semaines, la présence du bébé allant faire peser un nouveau stress sur le patient et sa famille.

Quand, l'entretien terminé, Clint alla ouvrir la porte à Miles, il vit que Jessi et sa mère étaient arrivées en avance pour leur séance avec Chelsea.

Les saluant d'un signe de tête, il accompagna Miles au bureau de son assistante. Puis, inspirant profondément, il revint vers les deux femmes qui patientaient en salle d'attente.

Vêtue d'une robe à fleurs qui mettait en valeur son buste et sa taille fine, Jessi se leva. Ses sandales plates à lanières montraient ses jolis pieds aux ongles laqués de rose. Il déglutit en prenant conscience qu'il la fixait intensément.

— Pardon de vous avoir fait attendre, grommela-t-il d'une voix rauque, troublé de la revoir.

— J'ai insisté pour que nous arrivions en avance, répondit Abigail Spencer. J'ai hâte de voir ma petite-fille.

Elle portait un jean et un chemisier blanc. A près de soixante ans, elle était encore belle avec son visage fin aux pommettes hautes et ses beaux yeux verts dont avait hérité sa fille.

— Voulez-vous qu'on aille dans mon bureau ou dans la chambre de Chelsea ?

— Où tu voudras, répondit Jessi avec un haussement d'épaules, en évitant son regard.

— Je ne connais pas la chambre de Chelsea, remarqua Abigail. Tu crois que ça l'ennuierait si on allait la voir là-bas ? Elle est sûrement bien installée. L'hôpital semble moderne et bien entretenu.

Elle s'attendait probablement à pire, mais elle se garda de le préciser.

Le ministère des Anciens combattants avait été très critiqué dans la presse récemment, non sans raison, mais la corruption était peu à peu éradiquée. Et Clint espérait qu'ils disposeraient bientôt d'un système hospitalier dont les anciens combattants du pays puissent être fiers.

Lui-même avait toujours fait de son mieux pour que ses patients reçoivent les meilleurs traitements possible. Il lui aurait été facile de trouver du travail dans le civil, où il aurait été mieux payé avec une charge de travail moins importante. Mais ce n'étaient pas ses motivations premières.

Il se tourna vers son assistante.

— Pouvez-vous appeler la chambre de Chelsea pour la prévenir que nous arrivons ?

— Bien sûr, docteur, répondit-elle en décrochant son téléphone et en composant le numéro.

Jessi se leva et s'assura que sa mère la suivait.

— As-tu des instructions de dernière minute à nous donner ? demanda-t-elle à Clint.

— Non. Chelsea est plus ouverte, comme je te l'ai dit au téléphone. C'est encourageant.

Ils n'avaient pas fait d'avancée notable dans son traitement, mais les effets des nouveaux antidépresseurs qu'il avait prescrits se faisaient sentir, et il espérait que, son désespoir se dissipant peu à peu, Chelsea commencerait bientôt à se projeter vers l'avenir au lieu de se terrer dans le passé. Ils n'avaient pas encore évoqué dans le détail ses mois de captivité. Elle avait réaffirmé qu'elle n'avait été ni torturée ni agressée, mais on manquait toujours d'informations sur ce qu'il s'était passé pendant sa détention. Il avait tiré quelques ficelles pour savoir si les officiers supérieurs de la jeune femme en savaient plus. Mais ceux-ci étaient prudents dans leurs propos et tenaient tous rigoureusement le même discours, ce qui lui semblait suspect.

— Mamie !

Il entendit le cri de joie avant même d'entrer dans la chambre. Visiblement heureuse, Chelsea étreignait sa grand-mère, sous le regard de Jessi, légèrement en retrait.

— Comment va-t-elle vraiment ? chuchota celle-ci comme Abigail s'asseyait sur le lit en enlaçant sa petite-fille.

— Comme je te l'ai dit, elle parle davantage.

— Sais-tu pourquoi elle a fait ça ?

La tentative de suicide...

— Nous n'en sommes pas encore là.

Abigail fit signe à sa fille d'approcher.

— N'a-t-elle pas une mine splendide ?

C'était faux, et elles le savaient. Très pâle et d'une maigreur effrayante, Chelsea évoquait une fragile porcelaine prête à se briser au moindre choc.

Clint alla chercher deux chaises supplémentaires dans une pièce voisine.

Il importait que tout le monde se trouve sur un pied d'égalité. C'est pourquoi son bureau disposait de trois chaises identiques, une pour lui et deux pour ceux qu'il recevait. Il était plus gradé que beaucoup de ses patients, mais ce n'était pas une raison pour les prendre de haut.

— Docteur Marks ? dit Jessi, interrompant le cours de ses pensées.

C'était dur, mais ils devaient se comporter de façon formelle, même si Chelsea savait qu'ils s'étaient connus autrefois. Ils devaient rester aussi proches que possible de la vérité tout en taisant ce qui pouvait s'avérer néfaste à son traitement.

— Pardon. Vous avez envie de vous asseoir avec nous, Chelsea ? demanda-t-il.

— Oui, répondit la jeune femme en sortant du lit. C'est bon, je peux le faire, ajouta-t-elle à l'adresse de Jessi qui s'avançait pour l'aider.

Elle portait un pyjama de flanelle que Jessi avait dû lui apporter lors d'une visite.

Il aurait aimé qu'elle s'habille normalement pour leurs séances. Et, récemment, elle avait fait des efforts. Pourquoi pas aujourd'hui ? Voulait-elle paraître fragile, les dissuader d'aborder les sujets douloureux ?

Il était trop tard pour lui demander de se changer, et il ne voulait rien faire qui risque de bouleverser Abigail. En outre, il avait un autre patient dans une heure et demie et ne voulait pas que la séance de Chelsea soit interrompue au milieu de quelque chose d'important.

Ils s'assirent en cercle. Chelsea et Abigail le regardèrent, tandis que Jessi fixait ses mains posées sur ses genoux.

— Chelsea, il y a longtemps que votre grand-mère ne vous a pas vue, n'est-ce pas ?

La main de la jeune femme saisit celle d'Abigail.

— Je suis contente qu'elle soit là.

— Moi aussi.

Cette fois, il voulait juste que la famille refasse connaissance, et que chacune sache que leurs anciennes relations pouvaient ne pas fonctionner dans le nouveau contexte. Chelsea était revenue changée de la guerre. Il fallait déterminer où se situaient sa mère et sa grand-mère dans sa nouvelle existence, même si la réunion se passait beaucoup mieux qu'il n'aurait cru.

Abigail essuya discrètement une larme.

— Oh non, mamie, ne pleure pas ! dit Chelsea en l'entourant de ses bras. Maman, il y a une boîte de Kleenex dans le tiroir du haut. Tu veux bien m'en donner un ?

Jessi bondit vers la petite table de chevet, ouvrit le tiroir et sortit la boîte puis se figea. Chelsea avait la tête tournée et ne pouvait pas voir son visage, mais Clint vit son expression étrange tandis qu'elle fixait le fond du tiroir. Elle tendit la main, puis la retira.

Comme si elle sentait que quelque chose clochait, Chelsea se retourna.

— Tu ne trouves pas… Oh ! Non, maman, s'il te plaît…

Mais il était trop tard. Jessi avait glissé la main dans le tiroir, sortant ce qui ressemblait à un amas de mouchoirs en papier. Jetant un coup d'œil à Chelsea, il vit son air horrifié et comprit qu'il ne s'agissait pas de ça. Pas du tout.

Jessi lissa le papier et fit un pas avant de s'immobiliser.

Cela ressemblait à une sorte de poupée. Non, pas une poupée. Un poupon. Minutieusement réalisé avec des mouchoirs en papier.

— Chelsea, ma chérie… Qu'est-ce que c'est ?

8

Dans le bureau de Clint, Jessi se laissa choir sur une chaise.

Sa fille avait refusé de parler de l'étrange objet, se repliant sur elle-même jusqu'à ce que Clint mette fin à la séance, la laissant regagner son lit. Chelsea avait tendu la main en silence pour récupérer la poupée et l'avait soigneusement remise dans le tiroir avant de leur tourner le dos.

Le geste avait fait frissonner Jessi. Pendant que Clint ordonnait à l'infirmière de l'appeler en cas de changement, elle-même avait renvoyé sa mère chez elle en promettant de passer la voir plus tard, puis tous deux avaient rejoint le bureau.

— Je ne comprends pas, Clint. Qu'est-ce que ça peut signifier ?

— Je ne sais pas. Peut-être a-t-elle fait une fausse couche pendant qu'elle était prisonnière. Peut-être a-t-elle fabriqué cela comme un mécanisme de défense. Il y a plusieurs explications possibles, mais nous n'aurons aucune certitude tant qu'elle ne nous l'aura pas dit.

— Vas-tu lui reposer la question demain ?

— Je verrai comment elle sera. Il faut y aller doucement, dit Clint en se passant la main dans les cheveux. Ne pas tomber dans une impasse.

— Qui fabrique une poupée avec des Kleenex ? Ça ne semble pas... normal. Pardon, murmura-t-elle comme il la regardait fixement. Le mot est mal choisi. C'est juste que tout est tellement chamboulé depuis deux mois...

— Je sais. Il faut être patient.

— Et si elle ne se remet jamais ? Si elle reste comme ça toute sa vie ?

Il se pencha pour poser la main sur la sienne.

— Ce genre de pensée n'aide personne, Jessi.

— As-tu eu de telles pensées à propos de ton père à l'époque du lycée ? A-t-il fini par aller mieux ?

Clint voulut retirer sa main, mais elle la retint.

— Je te demande pardon, dit-elle dans un souffle. Je suis si inquiète pour Chelsea...

— Je sais, répondit-il, entremêlant ses doigts aux siens. Je lui ai donné un sédatif, et elle devrait dormir cette nuit. Nous reprendrons demain matin.

— Je veux être là quand elle se réveillera.

Il l'étudia pendant une minute puis secoua la tête à regret.

— Je ne pense pas que ce soit une bonne idée, Jess. Quand vous êtes parties, elle était agitée, refermée sur elle-même. Je ne veux pas que ces souvenirs resurgissent quand elle ouvrira les yeux. Donne-lui vingt-quatre heures.

Elle n'arrivait pas à le croire, il lui demandait de ne pas venir à l'hôpital pendant toute une journée !

— Je ne suis pas la seule à m'inquiéter. Maman aussi.

Il lâcha sa main et se mit à jouer avec un stylo, comme pour s'occuper. Ou lui faire comprendre qu'il devait retourner travailler.

— Je t'appellerai quand je l'aurai vue. Tu travailles, demain ?

— Je suis de garde l'après-midi, je commence à 3 heures. Je ferais mieux de te laisser tranquille, dit-elle en se levant. Et si tu reçois un appel au milieu de la nuit ?

— S'il se passe quelque chose de grave, je te préviendrai.

— Tu promets ?

— Tu veux que je t'en fasse le serment solennel en crachant par terre ? dit Clint avec un sourire.

— Tu le ferais si je te le demandais ?

— Oui.

Une flambée de désir soudaine et irrationnelle passa entre eux.

— Tu pourrais passer la nuit à la maison. Au cas où...

Pourquoi diable avait-elle dit ça ?

Elle retint son souffle puis expira lentement.

— Sur le canapé du salon, ajouta-t-elle pour se rattraper.

Le regard adouci, Clint secoua la tête.

— J'ai encore deux heures de travail devant moi, et je ne crois pas que ce soit une bonne idée, Jess. Les choses ne sont pas simples entre nous. Et, je te l'ai dit, je me déchargerai de ce dossier si je sens que mon objectivité est compromise.

Il avait effectivement parlé de confier Chelsea à un collègue si les choses devenaient trop personnelles entre eux.

— Je ne te demandais pas de coucher avec moi. Pas cette fois.

Elle l'avait fait ce soir-là au bord du ruisseau, avide de se libérer pendant un moment du joug paternel.

— Je ne me rappelle pas m'en être plaint...

Non. Mais il ne s'était pas attardé le lendemain, même s'il était déjà trop tard pour revenir sur son enrôlement dans l'armée. Et qui pouvait dire aujourd'hui s'il resterait à Richmond ? Les militaires aimaient bouger, appréciant d'être mutés ailleurs tous les deux ans. Pas elle. A son entrée au lycée, son père avait décidé de se sédentariser jusqu'à la fin de ses études secondaires. Puis elle avait épousé Larry qui ignorait l'aventure qu'elle avait eue avec son ami, l'apprenant le dernier jour de sa vie...

Chassant cette pensée, elle se leva tandis que Clint lui ouvrait la porte de son bureau.

Elle franchit le seuil et s'arrêta, hésitante.

— Alors, tu m'appelles demain ?

— Oui, dès que j'ai des nouvelles.

Ils se dirent au revoir, retrouvant un comportement distant. Professionnel.

Elle prit une décision en quittant l'hôpital : si Clint arrivait à séparer sa vie personnelle de ses activités hospitalières, elle le pouvait aussi. Dans l'intérêt de tous, elle allait devoir apprendre à calquer sa conduite sur la sienne et adopter le même comportement en sa présence.

Même si c'était très dur.

Après son entretien matinal avec Chelsea, Clint rejoignit son bureau, posa le dossier et s'assit lourdement, morose.

Avec cette histoire de suicide, il marchait sur des œufs avec Chelsea et Jessi, et tout le service était à cran à cause de ça. La véritable impartialité était très difficile pour un médecin. Avec Jessi, ça tenait carrément de l'impossible. La veille, il avait senti son angoisse quand elle avait sorti du tiroir la macabre figurine en papier. Il avait dû se faire violence pour ne pas se précipiter et rester assis à observer les réactions de Chelsea...

Il était temps de réagir. Jessi et lui n'avaient pas eu de relation sentimentale autrefois, ils n'en auraient pas non plus aujourd'hui. Pas seulement à cause de sa patiente ni de leur passé commun, mais à cause de son travail et de son bagage personnel. Dès qu'on lui aurait trouvé un remplaçant, il regagnerait la base de San Diego.

C'était ça ou demander son transfert à Richmond à titre définitif, ce qu'il ne pouvait envisager. Il souhaitait continuer les affectations temporaires. Ses déplacements fréquents l'obligeaient à se concentrer sur le poste qu'il occupait, et l'empêchaient de penser à son absence de vie personnelle, chose qu'il n'aurait probablement jamais.

Il avait pourtant essayé. Il avait eu des relations sérieuses, à deux reprises. Mais, chaque fois, sa compagne l'avait quitté, lui reprochant de ne pas s'ouvrir.

C'était vrai. Jamais il n'avait complètement baissé sa garde. Chacun de ses gestes était calculé, contrôlé. Il le voulait ainsi.

Il avait conscience que la plupart des femmes attendaient autre chose d'un homme. Il n'était pas du bois dont on fait les maris, voilà tout.

A cause de son père ?

Lorsque Jessi avait parlé de lui, il avait voulu retirer sa main, conscient qu'elle pouvait remarquer son petit doigt atrophié, poser des questions. Mais il ne voulait pas évoquer son passé. Le père de Jessi avait peut-être été un officier instructeur insupportable, mais au moins il l'avait aimée assez pour se soucier de ses fréquentations et s'intéresser à ce qu'elle faisait.

Son portable bipa, et il grimaça en voyant qui l'appelait.

Jessi. Celle-là même qui hantait ses pensées.

On était en milieu de matinée, il aurait déjà dû l'appeler pour lui donner des nouvelles de Chelsea.

Il pressa le bouton.

— Désolé, Jess. On est débordés, je n'ai pas eu le temps...

— Est-ce qu'elle allait bien à son réveil ?

Malgré l'inquiétude, sa voix douce eut sur lui un effet apaisant, et il se détendit un peu.

— Je n'ai pas eu une vraie conversation avec elle. Nous avons juste bavardé de tout et de rien pendant qu'elle prenait son petit déjeuner. Nous avons une séance à 2 heures.

— Mais elle va bien ?

— Elle ne semble pas obsédée par ce qu'il s'est passé hier. Je t'appellerai quand je lui aurai parlé.

— Humm.

— Je sais que je t'ai fait une promesse. Je suis désolé.

— Non, c'est juste que je travaille à 3 heures, et je vais probablement être aussi débordée que toi avec cette fête.

Ah oui, la fête des Pères. Un jour qu'il s'efforçait toujours d'oublier.

Il regarda son auriculaire mutilé, témoin de son enfance malheureuse et angoissante.

Mais il n'y avait pas que ça. A ce stade de sa vie, il ne se voyait pas être père, même s'il rencontrait quelqu'un et se mariait un jour. A bientôt quarante ans, il n'avait jamais vraiment songé à avoir des enfants.

Il faudrait qu'il demande à Jessi si cette fête avait une signification particulière pour Chelsea, bonne ou mauvaise. Pour se préparer à toute éventualité.

— Dis-moi, la fête des Pères risque-t-elle d'ajouter au stress de Chelsea ?

La ligne resta silencieuse une bonne minute.

— Non. Larry est mort avant sa naissance. Elle ne le connaît qu'à travers ses photos, dit tristement Jessi.

— Vous n’avez pas passé beaucoup de temps ensemble, lui et toi, remarqua-t-il avec effort.

— Non. Le pire, c’est qu’il serait peut-être encore en vie si quelqu’un n’avait pas...

Sa voix s’étrangla dans sa gorge.

— Si quelqu’un n’avait pas quoi, Jessi ?

— Peu importe. Ce qui compte, c’est que j’ai une fille merveilleuse née de notre union. Ça a rendu supportables les moments difficiles qui ont suivi sa mort.

La gorge de Clint se serra douloureusement à la pensée que Jessi avait pleuré son mari.

Elle avait eu une fille avec lui. Il avait beau se dire qu’il s’en moquait, une partie de lui était touchée, celle-là même qui avait réagi quand il s’était demandé si Chelsea n’était pas sa fille.

Mais elle ne l’était pas, il ne devait pas l’oublier.

— A propos de ma séance avec elle, si je t’envoyais un texto au lieu d’appeler ? Tu pourras le consulter quand tu auras un moment.

— Excellente idée. Merci, Clint. Mais tu peux me prévenir s’il y a du changement. Je mettrai mon portable sur vibreur, et je trouverai un moyen de te répondre ou te rappellerai.

Il se détendit, et une dangereuse langueur l’envahit.

Elle attendrait son appel, et seulement *son* appel.

C’était un cas d’urgence, idiot ! Ce n’était pas comme si elle avait mis son numéro dans ses favoris ou quelque chose comme ça.

— Tu as mon numéro, si tu as des questions ou si tu as besoin de quelque chose. Tu as dit que ma carte était sur ton réfrigérateur. Veux-tu que je te le redonne ?

— Inutile, dit Jessi. Je l’ai entré dans mes contacts. En fait, je l’ai mis dans mes favoris. Au cas où.

9

On devrait proscrire la fête des Pères.

Ou au moins interdire comme cadeaux tous les appareils à moteur.

Cet après-midi, Jessi avait soigné une jambe éraflée par une tronçonneuse, une blessure au dos consécutive à un accident de véhicule tout-terrain, et un traumatisé crânien assommé par sa tondeuse, qui était entrée en collision avec un réverbère avant de se retourner. Sans parler des blessures mineures. Et ce n'était pas fini, son service ne prenant fin que dans deux heures.

En revanche, silence total du côté de Clint et de sa fille. Elle n'avait pas vu s'allumer l'écran de son portable et ne l'avait pas senti vibrer dans la poche de sa blouse.

Poussant un soupir, elle ramassa le dossier du patient suivant et se dirigea vers la salle d'examen.

Nom du patient : William Tuppele...

Les mots « hameçon » et « lobe de l'oreille » lui sautèrent aux yeux, et elle lut attentivement la fiche.

Apparemment, il n'y avait pas que les machines à moteur à bannir de la liste des cadeaux de fête de Pères.

Pénétrant dans la pièce, elle vit un homme en cuissardes de pêche et T-shirt de camouflage assis sur la table d'examen. Et qui arborait effectivement un nouveau « bijou ». Elle déglutit en regardant de plus près. Avait-elle vraiment vu bouger quelque chose derrière son oreille ?

Elle regarda de nouveau son dossier.

— Alors, monsieur Tuppele, le salua-t-elle, choisissant de jouer la carte de l'insolence, la pêche a été bonne ?

— Génial, on m'envoie une infirmière qui se prend pour une comique, grommela l'homme, revêche.

Elle lui tendit la main.

— Je suis le Dr Riley. Quand est-ce arrivé ?

— Il y a une heure, répondit-il d'une voix pâteuse, en évitant son regard. Mon fils m'a attrapé avec son hameçon. C'était sa première partie de pêche.

Elle se garda de tout commentaire, mais à en juger par le visage violacé de l'homme et les relents alcoolisés de son haleine, elle était prête à parier qu'aucun fils n'était impliqué dans l'incident. Elle soupçonnait plutôt une sortie entre hommes qui avait mal tourné.

Cuissardes et alcool. Une mauvaise combinaison. Une chance qu'il n'y ait pas eu de noyé.

— Qui vous a amené à l'hôpital ?

— Un de mes potes. Il est en salle d'attente.

Elle ne pouvait qu'espérer que le pote avait mis un peu moins d'enthousiasme à descendre les cannettes de bière. Elle nota mentalement de vérifier son taux d'alcoolémie.

Elle s'assit sur un tabouret tandis que le ver — car c'était bien un appât vivant — gigotait frénétiquement. Seigneur, elle ne voulait pas toucher cette chose, et encore moins la manipuler. Mais la meilleure façon d'ôter un hameçon était de couper le bout opposé à l'ardillon et de le pousser dehors.

— Bon sang, jura l'homme, vous ne pouvez pas m'ôter cette maudite bestiole ? Elle pue...

« Et elle me fait flipper. »

M. Tuppele ne le dit pas, mais il devait le penser très fort, comme elle. Ce misérable ver de terre était en train de se venger de tous les pêcheurs de la création.

Elle allait peut-être appeler un infirmier à la rescousse.

Et justifier les remarques sexistes du patient ? Pas question !

— A quand remonte votre dernier vaccin antitétanique ?

— J'ai pas vu de docteur depuis vingt ans. Et je serais pas là si un de mes… si mon fils avait pas fait la chochotte et refusé de l'enlever lui-même. Mon oreille va pas rester percée ? J'aime pas les hommes qui portent des boucles d'oreilles ou des trucs de ce genre.

Elle sourit malgré elle, tentée de mentir, de lui dire qu'il resterait défiguré et qu'il pouvait dès maintenant aller s'acheter des boucles d'oreilles. Mais elle se retint.

— Non. Je connais un homme qui avait l'oreille percée au lycée mais qui n'a plus porté de boucle d'oreille après son enrôlement dans l'armée. Le trou est refermé maintenant.

Du moins le supposait-elle, car Clint ne portait plus d'anneau à l'oreille.

— Bon. Je veux pas qu'on se fasse des idées à mon sujet.

« Trop tard pour ça, monsieur Tuppele. » Elle s'en était déjà forgé quelques-unes, qui allaient bien au-delà du port de boucles d'oreilles.

— Je vais appeler une infirmière pour qu'elle vous fasse une injection afin d'insensibiliser votre oreille.

— J'ai pas besoin de ça ! Je veux juste qu'on m'enlève ce maudit truc.

— Vous êtes sûr ?

— Faites-le, c'est tout.

— Très bien.

Réprimant un frisson, elle prépara son matériel en priant pour que le ver meure avant qu'elle s'en occupe. Si répugnante soit-elle, elle avait pitié de la pauvre créature qui n'avait pas demandé à être jetée dans la rivière et gobée par le premier poisson affamé qui passerait par là.

Les mains gantées, elle badigeonna d'alcool la zone derrière l'oreille et attendit que l'homme cesse de jurer.

Si l'ardillon avait traversé le lobe de part en part, elle l'aurait simplement coupé et aurait sorti l'hameçon avec le ver. Mais un minuscule morceau de métal était visible sur le devant du lobe. L'ardillon était donc encore fiché dans la chair, et l'extraction allait faire mal. Elle prit une paire de pinces coupantes, inspira, puis coupa le bout de l'hameçon, laissant la plus grande longueur possible derrière le ver.

— Je vais sortir l'ardillon par l'avant, ça va ?

— Oui.

Tenant le lobe de ses doigts gantés, elle se servit de la pince pour pousser l'ardillon dehors.

L'homme beugla quelques jurons choisis mais ne bougea pas. Avoir l'oreille transpercée par un hameçon était une bonne façon de dessoûler rapidement.

— Bon. Le pire est passé. Je n'ai plus qu'à tirer l'hameçon pour faire sortir le reste.

Tenant un plateau sous l'oreille pour ne pas avoir à toucher le ver, elle prit une autre pince et s'en servit pour attraper l'ardillon. Après quoi, elle tira doucement jusqu'à ce que le ver tombe dans le plateau et que le reste de l'hameçon traverse le lobe.

Priant pour que l'affreuse bestiole ne s'échappe pas, elle posa le plateau et prit une compresse imbibée d'antiseptique pour nettoyer le lobe de l'oreille, comprimant la plaie pour stopper le saignement.

— Vous pouvez tenir la compresse ? On va vous vacciner contre le tétanos et vous prescrire un antibiotique par mesure de précaution.

M. Tuppele appuya docilement la gaze des deux côtés du lobe. Mais quand elle se dirigea vers le conteneur à déchets avec le plateau, il poussa un cri.

— Quoi ?

— Le truc est mort ?

Elle risqua un œil.

Le ver ne bougeait plus, Dieu merci.

— Je crois.

— Touchez-le pour vous en assurer.

Elle fut saisie d'effroi. Elle détestait la pêche, haïssait les bestioles. Les os brisés et les blessures par balle ne lui faisaient pas peur, mais elle avait en horreur tout ce qui gigotait ou rampait.

— Je vous laisse cet honneur, dit-elle en lui tendant le plateau.

Elle frémit en le voyant tâter du doigt le ver, qui, heureusement, demeura inerte.

— Merde. J'espérais le réutiliser.

— Désolée. C'est probablement l'alcool qui l'a tué.

— J'en ai pas tant que ça dans le sang, protesta-t-il.

Jetant le ver et la compresse souillée dans le conteneur, elle se tourna vers lui.

— L'infirmière va venir vous faire la piqûre et vous donner la prescription. Allez voir votre médecin traitant si votre lobe enfle ou ne cicatrise pas bien au bout de deux jours. Ou si vous avez de la fièvre.

Elle examina son oreille et posa un minuscule bandage autour du lobe.

— Vous pourrez l'enlever dans quelques heures.

Alors que le patient marmonnait un « merci », son téléphone bourdonna, la faisant sursauter.

Clint !

Inutile de décrocher, il savait qu'elle était de garde et qu'elle le contacterait dès qu'elle pourrait.

Tapotant le dos de l'homme, elle sortit donner ses instructions à l'infirmière et lui demanda d'envoyer quelqu'un jauger le taux d'alcoolémie de son compère.

— J'ai d'autres patients ? demanda-t-elle, brûlant de rappeler Clint.

— Pas pour l'instant, répondit l'infirmière en souriant. Mais la grille d'un barbecue flambant neuf est probablement en train de s'allumer à l'heure où nous parlons.

Jessi eut un rire forcé.

Heureusement, cette nouvelle vague de patients arriverait après son service.

Comme l'infirmière allait s'occuper du patient, la laissant seule dans le couloir, elle sortit son téléphone et scruta l'écran.

C. Marks.

Elle pressa le bouton de rappel et s'adossa au mur pour soulager son dos.

— Marks.

— Clint ? C'est Jessi. Que se passe-t-il ?

— Je voulais juste savoir quand tu quittais ton service.

Elle consulta sa montre.

— Dans une demi-heure. Pourquoi ?

— J'ai pensé qu'on pouvait se voir pour parler de Chelsea.

— Il y a un problème ?

— Non, ça va. Aucune évolution majeure, et pas non plus de régression. Mais je n'ai pas mangé, et je présume que toi non plus. Veux-tu qu'on aille quelque part ? Ou je peux venir dîner avec toi à la cafétéria ?

Un peu déconcertée par ce changement d'attitude, elle grimaça.

— Non. La nourriture y est infecte, et je n'ai pas très faim. Mais je boirais bien un milk-shake.

— Va pour un milk-shake. On le prend et on y va ?

— Où ça ?

— On pourrait aller au parc.

Au parc ? Elle regarda la lumière des lampadaires se refléter dans le ciel qui s'obscurcissait.

— D'accord.

— Bon. Je te retrouve devant l'entrée principale de l'hôpital ?

— J'y serai, dit-elle avant de raccrocher.

Entre-temps, elle éviterait de penser à leur tête-à-tête dans le parc obscur. A ce qu'ils pourraient faire après avoir fini leur milk-shake.

Une mise en garde jaillit du passé, lui rappelant que cet homme lui avait déjà brisé le cœur. Uniquement parce qu'elle l'avait laissé faire.

Elle n'allait pas repasser par là, tout de même !

Non, pas question. Elle devait se faire une promesse avant qu'il vienne la chercher : ne pas embrasser Clinton Marks. Pas dans le noir. Pas dans le parc.

Et s'il l'embrassait, lui ?

Elle remit l'appareil dans sa poche, rêveuse.
Si jamais cela arrivait malgré elle, il était impossible de prévoir ce qui en résulterait.
Il se pouvait fort qu'elle lui rende son baiser.

10

— Tu portais une boucle d'oreille au lycée.

Avalant de travers, Clint toussa avant de se tourner vers Jessi. A la lumière diffuse du parking de fast-food où ils s'étaient garés, il soutint son regard interrogateur.

Il avait finalement décidé de renoncer au parc pour ne pas être trop seul avec elle. Un parking public, c'était plus rassurant...

Même s'il ne savait pas vraiment ce qui l'inquiétait. Après tout, ils étaient adultes et pouvaient affronter cette situation. Se croiser de temps en temps faisait partie du jeu.

Comme aller ensemble à la foire ? Dîner avec elle et sa mère ?

De retour dans sa ville natale, il pouvait difficilement éviter ce genre de choses, ça ne voulait rien dire.

Mais *quid* de cette question sur sa boucle d'oreille ?

Jessi s'était visiblement changée pour quitter l'hôpital. Avec son slim, son T-shirt vert et ses escarpins compensés, elle ressemblait davantage à l'adolescente qu'il avait connue au lycée qu'à une mère de famille. En comparaison, il avait l'impression d'être un vieux schnoque avec sa chemise et sa cravate. Il aurait juré que le gamin du drive-in avait lorgné Jessi à travers la vitre. Et lui-même l'avait fusillé du regard, comme l'aurait fait le père de Jessi.

Depuis quand était-il devenu aussi ringard ?

Peut-être lorsqu'il avait été confronté aux troubles émotionnels des vétérans, qui lui rappelaient furieusement les siens.

— Oui, j'avais une boucle d'oreille. Je l'ai enlevée la veille de mon incorporation.

Le soir de leur remise de diplômes. La nuit où ils avaient fait l'amour. La fin d'une époque pour lui, le passage de l'enfance au monde adulte. L'ancien Clint n'aurait pas ôté sa boucle d'oreille. Il se serait présenté au camp militaire et aurait attendu qu'on lui ordonne de la retirer. Mais après avoir surveillé la maison de Jessi ce soir-là, il était rentré chez lui, fuyant les festivités de la remise de diplômes.

Seigneur, comme il avait envie de rester à Richmond, cette nuit-là ! Pour la première fois de sa vie, il n'avait plus voulu fuir. Tout ça à cause de Jessi.

Cependant, même s'il décidait de tout risquer pour elle, Jessi était déjà prise. Il y avait Larry. Lequel des deux avait le plus de chances d'offrir à Jessi la vie qu'elle méritait ?

En s'observant dans la glace de la salle de bains ce soir-là, cela lui avait paru évident, à lui, le gosse paumé issu d'une famille dysfonctionnelle : Jessi méritait mieux, il devait se retirer de la partie.

Alors, comme si ce geste pouvait lui donner le courage de partir, quand tout son être l'incitait à rester et à se battre pour elle, balayant ses doutes sur l'avenir qu'il pouvait lui offrir, il avait dégrafé le petit anneau d'or et l'avait ôté. Il l'avait gardé dans une boîte quelque part, comme un symbole.

Contre toute attente, Jessi effleura son menton de ses doigts rafraîchis par son gobelet glacé et lui tourna la tête vers elle. Il sentit son souffle sur sa peau, son parfum vanillé lui embrasa les sens.

— As-tu encore un trou à l'oreille ? demanda-t-elle.

Qu'est-ce que c'était que ces questions ? Et pourquoi diable avait-il cru que rester assis avec elle dans une voiture — ou n'importe où ailleurs — était une bonne idée ?

Pour se comporter en adulte. Prouver qu'il pouvait contrôler ses impulsions.

Il déglutit.

— Je n'ai pas regardé depuis longtemps. Pourquoi ?

— Cet après-midi, nous avons eu un patient qui s'était fiché un hameçon dans l'oreille en pêchant, et j'ai dû le lui retirer. Il craignait que sa famille ne croie qu'il s'était fait un piercing et voulait savoir combien de temps le trou mettrait à se fermer, dit-elle avec un petit rire. Mais le pire, c'est qu'il y avait un ver vivant accroché à l'hameçon !

— Intéressant scénario.

— J'ai cru que je n'y arriverais pas, admit-elle, s'adossant à son siège. Ça t'est déjà arrivé de devoir faire un truc et de te demander si tu serais capable d'aller jusqu'au bout ?

Oh oui ! Vingt-deux ans plus tôt, par exemple, quand il l'avait quittée. Et maintenant, alors qu'il ne devait pas la toucher mais que tout son être brûlait de le faire.

— Je pense que tout médecin est confronté à ça un moment ou l'autre : se demander si son patient ne serait pas mieux soigné par un autre.

Comme Jessi se penchait pour prendre son milk-shake, le couvercle s'ouvrit, renversant du lait glacé sur ses genoux. Il s'empressa de ramasser le gobelet.

— Oh ! Je suis désolée, Clint. Ta voiture !

— Je redoute surtout que tu te transformes en bloc de glace, commenta-t-il en essayant maladroitement de remettre ce qu'il pouvait dans le gobelet, ajoutant encore aux dégâts. Ne bouge pas, je reviens...

Sortant de la voiture, il alla jeter le gobelet et revint avec une tasse en carton propre et une poignée de serviettes en papier.

Ensemble, ils ramassèrent le plus gros et épongèrent le reste avec les serviettes.

— J'étais la fille la plus maladroite du lycée.

— Ne fais pas ça.

— Quoi donc ?

— Tu passais ton temps à te rabaisser, à l'époque.

Il se rappelait encore son autodérision qui les faisait rire. Mais sous la plaisanterie, il avait toujours senti qu'il y avait une part de sincérité quand elle se traitait d'empotée ou d'incapable.

— Tout le monde le faisait, objecta-t-elle. Même toi.

C'était vrai. Et il avait pensé chaque mot.

— Je te raccompagne.

— Je paierai le nettoyage de tes sièges.

— C'est du cuir, il suffit de les essuyer avec un linge humide. Toi, en revanche, tu auras besoin d'un bon coup de Kärcher, ajouta-t-il avec malice.

— Merci de ta compréhension, dit-elle comme il ramassait le reste des déchets pour aller les jeter dans une poubelle.

Compréhension, hein ? Il démarra et suivit ses instructions pour se rendre chez elle.

— Entre un moment pendant que je vais me changer. Nous pourrons parler de Chelsea devant un café, si ça te va ?

— Bonne idée.

Pas du tout ! C'était une idée idiote. Impulsive. Et il aurait dû partir dès maintenant.

Mais quelque chose le poussa à descendre de voiture pour la suivre dans la maison.

C'était juste un café. Jessi ne lui avait fait aucune proposition. Il était le médecin de sa fille, que diable. Et c'était lui qui l'avait appelée pour organiser cette rencontre.

Et alors ? Il aurait dû l'inviter dans son bureau, pas dans un fast-food.

Mais Jessi avait sûrement des patients qui étaient devenus des connaissances depuis le temps qu'elle travaillait aux urgences. Et il était normal qu'elle les rencontre à la cafétéria de l'hôpital ou dans un café pour faire le point. C'était difficile de travailler dans une ville où on avait grandi sans tomber sur des relations.

Seulement Jessi était plus qu'une simple relation. Vingt-deux ans plus tôt, excités par leurs hormones et par l'émotion d'avoir décroché leur diplôme, ils avaient partagé bien plus.

Mais tout ça appartenait au passé.

Et le baiser qu'ils avaient échangé devant chez sa mère, l'autre soir ?

Un contrecoup logique de leur passé commun. Il n'y en aurait pas d'autres.

Elle ouvrit la porte et jeta un coup d'œil derrière elle comme pour s'assurer qu'il suivait.

— Je vais chercher un linge pour que tu essuies les sièges pendant que je me change. Je laisserai la porte d'entrée ouverte.

Il acquiesça.

Et, s'il était raisonnable, il déposerait ensuite le chiffon devant la porte et repartirait avant qu'elle revienne.

Mais après avoir enlevé les traces de milk-shake de son siège, il entra dans la maison et appela Jessi pour lui demander ce qu'il devait faire du chiffon.

— Mets-le dans l'évier et installe-toi dans le salon. Je descends dans quelques minutes.

Au lieu de ça, il rinça le chiffon, le mit à sécher sur un porte-serviette dans l'arrière-cuisine et lorgna sur la machine à café posée sur le comptoir à côté d'un bocal rempli de dosettes.

Il avait la même chez lui. Il pouvait préparer le café en l'attendant.

Il venait de trouver les tasses quand Jessi pénétra dans la cuisine, vêtue d'une pimpante robe à fleurs, les pieds nus et les cheveux humides comme si elle s'était douchée.

Il se raidit, puis se força à se détendre.

Bien sûr qu'elle s'était douchée après avoir renversé sur elle cette boisson sucrée !

— Désolée. Je ne comptais pas te faire faire le café.

— Ça t'évite de le préparer. Où est Cooper ?

— Chez maman. Nous nous le partageons, tu te souviens ? Je l'aurai demain. Que prends-tu dans ton café ?

— Juste du sucre.

Elle posa un sucrier sur la table et sortit une brique de lait du réfrigérateur.

— Sers-toi.

— Merci.

Ils attendirent que le café soit prêt puis gagnèrent le salon, meublé d'un grand canapé d'angle et d'une ottomane centrale.

Des encadrements ornaient le dessus de la cheminée, il les examina en dégustant son café.

Il y avait plusieurs photographies de Chelsea, dont un portrait officiel d'elle en uniforme. Elle était naturelle sur tous les clichés sauf sur celui-ci. On ne sourit pas sur un portrait officiel, mais ses yeux y brillaient d'une étincelle d'humour qu'il n'avait jamais vue dans le regard de sa patiente.

Une photo représentait Jessi et Larry le jour de leur mariage. La vue des deux jeunes gens souriants lui serra le cœur. Une sensation douloureuse qui aurait pu s'apparenter à de la jalousie si cela avait eu un sens.

Ils semblaient si jeunes ! Et Larry le resterait à jamais. S'il était encore de ce monde, lui, Clint, ne se tiendrait pas là à cet instant.

Les paroles de Jessi lui revinrent à la mémoire.

« Il serait peut-être encore en vie si quelqu'un n'avait pas... »

— Clint ?

La voix de Jessi l'arracha à sa contemplation.

— Pardon. Je regardais Chelsea avant son incorporation, dit-il en s'asseyant sur un coin du canapé. Elle souriait beaucoup.

— Oui. Elle était heureuse. Toujours. C'est d'autant plus dur de la voir comme ça, sans pouvoir l'aider.

Il prit une nouvelle gorgée de café, trop sucré à son goût.

— A-t-elle dit quelque chose aujourd'hui ? demanda Jessi en pliant les jambes sous elle, tirant sur sa robe pour les couvrir.

— Elle a un peu parlé de sa captivité. De ce qu'elle faisait pour passer le temps.

— Tu ne considères pas ça comme une avancée notable ?

Question épineuse. Car même si c'était la première fois que Chelsea en disait autant, elle s'était exprimée sans émotion, comme pour faire barrage aux questions susceptibles d'approcher de trop près les sujets douloureux. Comme, par exemple, cette sinistre figurine de papier qu'elle gardait dans sa table de nuit.

— Ça aide d'en savoir un peu plus sur ce qu'il s'est passé. Mais elle ne parle pas de ses geôliers ni de sa libération.

Jessi s'affaissa sur son siège.

— Il y a presque deux mois et demi, maintenant.

Il se garda de remarquer que les effets du stress post-traumatique pouvaient se faire sentir toute la vie.

Au lieu d'aller mieux, son père avait lentement sombré dans l'alcoolisme, s'éloignant de ceux qu'il avait aimés. Et quand lui ou sa mère avaient essayé de le confronter au problème...

Mais il ne voulait pas parler de ça.

— Je sais que ça semble interminable. Mais elle a été détenue pendant quatre mois. Ça prend du temps.

Jessi fixa sa tasse pendant de longues secondes puis leva ses yeux empreints de douleur.

— Ça paraît affreux, mais j'appréhende son retour à la maison. J'ai peur de ne pas être là à temps pour la sauver la prochaine fois qu'elle tentera d'attenter à ses jours.

Il posa sa tasse sur un plateau. Allant s'asseoir à côté d'elle, il la débarrassa de son café et glissa un bras autour de ses épaules pour l'attirer à lui.

— Jessi, tu es confrontée aux séquelles de ce drame, toi aussi. Il faudrait peut-être que tu parles à quelqu'un.

Elle leva la tête.

— Je *te* parle.

— Je pensais à quelqu'un d'objectif. Il y aurait conflit d'intérêts si je vous soignais toutes les deux.

Elle voulut s'écarter, mais il la retint.

— Je m'exprime mal.

— Non, c'est bon, dit-elle avec un soupir, en entourant sa taille de son bras. Je suis d'une sensibilité excessive.

C'était faux. Et ils s'approchaient dangereusement d'une ligne qu'il s'était juré de ne pas franchir. Mais elle avait la tête contre son cou, et son parfum l'enveloppait. *Elle* l'enveloppait.

Elle chercha sa main gauche et, la tête penchée, toucha son petit doigt abîmé.

— Qu'est-ce qu'il t'est arrivé ?

— Vieille blessure de guerre, commenta-t-il en ricanant.

— Tu n'as jamais dit que tu avais fait la guerre !

Il ne l'avait pas faite. Cette guerre-là s'était déroulée sur le sol américain. Son père lui-même ne s'était pas rendu compte de ce qu'il lui avait fait dans un accès de colère.

— Je plaisantais, dit-il. C'est sans importance.

Jessi posa la tête contre sa poitrine mais continua de caresser doucement son doigt mutilé.

La sensation était intime, troublante. Il devait se lever, s'éloigner avant de commettre l'irréparable.

Mais Jessi prit sa main, la porta à sa bouche, et baisa son doigt avec une tendresse qui lui coupa le souffle.

Il crispa sa main sur son épaule, sans trop savoir s'il voulait qu'elle continue ou qu'elle arrête. Mais son corps réagissait à ses caresses, aspirant à ce qu'elle l'embrasse encore. Pas seulement là. Partout.

— Jessi, murmura-t-il. Je devrais regagner l'autre canapé...

Elle se figea, tenant toujours sa main.

— Tu vas le faire ? demanda-t-elle dans un souffle.

— Pas si tu me parles sur ce ton-là, je le crains, dit-il, le corps en feu.

Elle lâcha sa main, ses doigts remontèrent sur son bras, s'immobilisant sur son épaule. Et quand elle le regarda, il sut qu'il était perdu.

Sa décision était prise : l'embrasser comme elle l'avait embrassé. Doucement. Tendrement. A la rendre folle.

11

Les vingt-deux dernières années s'étaient abolies. Dès que les lèvres de Clint touchèrent les siennes, Jessi se retrouva au bord du ruisseau, jeune, insouciante.

C'était si bon. Elle était si libre, à l'époque !

Mais elle pouvait revivre ça. Avec le même homme. Juste un moment.

Elle enfouit les doigts dans ses cheveux pendant qu'il la prenait sur ses genoux, explorant voluptueusement sa bouche. La main qu'il avait posée sur son ventre excitait son désir, elle aspirait à la sentir bouger, caresser…

Pourvu qu'il ne s'arrête pas en chemin, cette fois ! Elle n'avait pas eu de relation intime depuis une éternité, et le moindre mouvement de Clint éveillait en elle un désir affolant qui exigeait d'être assouvi. Il était là, ils étaient seuls tous les deux. Elle était prête.

Elle se pressa contre lui, grisée par ses baisers.

Enfin… Enfin, la main sur sa taille s'anima, effleurant son ventre, et elle se cambra pour l'inviter à poursuivre. Les doigts remontèrent pour emprisonner son sein droit, dont ils taquinèrent la pointe dressée. A travers le léger soutien-gorge intégré à sa robe, la caresse avait quelque chose de terriblement intime.

— Clint…

Il glissa la main sur sa nuque, hésita.

— Jessi, je ne veux pas m'arrêter…

L'instant de vérité. Il lui donnait une chance de mettre fin à tout ça avant qu'il soit trop tard.

— Alors, n'arrête pas, dit-elle.

Il crispa les doigts sur sa nuque, et son autre main baissa une bretelle de sa robe, dénudant une épaule.

— C'est ce que tu veux ?

— Et plus encore, répondit-elle d'une voix rauque, n'arrivant pas à croire à sa propre audace.

Elle voulait qu'il la touche partout à la fois, qu'il baise sa bouche, qu'il pétrisse ses seins, qu'il embrase son corps.

Elle prit sa main et la posa sur son sein.

— Tu lis dans mes pensées, murmura Clint.

Sa main plongea sous sa robe. Sa paume trouva sa peau, s'arrondit avec emportement autour d'un sein. Puis, soudain, alors qu'elle gémissait d'aise, il la remit sur ses pieds et resta assis sur le sofa à la regarder.

— Que... Qu'est-ce que tu fais ?

— Je veux te contempler tout entière. Mais au train où ça va, je n'irai pas jusque-là, dit-il avec un sourire mi-figue mi-raisin.

Elle lui rendit son sourire et s'enhardit.

— Je crois pouvoir t'aider. Que veux-tu voir d'abord ? demanda-t-elle en soulevant sa robe jusqu'à mi-cuisse, sans le quitter des yeux.

— Commençons par le haut, dit-il d'une voix sourde. Et descends jusqu'en bas. Comme au temps du lycée.

L'évocation de leurs ébats d'adolescents exacerba son désir. Elle sentit son sang se ruer dans ses veines.

Lâchant sa jupe, elle baissa sa seconde bretelle.

— Et ensuite ? demanda-t-elle.

— Enlève-la. Lentement, répondit Clint d'un ton bref, la défiant de franchir le seuil fatidique.

Le sexe avec Larry avait été agréable, doux et tendre, un partage des cœurs et des esprits, sans excès d'imagination. Ils avaient passé peu de temps ensemble et n'avaient pas eu l'occasion d'explorer plus avant leur relation.

Mais elle ne devait pas penser à ça. Pas quand Clint l'invitait à franchir les limites ! C'était ce qu'elle voulait, ce qu'elle attendait de lui. Des ébats sauvages, vrais, bruts. A l'image du garçon rebelle qu'il était.

Prenant une bretelle dans chaque main, elle dévoila lentement ses seins dressés puis se figea, hésitante.

— Jessi... Tu n'imagines pas combien j'ai envie d'en finir, murmura Clint en fixant son corps à demi dénudé.

Son regard brûlant chassa ses dernières inhibitions.

— Eh bien, fais-le, dit-elle avec provocation, laissant retomber ses bras sans plus chercher à cacher son corps.

Il prit son portefeuille dans la poche de son pantalon. Un petit sachet apparut, mais il ne bougea pas.

— Ici ou dans ta chambre ?

— Peu importe.

Elle avait envie de lui. Follement. L'endroit importait peu du moment qu'ils faisaient l'amour. Vite.

Il posa le préservatif sur sa cuisse et sourit.

— Cette robe a une fermeture Eclair ?

Troublée par l'érection qui déformait son entrejambe, elle mit plusieurs secondes à enregistrer la question.

Hochant la tête, elle descendit lentement la fermeture, tout en tenant sa robe de l'autre main.

— Lâche-la, murmura-t-il.

Le robe glissa sur le sol, et elle se retrouva en petite culotte.

Le souffle court, elle regarda Clint déboucler sa ceinture, ouvrir son pantalon, baisser son boxer, déchirer l'enveloppe du préservatif. Puis, la fixant de son regard brûlant, il joua distraitement avec le préservatif.

Contrairement à elle, il n'avait pas d'inhibitions.

Elle passa la langue sur ses lèvres sèches.

— Mets-le...

— Enlève d'abord ton slip.

Elle obéit et se redressa, entièrement nue.

— Tu es encore plus belle qu'autrefois... Viens, ordonna-t-il après avoir mis le préservatif.

Elle se glissa entre ses jambes et frissonna quand ses doigts remontèrent le long de sa cuisse jusqu'à son intimité.

— Exactement comme dans mon souvenir, chuchota-t-il.

Quand il l'avait caressée intimement au bord du ruisseau, elle tremblait de désir. Elle s'était abandonnée à la vague de sensations qui déferlait sur elle, puis il était entré en elle, et leurs corps s'étaient unis dans la même jouissance.

Clint glissa un doigt en elle, lui arrachant un gémissement. Il s'enfonça plus avant, et elle dut s'agripper à ses épaules pour garder l'équilibre, tendue de désir. Puis sa bouche se posa sur son sexe, sa langue glissa sur sa chair palpitante.

Elle enfonça les ongles dans ses épaules, concentrée sur la caresse de sa langue, jusqu'à ce qu'elle sente son corps exploser en millions d'étoiles, comme un feu d'artifice.

Alors Clint la pénétra fougueusement, et, les bras noués autour de son cou, elle le chevaucha avec passion, prolongeant l'orgasme.

Bientôt, il cria et se répandit en elle dans un ultime coup de boutoir. Puis, le souffle court, il l'entoura de ses bras, respirant bruyamment.

Elle sourit, consciente de leurs odeurs qui se mêlaient pour n'en faire qu'une. Elle baisa sa joue, titilla son oreille.

— Apparemment je ne suis pas la seule à aller vite...

— Tu t'en plains ? demanda-t-il légèrement.

— Non. C'est sexy de te voir perdre le contrôle.

Il prit sa bouche et l'embrassa longuement, tendrement.

— Dans ce cas, il faut voir qui de nous deux tiendra le plus longtemps la prochaine fois.

12

— Ça faisait longtemps et j'étais bouleversée…

Ce n'étaient pas les mots qu'un homme avait envie d'entendre en s'éveillant après une nuit d'ébats passionnés. Et Clint ne se sentait pas à son avantage, allongé nu sur le canapé de Jessi, qui le toisait, tout habillée, l'air inquiet et…

Affamé.

Car il y avait du désir dans ses yeux qui glissaient sur son corps avant de se fixer sur son visage.

Si elle croyait qu'il allait lui faciliter les choses…

Se redressant sur un coude, il lui rendit son regard.

— En voilà, un agréable « bonjour » !

Elle avança d'un pas.

— Désolée. Mais je ne voudrais pas que tu penses…

— Que ce qu'il s'est passé cette nuit était plus qu'une phénoménale partie de jambes en l'air ?

Les yeux de Jessi s'agrandirent.

— Ce n'est pas ce que j'allais dire.

— Ça signifiait quelque chose, alors ?

— Non…

Elle tendit la main pour lui imposer le silence et réprima un cri quand il lui saisit le poignet.

— Arrête, Clint. Je suis sérieuse.

— Chérie, moi aussi.

Il l'attira vers le canapé et la hissa sur son corps excité, manifestement ravi du tour que prenaient les choses.

— Attends. Laisse-moi finir de formuler ma pensée.

Les doigts enfouis dans ses cheveux, il la dévisagea.

— D'accord, parle.

Elle prit une inspiration.

— Je ne voudrais pas que tu croies que ce qu'il s'est passé avait un rapport avec Chelsea, dit-elle en détournant les yeux.

Ces paroles firent à Clint l'effet d'une douche glacée, refroidissant ses ardeurs.

— Je n'y avais pas du tout pensé, Jessi, dit-il en s'écartant pour la regarder. Jusqu'à maintenant. Ce qu'il s'est passé a-t-il à voir avec elle ?

— Non ! Oui... Il y a des choses que tu ignores... A propos de son père, de la façon dont Larry est mort. Chelsea elle-même n'est pas au courant. Mais elle pourrait l'apprendre si on te voit...

— Tu ferais mieux de t'expliquer.

Les yeux de Jessi s'emplirent de larmes.

— Quelques mois après notre mariage, Larry a annoncé à un de ses amis que j'étais enceinte. Le soir de la remise de diplômes, ce type nous avait vus revenir à la réception ensemble, toi et moi, et y entrer ensuite séparément. Il l'a dit à Larry en insinuant que l'enfant que je portais pouvait ne pas être le sien. Larry et moi nous sommes disputés, il m'a accusée d'avoir couché avec toi. Devant mon silence, il a dit que le bébé n'était probablement même pas de lui...

Elle s'agita nerveusement.

— Là-dessus, il est parti en claquant la porte. Il s'est rendu dans un bar, et quelques heures plus tard sa voiture s'écrasait contre un talus. Il a été tué sur le coup.

Choqué, Clint posa son front contre le sien, taraudé par la culpabilité.

Encore une chose qu'il avait détruite par son manque de contrôle.

— Bon sang. Je regrette, Jessi. Je ne savais pas...

Tant d'erreurs. S'il n'avait pas impulsivement couru après elle ce soir-là, s'il n'avait pas commis l'impensable, s'il ne l'avait pas laissée se débrouiller toute seule...

Une tonne de regrets pesait sur ses épaules.

Jessi reniflait. La laissant se ressaisir, il détourna les yeux de ses joues baignées de larmes.

Il n'avait jamais voulu la faire souffrir. Ni alors ni aujourd'hui. Mais il l'avait fait. Et il savait comment éviter de recommencer.

Il se leva, conscient de son regard qui le suivait tandis qu'il ramassait ses vêtements et gagnait la salle de bains.

Après s'être aspergé le visage et lavé les mains, il s'habilla rapidement, évitant de regarder son reflet dans la glace pour ne pas voir les accusations que lui renvoyait son regard.

Comment avait-il pu laisser faire ça, une fois de plus ?

Quand il était près d'elle, il perdait son bon sens, se laissait guider par ses émotions. Comme son père.

Oh ! il ne frappait personne ! Mais il causait autant de dégâts. Et il était responsable de la mort d'un ami, de l'homme que Jessi avait aimé.

S'il avait connu les détails de la mort de Larry, il n'aurait pas accepté de soigner Chelsea. Il devait prendre ses dispositions pour se décharger de son dossier. Il n'était plus question d'objectivité, mais de fuir cette situation émotionnelle, comme il l'avait fait avec succès ces vingt-deux dernières années.

Mais cette fois, il ne laisserait pas Jessi porter la responsabilité de ce qui venait de se passer. C'était à lui de l'endosser.

Quand il regagna le salon, Jessi parlait au téléphone.

— Bien sûr, mon cœur... Je vais voir avec le Dr Marks quand on pourra organiser ça.

Elle rencontra son regard et articula en silence « Chelsea ».

Il s'assit à côté d'elle sur le canapé, conscient de toutes les choses inappropriées qui s'y étaient passées la nuit précédente.

Elle raccrocha et le regarda. Intensément.

— Chelsea veut nous parler. Elle insiste pour qu'on soit là tous les deux.

« S'il te plaît, ne pars pas encore... »

La prière tournait comme une litanie dans la tête de Jessi

quand Clint la déposa au Scott's Memorial pour qu'elle récupère sa voiture avant de le suivre à l'hôpital militaire où les attendait Chelsea.

Ils n'avaient pas dit grand-chose pendant le trajet, murés dans un silence pesant qui leur nouait la gorge.

Comment avait-elle pu être stupide au point de croire que ce qu'il s'était passé la nuit dernière n'aurait pas de graves répercussions ? Sa seule excuse était qu'elle s'était sentie merveilleusement bien dans les bras de Clint. A sa place.

Seulement ce n'était pas vrai. Dans sa relation avec Clint, le timing avait toujours laissé à désirer. S'il était resté vingt-deux ans plus tôt, elle n'aurait pas épousé Larry. Mais elle n'aurait pas eu Chelsea non plus.

Et, aujourd'hui comme autrefois, Clint allait repartir. Dès qu'on lui aurait trouvé un remplaçant, il s'en irait, disparaissant une nouvelle fois de sa vie. Leur relation était vouée à l'échec. Depuis toujours...

Pourtant quelque chose dans son subconscient se rebellait, refusant de l'accepter.

Elle en était là de ses réflexions quand Clint arrêta sa voiture sur le parking de l'hôpital.

La place voisine était libre, elle s'y gara avant de le rejoindre.

— Alors, tu ne vas rien dire ?

Il la dévisagea d'un air ahuri.

— A quel sujet ? De Larry ? De notre seconde aventure ?

Oppressée, elle chercha son souffle, et il lui prit la main.

— Pardon, dit-il, pressant ses doigts avant de les lâcher. Je passe beaucoup de temps à m'excuser ces temps-ci.

Elle leva le menton, blessée.

— Voyons ce que veut Chelsea. Nous discuterons du reste plus tard. Et si nous pouvions éviter d'arriver dans sa chambre en même temps, je me sentirais plus à l'aise.

— Tu veux que je me terre dans mon bureau quelques minutes avant de vous rejoindre ?

Elle prit conscience que l'idée était grotesque.

— Non, tu as raison. Allons-y ensemble.

Elle se raidit en voyant la grotesque poupée de papier posée sur la table de nuit.

C'était sans doute de cela que voulait parler sa fille.

Elle se pencha pour l'embrasser.

— Bonjour, chérie.

Sans un mot, Chelsea l'étreignit une longue minute avant de chuchoter :

— Je suis désolée de t'avoir fait endurer tout ça ces derniers mois. Je t'aime, maman.

Jessi sentit un frisson lui parcourir l'échine.

— Ce qui compte, c'est que tu commences à aller mieux.

— J'irai mieux dès que j'aurai dit ce que j'ai sur le cœur.

Ils s'assirent, et Clint commença à parler de tout et de rien. Il demanda à Jessi comment s'était passée sa journée la veille, l'incitant à raconter l'épisode de l'hameçon. Comme il fallait s'y attendre, l'histoire amusa beaucoup Chelsea.

— Toi qui détestes les asticots, ma pauvre maman !

— C'est vrai. Je me rappelle encore quand tu m'as apporté ce bocal de terre. J'ignorais que toi et grand-père aviez passé des heures à creuser le sol à la recherche de vers de terre pour les mettre dedans !

— Tu as poussé un hurlement en l'ouvrant. J'ai cru que grand-père allait mourir de rire !

Jessi sourit au souvenir des regards de conspirateurs de son père et de sa fille quand ils lui avaient offert ce « cadeau ».

— Tu as toujours été la plus courageuse de nous deux.

— Pas toujours, protesta Chelsea, reprenant son sérieux. Il faut que je te dise quelque chose, au sujet de ma détention en Afghanistan.

— D'accord, dit Jessi, regardant Clint qui inclina la tête.

Posant la poupée sur ses genoux, Chelsea prit une inspiration.

— Vous aviez raison à propos de ma grossesse, dit-elle à Clint. J'étais enceinte quand j'ai été capturée. Je ne l'avais dit à personne, car on m'aurait immédiatement renvoyée au pays, ce que je ne voulais pas. C'était stupide. Un accident. Je voulais en parler, mais je remettais les choses à plus tard... C'est alors que nous sommes tombés dans une embuscade.

Le cœur de Jessi se contracta.

— Est-ce que... Est-ce qu'on t'a fait du mal, ma chérie ?

— Non, répondit Chelsea en levant ses yeux remplis de larmes. Pas physiquement. On m'a isolée des autres et forcée à mettre une large tunique. Puis on m'a donné un message, qu'on m'a fait lire devant une caméra.

Jessi n'avait jamais entendu parler de ce message, mais elle ne dit rien.

— Un mois a passé, puis deux. L'isolement commençait à me peser, et je me suis mise à parler au bébé. Chaque jour. Je n'avais pas voulu la garder au début, et curieusement j'en étais arrivée à avoir besoin d'elle pour survivre.

Elle ?

Seigneur, avait-on fait accoucher Chelsea pour lui voler son bébé ? Etait-ce la signification de cette hideuse figurine ?

Clint formula la question que Jessi n'osait poser.

— Qu'est-il arrivé au bébé ? demanda-t-il d'un ton rauque.

— Elle est morte.

— Oh ! Ma pauvre petite fille...

— Elle est morte, et je n'ai rien pu faire pour la sauver.

— Tes geôliers ne t'ont pas aidée ?

— Ils n'étaient pas au courant de ma grossesse, je redoutais leur réaction s'ils apprenaient que j'étais enceinte sans être mariée. Il était facile de cacher mon état sous ma tunique. Je passais presque tout mon temps dans ma cellule, et j'espérais que, après l'accouchement, ils m'autoriseraient à garder le bébé, que peut-être même ils nous laisseraient partir.

— A combien de mois étiez-vous quand vous avez été capturée ? demanda Clint.

— Environ trois mois. J'ai perdu la notion du temps par la suite, mais je pense que ma fille a dû naître à peu près quatre mois après mon enlèvement.

A sept mois, le nourrisson n'avait guère de chances de survie sans l'aide de la médecine moderne.

— Elle est arrivée au milieu de la nuit, reprit Chelsea. Elle était minuscule. Parfaite, murmura-t-elle en caressant la poupée. Elle n'a même pas pleuré. Je l'ai gardée longtemps dans mes bras en attendant qu'elle respire… Au bout d'un moment, j'ai compris qu'elle était morte. Je craignais qu'on me tue si on me trouvait avec elle, et je ne voulais pas qu'on la touche. Alors j'ai déchiré un morceau de ma tunique et l'ai enveloppée dedans, puis j'ai creusé un trou dans le sol de la cellule avec mes ongles, et je l'ai enterrée… On m'a libérée moins d'une semaine plus tard.

Jessi lui prit la main, les yeux noyés de larmes.

— Oh ! Chelsea ! Si tu savais combien je suis désolée !

Sa fille avait affronté cette épreuve toute seule. Sans personne pour l'aider, la réconforter. Elle en avait le cœur brisé de chagrin.

Une boîte de Kleenex apparut sur la petite table devant elles. Chelsea en prit une poignée, s'essuya les yeux et se moucha avant de se tourner vers elle.

— Après son départ, j'ai pris conscience de ma solitude. Je ne pouvais même pas marquer l'emplacement de la tombe de mon bébé. Et si je mourais là, je serais mise dans un trou, comme elle. Personne ne connaîtrait mon existence… Après ma libération, je me suis dit que ce serait peut-être mieux ainsi. Que c'était le bébé qui aurait dû survivre, pas moi. Que c'est moi qu'il fallait oublier.

Clint se pencha vers elle.

— On ne vous aurait pas oubliée, Chelsea. On vous aurait pleurée, comme vous avez pleuré votre fille. Vous avez une mère qui vous aime. Une grand-mère. Des camarades d'unité. Et vous êtes là où vous devez être : ici, en vie. Tout ce que vous avez fait en captivité vous a permis de survivre. De vous assurer que votre enfant ne serait jamais oubliée. Si vous étiez morte, son souvenir aurait disparu avec vous.

Il la dévisagea intensément.

— Mais votre mère connaît son existence, maintenant. Moi aussi. Vous parlerez d'elle à des tas de gens durant votre vie. Elle ne sera pas oubliée. Parce que vous avez survécu.

Chelsea parut réfléchir à ces paroles, puis elle acquiesça.

— J'aimerais qu'elle ait une tombe ici, aux Etats-Unis. Qu'une pierre tombale porte son nom.

— Nous nous en occuperons, dit Jessi, le cœur meurtri.

Elles décideraient ensemble si elles en parlaient aux grands-parents paternels de Chelsea, à Abigail…

Elles régleraient ça plus tard. L'important, c'était que Chelsea parle enfin, qu'elle assume ces choses dont elle n'avait jamais soufflé mot à personne.

— Le père du bébé est au courant ? demanda Jessi.

— Non. Je ne lui ai rien dit, c'est inutile maintenant. Et ça pourrait lui attirer des ennuis si ça se savait. Il est officier, nous n'étions pas censés nous fréquenter.

— Tu l'aimais ?

— Non. Et lui non plus. C'est arrivé une fois, c'est tout.

Jessi jeta un coup d'œil à Clint, mais il ne la regardait pas.

Il s'était passé exactement la même chose entre elle et lui vingt-deux ans plus tôt. Mais Larry l'avait appris, et les conséquences avaient été dramatiques. Définitives.

Elle sentit son estomac se soulever.

Contrairement à Chelsea, elle n'avait pas tiré la leçon de l'expérience. Elle avait refait la même erreur.

Elle n'avait pas pu résister à Clint, elle n'avait jamais su.

Chelsea se tourna vers celui-ci.

— A notre première rencontre, vous m'avez dit que vous étiez là pour m'aider à surmonter cette crise. Je suis prête à essayer. Je vous promets de travailler dur pour y arriver.

Clint se raidit, tandis que Chelsea demandait, inconsciente de la tension ambiante :

— Avez-vous suivi une formation militaire dans un camp d'entraînement, docteur Marks ?

— Oui.

— Alors, vous savez qu'un soldat n'abandonne jamais un camarade blessé derrière lui.

Il acquiesça.

— Je n’ai peut-être pas été amputée d’un membre et n’ai pas de cicatrices visibles à part celles-là, dit-elle en tendant ses poignets balafrés. Mais je suis gravement blessée. Alors, je vous en prie, ne m’abandonnez pas.

13

Chelsea faisait des progrès. Ils avançaient par à-coups, mais jamais elle n'avait autant progressé depuis son hospitalisation.

Clint s'occupait toujours d'elle.

Il savait que c'était une erreur, mais les paroles de Chelsea avaient touché son cœur de soldat. Il aurait tant aimé que quelqu'un soit là pour son père, qui avait dû affronter seul ses démons ! Il ne voulait pas que ça se passe ainsi pour Chelsea.

Depuis cette séance, Jessi gardait ses distances, ne lui parlant que quand il l'interrogeait durant les séances communes, ou lorsqu'il la croisait à l'hôpital. Elle marchait sur des œufs en sa présence.

Il en faisait autant avec elle et se sentait mal à l'aise.

Il fallait tenir encore quelques semaines, et tout irait bien. Chelsea avait obtenu de ne pas être abandonnée « comme son bébé ». Peu à peu, elle consentait à admettre que ce qui était arrivé n'était pas sa faute. Bientôt, elle quitterait l'hôpital, elle ne reviendrait que pour des séances hebdomadaires en consultation externe, et il verrait encore moins Jessi.

Son cœur se serrait douloureusement à cette pensée.

Il n'avait rien ressenti de tel depuis… depuis qu'il l'avait quittée, vingt-deux ans plus tôt. Comme il la quitterait de nouveau, dès qu'il aurait reçu ses papiers de mutation.

Il était prêt à en faire la demande, même si une petite voix lui susurrait que, quand Chelsea ne serait plus sa patiente, il pourrait faire la cour à Jessi comme il avait rêvé de le faire à une époque.

Sauf que rien n'avait vraiment changé. Il n'était toujours pas l'homme qu'il lui fallait. Il était trop méfiant, trop craintif avec les femmes.

En outre, Jessi avait connu le pire de la vie militaire quand sa fille était revenue traumatisée de la guerre. Elle n'avait vraiment pas besoin de fréquenter un homme confronté jour après jour à des soldats amochés !

Jamais la responsabilité n'avait autant pesé sur ses épaules.

— Docteur Marks ? dit l'infirmière en passant la tête par l'entrebâillement de la porte. Peter Summers vient d'appeler. Il demande le renouvellement de son ordonnance de méthadone.

Clint soupira.

Un autre cas compliqué. Le traitement de Peter dépendait de son assiduité à ses séances, et il avait manqué les deux dernières. Toxicomane, il prenait de la méthadone pour traiter sa dépendance aux opiacées. Régulièrement ajusté, le traitement exigeait de respecter un programme très précis, avec séances en externe et rapports de progression.

— Vous voulez bien le rappeler pour fixer un nouveau rendez-vous ? Dites-lui qu'on ne renouvellera pas son ordonnance s'il ne vient pas.

— Très bien, dit Maria en griffonnant sur un papier. Oh ! J'ignore si vous êtes au courant, mais quelqu'un veut vous voir d'urgence. Elle s'est présentée deux fois avant de retourner patienter en salle d'attente.

Il jeta un coup d'œil à son planning.

Il n'attendait personne avant deux heures.

— Vous savez qui c'est ?

— La mère de Chelsea Riley.

Il sentit sa gorge se nouer. Jessi était là pour le voir ?

— Elle est encore là ?

— Oui, acquiesça l'infirmière.

Il se leva.

— A-t-elle vu Chelsea ?

— Non, c'est bizarre. Elle est venue directement ici. J'ai pensé que vous voudriez le savoir.

— Merci, dit-il en enfilant sa veste. Si je ne suis pas dans mon bureau quand vous aurez Peter Summers, pouvez-vous me laisser un message avec son prochain rendez-vous ? Et me noter ce qu'il a dit ?

— Bien sûr.

L'infirmière partie, il hésita un instant puis prit la direction de la salle d'attente.

Jessi était assise, la tête baissée, les mains entre les genoux, comme si elle priait.

Il eut l'impression de recevoir un violent uppercut à l'estomac. Toutes les émotions qu'il s'efforçait de réprimer remontèrent à la surface.

— Jessi ?

Elle leva les yeux et bondit sur ses pieds.

— Je venais te voir.

— L'infirmière me l'a dit.

Elle mordilla sa lèvre inférieure.

— Je sais que ça doit sembler étrange. Mais je n'ai pas eu le courage de...

Elle s'interrompit et regarda autour d'elle, consciente des regards curieux fixés sur eux.

— Va dans mon bureau, dit-il. Je descends à la cafétéria nous chercher des cafés.

Il doutait que ce soit sage de rester seul avec elle, mais s'il ne verrouillait pas la porte, tout irait bien. Du moins l'espérait-il.

Il alla à la cafétéria commander leurs cafés.

Elle aimait le sien avec du lait, il s'en souvenait. Il versa un sachet de sucre dans le sien et regagna son bureau.

Poussant la porte, il remarqua que Jessi avait toujours cette expression tourmentée.

Il posa son café devant elle, et alla s'asseoir dans son fauteuil.

— Que se passe-t-il, Jessi ?

— C'est maman. Je... j'ai pensé que, comme elles sont proches toutes les deux, je devais lui parler du bébé de Chelsea... Et Chelsea le savait.

— Comment ta mère a-t-elle réagi ?

Les doigts de Jessi se crispèrent.

— Elle est à l'hôpital. Et je ne sais pas quoi dire à Chelsea. Elle va me poser des questions...

— Que s'est-il passé ?

— En entendant l'histoire, maman a paru bien le prendre, mais soudain elle a porté la main à sa poitrine... Il s'avère qu'une de ses artères est bouchée à 90 %, il faut lui faire un pontage. Elle avait des symptômes depuis environ un mois mais ne voulait pas m'inquiéter...

Il tendit la main vers Jessi, mais elle laissa les siennes sur ses genoux.

Elle gardait ses distances. Elle demandait juste son opinion de professionnel. C'était ça, bien sûr : elle voulait savoir si elle devait prévenir sa fille. Elle n'était pas venue chercher du réconfort, juste un avis médical au sujet de sa fille. Sa patiente à lui.

Mais pour l'instant, il n'avait pas envie de réfléchir à ça. Il voulait juste se lever, contourner son bureau et la tenir dans ses bras pendant qu'elle s'épanchait.

Précisément ce qu'il ne devait pas faire.

Il prit une gorgée de café, et la chaleur du liquide lui brûla la gorge, acidifiant son estomac.

— Je pense que tu dois la vérité à Chelsea. Evite ce qui a précédé la crise, mais il faut lui dire que ta mère a une artère bouchée et qu'on doit l'opérer rapidement.

— Alors, je lui cache que maman sait pour le bébé ?

— Oui, sauf si elle t'interroge. La vérité finira par éclater, mais évite les explications pour l'instant. Attends que l'opération ait eu lieu et qu'elles aillent mieux.

« La vérité finira par éclater. »

Excellent conseil, étant donné la situation actuelle entre Jessi et lui. Et ce qui était arrivé à Larry quand la vérité avait fini par éclater.

— Quand l'intervention est-elle programmée ?

— Cet après-midi.

Il s'adossa à son siège.

— C'est peut-être une bonne chose que ça se soit passé quand tu étais avec ta mère, tu as su comment réagir.

— Oh ! Clint ! Qu'est-ce qu'il m'a pris de lui jeter un truc pareil à la figure ?

— Tu m'as dit qu'elle avait des symptômes depuis quelque temps. Et je suis sûr que tu ne lui as pas « jeté » la nouvelle à la figure. Tu as agi dans ce que tu croyais être l'intérêt de ta maman et de Chelsea.

Comme il le faisait en continuant à soigner cette dernière. Et tout semblait s'arranger au mieux.

— Je n'ai jamais imaginé que ça pouvait causer...

— Je sais. Veux-tu que je sois là quand on l'opérera ?

— Tu n'as pas de patients à voir ?

— J'en ai un dans une heure et demie. A quelle heure est prévue l'intervention ?

— 5 heures, répondit Jessi en enveloppant sa tasse de ses deux mains.

— J'aurai tout le temps d'arriver à l'hôpital... A moins que tu ne souhaites pas ma présence.

— J'aimerais que tu sois là, si ça ne te dérange pas.

— Bien sûr que non.

Elle avait besoin d'un ami en ce moment, même s'il ne devait jamais être plus pour elle.

Elle avança les doigts, lui effleura la main.

— Merci de tout cœur, Clint. Je sais que c'est dur, après tout ce qu'il s'est passé entre nous.

— Pas du tout.

Il prit sa main dans la sienne, et ils gardèrent le silence endant plusieurs secondes, les doigts enlacés.

Jessi s'en alla quelques minutes plus tard, après qu'il eut promis d'être à l'hôpital avant l'opération de sa mère.

D'ici là, il allait réfléchir à ce qu'il devrait et ne devrait pas faire pendant qu'il patienterait avec elle en salle d'attente. Et il espérait que, pour une fois, son cœur se déciderait à coopérer.

14

Jessi arpentait nerveusement la salle d'attente, assaillie par de sombres pensées.

Il y avait une heure que sa mère était sur la table d'opération.

Bouleversée par l'état de santé de sa grand-mère, Chelsea n'avait même pas demandé si celle-ci savait, pour le bébé. Ni pourquoi Jessi en avait parlé à Clint. Tant mieux, car la situation était assez compliquée comme ça. En particulier entre elle et Clint : elle ne *pouvait pas* craquer de nouveau pour lui.

Ils ne s'étaient pas vus depuis plus de vingt ans, mais quand ils avaient travaillé ensemble, il y avait eu entre eux une complicité, une union parfaite, qu'elle avait retrouvée lorsqu'ils avaient fait l'amour un peu plus tard.

Mais ça ne voulait pas dire grand-chose, du moins pour elle : elle avait toujours eu le béguin pour Clint. Déjà au lycée. Ça n'avait rien changé à l'époque, et ça ne changerait rien maintenant. Il allait partir, une fois de plus.

Clint avait été le premier, on n'oubliait jamais un premier amour, n'est-ce pas ? Ensuite, elle avait aimé le père de Chelsea. Beaucoup. Sans cette dispute, Larry serait encore en vie. Aurait-elle seulement regardé Clint, s'il était là ?

Elle préférait ne pas y penser.

Assis dans un des fauteuils de la salle d'attente, Clint la regardait arpenter la pièce.

Elle s'immobilisa devant lui.

— Comment crois-tu que ça se passe ?

Il esquissa un sourire.

— Tu veux dire depuis la dernière fois que tu me l'as demandé, il y a cinq minutes ? Assieds-toi donc, dit-il en tapotant le siège voisin du sien. User le lino ne calmera pas ton anxiété.

Elle soupira et, se laissant choir sur le siège, ferma les yeux.

— Et si maman et Chelsea découvraient ce qu'il s'est passé entre nous ?

— D'où te vient cette idée ? répliqua Clint en lui glissant un bras autour des épaules.

— Je ne veux pas compliquer encore les choses pour elles.

— Personne ne le saura.

— Larry l'a bien appris.

Elle regretta sa remarque en le sentant se raidir.

— Désolée, Clint. Je m'inquiète, c'est tout.

— Je sais. Tu dois arrêter de te tourmenter, dit-il en lui tapotant la tempe du doigt. Tu te rends folle à ruminer comme ça. Personne ne l'apprendra — sauf si nous en parlons.

— Merci, murmura-t-elle. Tu es plus cool que moi.

— Je n'en suis pas si sûr, rétorqua-t-il avec un rire sec.

Elle ne voyait pas ce qu'il voulait dire, et elle était trop nerveuse pour y penser en ce moment. Une chose était sûre, elle était heureuse qu'il soit là.

Elle s'appuya contre lui pour absorber un peu de sa confiance. Cette énergie qui émanait de lui l'avait terriblement attirée à l'époque du lycée, et c'était toujours le cas.

— Ils en ont encore pour longtemps ?

— Jessi, ça prend du temps. Les médecins sont confiants, tout va bien se passer !

Elle ferma les yeux, et le parfum de Clint combattit un peu le relent de désinfectant qui imprégnait la pièce.

Elle était habituée à cette odeur, mais maintenant qu'elle s'inquiétait pour sa mère, cela lui évoquait la maladie, la mort.

— Tout peut arriver...

— Mais il n'arrivera probablement rien.

— Le ciel t'entende.

Elle ferma de nouveau les yeux, et cette fois elle se laissa bercer par les paroles rassurantes de Clint. Elle se vida l'esprit de toute pensée négative pour ne songer qu'à la douceur apaisante de sa présence.

Une main pressa la sienne, la ramenant au présent.

Elle battit des paupières, aveuglée par les néons de la salle.

Seigneur, elle s'était endormie. Pendant l'opération de sa mère !

— Jess, le chirurgien de ta mère arrive.

Elle se redressa et regarda vers le couloir.

Effectivement, le Dr Leonard venait dans leur direction, débarrassé de sa tenue opératoire.

Elle se leva et attendit, vaguement consciente de la main de Clint dans son dos.

Le chirurgien leva le pouce et sourit.

— Tout s'est très bien passé, mieux que nous ne pouvions l'espérer, dit-il. La veine prélevée s'est insérée sans accroc, et le cœur fonctionne parfaitement. Elle devrait se sentir beaucoup mieux. Ses autres artères n'ont pas de problème. Avec un régime alimentaire et un peu d'exercice, elles ne se boucheront pas avant longtemps.

— Alors, elle va s'en remettre ? demanda Jessi, les jambes fauchées par l'émotion.

— Absolument. Sauf imprévu, elle pourra rentrer chez elle dans les prochains jours. Une infirmière restera avec elle environ une semaine. C'est couvert par son assurance santé, nous avons vérifié.

— Merci infiniment. Quand pourrai-je la voir ?

Il sourit.

— Elle est en salle de réveil pour l'instant. Vous pourrez la voir dès qu'elle sera installée dans sa chambre.

Le regard du Dr Leonard se posa sur Clint, et Jessi s'empressa de faire les présentations.

— Je suis ravi de vous rencontrer, docteur Marks, dit le chirurgien en lui tendant la main. J'ai servi comme médecin militaire avant de travailler dans le civil. J'apprécie ce que vous faites pour nos soldats.

— Le pays a besoin de médecins civils et militaires, répondit Clint. Je me réjouis que vous ayez été là pour la mère de Jessi.

Si le Dr Leonard trouva bizarre la présence de Clint, il n'en laissa rien paraître. Inclinant la tête, il leur dit qu'il enverrait une infirmière chercher Jessi dès que sa mère serait installée, puis il repartit comme il était venu.

Elle leva les yeux vers Clint.

— Merci d'avoir attendu avec moi. Si tu dois retourner à l'hôpital militaire, je comprendrai.

— Je te l'ai dit, ma journée est finie. Je vais rester pour m'assurer que tout va bien.

— Merci encore. Excuse-moi de m'être endormie sur ton épaule.

Elle sentit ses doigts lui effleurer le dos.

— Tu portes un lourd fardeau, docteur Riley. Il est peut-être temps que tu t'en décharges un peu sur quelqu'un.

Lui offrait-il ses services ? Oserait-elle accepter ?

— Je suis désolée que tu aies été entraîné dans mes problèmes familiaux. A l'époque du lycée et aujourd'hui.

Il la tourna vers lui et posa les mains sur ses épaules.

— Personne ne m'a « entraîné », Jessi. Ni alors ni maintenant. Je suis là parce que je le veux bien.

Et quand Chelsea irait mieux, serait-il encore là ?

Elle n'osait même pas y penser pour l'instant. Il se passerait peut-être des années avant que celle-ci soit assez bien pour fonctionner sans l'aide d'un psychiatre. Et si un jour elle pouvait se passer de médicaments, elle aurait sûrement encore besoin d'un thérapeute.

Or, Jessi savait comment fonctionnait l'armée. Tôt ou tard, Clint serait muté loin d'ici, alors qu'elle avait organisé sa vie à Richmond. Sa mère et sa fille étaient ici, sans parler de Cooper, et elle ne se voyait pas les laisser derrière elle.

Pas même pour Clint ?

Elle ne voulait pas y penser pour l'instant. D'ailleurs, il n'y avait pas grand-chose entre eux, à part deux nuits d'amour.

La gorge nouée, elle secoua la tête pour chasser ces pensées.

— Ça va ? demanda Clint, les sourcils froncés.

— Oui. Je suis soulagée, répondit-elle en reculant d'un pas. Sérieusement, tu n'es pas obligé de rester avec moi. Tu dois avoir autre chose à faire.

— Si tu crains que Chelsea et ta mère ne l'apprennent, tu as tort. Je ne leur dirai pas que j'étais ici, sauf si tu le souhaites.

— Non ! Je ne veux pas devoir leur expliquer pourquoi.

Elle n'était même pas sûre de le savoir, et elle avait trop peur d'approfondir la question. Il y avait des choses qu'il valait mieux ignorer. Elle avait déjà eu le cœur brisé. Pas une fois, mais deux. La première fois par Clint, la seconde par les accusations de Larry. Une troisième lui serait sûrement fatale.

— Je te le répète, je ne dirai rien. Ne t'inquiète pas, dit-il d'une voix grave.

— Merci.

Ils s'assirent en silence, et Clint ne remit pas son bras autour de ses épaules.

C'était sûrement mieux ainsi, mais au fond d'elle-même elle se sentit très seule, aspirant à un rêve impossible.

Une relation avec Clint ?

Elle frissonna à cette pensée et s'enveloppa de ses bras.

Seigneur, pourvu que ce ne soit pas ça ! Parce que c'était voué à l'échec.

Elle devait moins se reposer sur Clint… Mais elle ne savait pas comment elle arriverait à s'effacer le moment venu. Elle avait l'impression qu'il était déjà trop tard pour stopper le déroulement inexorable des choses. Elle allait fatalement souffrir.

Mais peut-être cela ne dépendait-il pas d'elle ? Peut-être était-ce à Clint de décider si oui ou non il allait lui briser le cœur ?

Quand l'infirmière vint la prévenir que sa mère était réveillée et qu'elle pouvait la voir, elle fut soulagée de fuir l'angoissant tourbillon de ses pensées.

Il était temps de reporter toute son attention sur sa mère et Chelsea.

15

La mère de Jessi était rentrée chez elle et se remettait doucement de son pontage coronarien. Clint avait croisé Jessi à plusieurs reprises depuis, mais celle-ci était débordée entre son travail, sa mère et sa fille.

Un soleil timide perçait l'épaisse couche de nuages noirs amoncelés dans le ciel. Un bon présage ?

Il baissa les yeux vers son bureau.

Ses papiers de mutation.

Ou, plus précisément, sa demande de résiliation de son affectation à Richmond, en vue de retourner en Californie où le temps était toujours beau et ensoleillé. Sans un nuage.

Signer ou ne pas signer, telle était la question.

Non. Il finirait de toute façon par faire cette demande. Ce n'était qu'une question de temps. Et de volonté.

Une volonté qui lui faisait défaut ces dernières semaines…

Mais rester serait une erreur. Sa présence à Richmond faisait remonter trop de douloureux souvenirs pour tout le monde.

Bon sang, il ne savait même pas que son ami était mort à son arrivée ici, et encore moins pourquoi ! Et Jessi avait porté ce fardeau pendant toutes ces années.

La retrouver l'avait replongé dans son enfance douloureuse. Les gens en savaient plus qu'il n'avait cru. Ils avaient parlé entre eux des problèmes de son père.

Quant à ses réactions explosives en présence de Jessi, elles prouvaient son manque de contrôle. Comme leur aventure au bord du ruisseau le soir de la remise de diplômes. Il avait apprécié, à l'époque, mais toute action avait ses conséquences qu'il fallait assumer.

Il devrait partir tôt ou tard. Alors pourquoi pas maintenant ? Chelsea quittait l'hôpital des vétérans la semaine suivante. Elle poursuivrait ses séances en externe… une victoire dont il aurait dû se réjouir au lieu de ruminer de sombres pensées.

Peut-être demanderait-il une mission à l'étranger, pour partir le plus loin possible. Ou il pouvait laisser l'armée décider de sa mutation au lieu de solliciter son retour à la base de San Diego.

Chelsea passa la tête dans son bureau.

— Vous avez des nouvelles de ma grand-mère ?

Il cacha vivement les papiers sous un dossier.

— Non, je sais juste qu'elle a quitté l'hôpital. Vous devriez apprendre à frapper, jeune dame, fit-il observer en souriant. J'aurais pu être avec un patient.

— Vous avez raison. Désolée, dit-elle en prenant le siège qu'il lui désignait.

— Aucun problème. Comme je vous le disais, votre grand-mère semble aller très bien, d'après votre mère. Elle doit juste y aller doucement pendant quelques semaines.

— Hmm…

— Qu'est-ce à dire ? demanda-t-il avec un sourire forcé.

— Je voulais faire un truc, mais je suppose que ça peut attendre que grand-mère soit rétablie.

— Je peux vous être utile ?

— Je ne sais pas. Peut-être. J'ai dit à Paul que j'aimerais faire célébrer une messe pour ma… pour le bébé. Il a dit qu'il viendrait. Ainsi que d'autres membres de notre groupe de parole.

Le jeune Paul Ivers était souvent assis à côté de Chelsea pendant les séances de groupe.

— Rien ne s'y oppose.

— J'aimerais que vous soyez là aussi, si vous êtes d'accord. Vous m'avez tant aidée.

— Je n'ai rien fait, Chelsea. Vous en êtes arrivée là par votre seule volonté. J'ai juste écouté et animé les séances.

— Vous avez connu ma mère autrefois. Je l'ai interrogée, elle m'a dit que vous étiez au lycée avec mon père, tous les deux. Comme papa n'est plus là, j'aimerais que quelqu'un qui le connaissait assiste à l'office.

Il en resta coi.

Il avait pris la place de Larry à cette époque. Il ne pouvait pas le faire aujourd'hui ! N'avait-il été qu'un substitut quand il avait fait l'amour à Jessi ? La doublure d'un homme mort et enterré ? Un homme dont il avait involontairement causé la mort ?

— S'il vous plaît, docteur Marks ?

Il hésita. Il croyait à la parole donnée, contrairement à son père.

— Je ne vous promets rien, Chelsea. Mais si je suis encore là, je serai ravi de venir.

Les yeux de la jeune fille s'agrandirent d'appréhension.

— Vous envisagez de partir ?

— Je voulais dire que si cette messe est célébrée dans cinq ans, je ne peux pas vous garantir que je n'aurai pas été muté ailleurs, s'empressa-t-il de préciser pour la rassurer.

Il fut interrompu par le bourdonnement de son Interphone.

— Mme Riley est ici, annonça son assistante.

Il se raidit.

Il ne s'était jamais habitué à l'entendre appeler ainsi. Mme Marks, voilà qui sonnait beaucoup mieux.

Non !

Bon sang, cette journée tournait au cauchemar.

— Parfait, commenta Chelsea. On pourra demander à maman ce qu'elle en pense.

Mais il avait le sentiment que Jessi allait réagir comme lui.

— Faites-la entrer, ordonna-t-il à sa secrétaire.

En voyant sa fille, Jessi s'empourpra légèrement avant de sourire.

— Bonjour, chérie. J'allais justement venir te voir.

— C'est vrai ? dit Chelsea avec malice. Et tu as décidé de t'arrêter en chemin pour voir mon thérapeute ?

Le teint de Jessi vira au rouge vif.

— Je me réjouis que tu sois là, reprit sa fille en se levant pour l'embrasser. On a quelque chose à te dire.

— Vraiment ?

Clint et Jessi avaient parlé en même temps. Leurs regards se soudèrent, et Jessi détourna les yeux.

— Enfin, quand je dis « on »... j'ai pris le Dr Marks au dépourvu, corrigea Chelsea. Je peux lui en parler, docteur ?

— A vous de décider, articula Clint avec effort.

Il avait l'impression que des murs invisibles se refermaient sur lui. Il avait beau chercher une issue, il ne faisait que s'enliser davantage. S'il avait voulu s'échapper, c'était fichu. Quel satané gâchis...

Chelsea fit asseoir sa mère et lui raconta ce qu'elle venait de lui dire, dans les mêmes termes, comme si elle les avait appris par cœur.

Puis le silence retomba, uniquement rompu par un tintement indiquant que Clint avait reçu un message.

Jessi se passa la langue sur les lèvres.

— Je trouve que c'est une très belle idée, dit-elle enfin.

— J'ai demandé au Dr Marks de laisser le groupe assister à l'office... Et je l'ai invité aussi. Il a dit qu'il viendrait s'il était encore à Richmond.

— Encore à Richmond ?

Elle avait parlé d'un ton douloureux, et il sentit le chagrin lui broyer le cœur. Il aurait préféré qu'elle apprenne la nouvelle autrement.

— Plus exactement, il a dit que si le service avait lieu dans cinq ans, il risquait d'avoir été muté ailleurs, rectifia Chelsea en posant la main sur celle de sa mère.

Jessi se détendit légèrement.

Etait-elle affectée par l'éventualité de son départ ?

Bien sûr que non. Elle savait comme lui qu'ils devaient cesser toute relation. Du reste, elle avait pris ses distances ces derniers jours pour se consacrer à Chelsea. Elle aimait sa fille de toute son âme. Cela sautait aux yeux quand les deux femmes se regardaient ou se touchaient, rassurées par la présence l'une de l'autre.

Etre aimé de cette manière, ça devait être...

Impossible. Pour lui, en tout cas.

— Bien sûr que je viendrai, dit-il impulsivement. Si je le peux.

La voix de Jessi se raffermit tandis qu'elle discutait avec sa fille. Elle désirait voir se fermer ce sombre chapitre pour que Chelsea puisse aller de l'avant. Lui aussi espérait que la vie de la jeune femme serait pleine de rire et de joie. La famille le méritait, après ce qu'elle avait traversé.

— Comment va ta mère ? demanda-t-il à Jessi.

— Bien. L'infirmière est avec elle ce matin. Elle est plus forte chaque jour. Elle m'a même dit que sa crise cardiaque avait été une des expériences les plus positives de sa vie. Elle se sent beaucoup mieux qu'avant et a hâte de travailler de nouveau dans son jardin. Je sais de qui tu tiens ton entêtement, ma fille.

— *Mon* entêtement ? s'exclama Chelsea.

— D'accord, le mien aussi, admit Jessi en riant.

Clint pouvait en témoigner. Les trois femmes étaient solides, malgré quelques défaillances dues aux épreuves traversées : problème cardiaque pour Abigail, tentative de suicide pour Chelsea. Quant à Jessi, elle avait voulu ranimer une vieille flamme dans le but de surmonter une crise...

Car ce n'était que ça, n'est-ce pas ?

L'explication aurait dû l'apaiser, le conforter dans sa décision de partir, mais il se sentait toujours en proie à cette sensation bizarre, grisante et étouffante à la fois.

Et cette sensation, c'était... l'amour.

Il s'adossa à son siège, s'efforçant de garder un masque impassible.

Il aimait Jessi !

Malheur à lui, comment avait-il pu en arriver là ? Il avait merdé, gravement. Il avait laissé ses émotions prendre le dessus, comme chaque fois qu'il approchait cette femme.

Ce qui dépassait des papiers de mutation coincés sous le dossier semblait le narguer.

Plus vite il les signerait, mieux ça vaudrait.

Et sa promesse à Chelsea ?

— Qu'est-ce que grand-mère voudrait que je fasse, à votre avis ? demanda la jeune femme, dont les vieilles blessures commençaient à se fermer, contrairement aux siennes.

— Elle voudrait que tu sois heureuse, chérie, dit Jessi.

— Alors, peut-on célébrer cette messe dès la semaine prochaine ? J'ignore combien de temps les membres du groupe assisteront aux séances. Nous organiserons plus tard une cérémonie privée uniquement pour la famille, si grand-mère est d'attaque.

— Nous pourrons le faire quand tu voudras.

A cet instant, il sut qu'il devait aller au bout de ce qu'il avait entrepris : il devait être là pour Jessi comme celle-ci devait être là pour Chelsea. Abigail n'était pas encore en état de tenir ce rôle, Larry était mort...

Et puis, il en avait envie. N'était-ce pas cela, l'amour ? Sacrifier son confort et son bien-être pour l'autre ?

Comme il l'avait fait autrefois ?

Il posa sur le passé un regard nouveau. Clairvoyant.

En fait, il aimait déjà Jessi, à l'époque. Même s'il s'apprêtait à la laisser à un autre homme dont le père ne noyait pas sa rage dans l'alcool avec les coups pour seul langage. Il n'avait pas pu alors lui offrir une vie normale, ordinaire, parce qu'il était rongé par la colère. Envers son père, bien sûr, mais aussi envers sa mère qui subissait sans rien dire. Envers le monde en général, aveugle à ce qu'il se passait dans les foyers comme le sien.

Dans l'armée, la discipline lui avait permis de contrôler sa rage, de canaliser son énergie négative. Mais sa vie n'était pas paisible pour autant, elle gravitait toujours autour de patients traumatisés en quête de normalité...

Il prit conscience des deux paires d'yeux qui le fixaient avec la même perplexité.

— Pardon ?

— Je demandais si dimanche prochain vous conviendrait, dit Chelsea. A moins que vous n'ayez d'autres projets ?

— Non, aucun.

Il prit tardivement conscience qu'il aurait pu trouver une excuse pour se défiler. Mais laquelle ? Un rendez-vous galant ?

De toute façon, il avait décidé d'être là pour Jessi. Et aussi pour Chelsea.

Comme la famille qu'il n'avait jamais eue ?

Peut-être. Peut-être pouvait-il jouer la comédie pendant quelques heures. Jouir de quelque chose qu'il ne pourrait jamais avoir dans la vraie vie, comme une épouse et une enfant. Même si elles appartenaient à un homme qui n'était plus là pour elles.

Jessi avait eu assez de malheurs. Il lui fallait un homme qui peigne sa vie avec de belles couleurs, pas avec de noirs souvenirs du passé. Elle méritait mieux que lui. Il allait encore devoir renoncer à elle.

Il jouerait donc les suppléants pendant une heure ou deux. En priant pour que ça suffise pour lui permettre de supporter le reste de sa vie.

16

Jessi avait envie de tenir la main de Clint, mais elle n'osait pas. Pas dans un cimetière, alors qu'ils pleuraient le petit ange parti trop tôt.

Mais c'était dur de ne pas le toucher. Terriblement dur.

Elle serra les poings pendant qu'un aumônier des armées évoquait la vie et la mort pour commémorer cette petite-fille qu'elle ne connaîtrait jamais.

Une main toucha la sienne. Les doigts de sa fille étaient glacés, son expression lugubre, ses yeux noyés de chagrin.

— De même que cette plaque nous rappelle qu'une vie innocente a été remise entre Vos bras aimants, nous devons, comme Marie Elizabeth Riley, avoir foi en Vous, Seigneur, et espérer qu'un jour nous la verrons telle qu'elle était destinée à être, intacte et pleine de vie...

Tandis que l'aumônier continuait son prêche, Jessi sentit ses yeux s'emplir de larmes. Lâchant la main de Chelsea, elle chercha un Kleenex dans son sac.

Immobile et grave, d'une beauté renversante dans son costume bleu marine, Clint l'observait de ses yeux gris, sombres et indéchiffrables. Il glissa un mouchoir dans sa main tremblante.

Etait-il irrité de la voir pleurer ? Mais ce bébé aurait été sa première petite-fille, et elle aurait probablement survécu si Chelsea avait eu accès à des soins médicaux.

Toutes ces hypothèses avaient rendu Chelsea folle : si elle avait parlé, si elle avait admis qu'elle était enceinte au lieu de craindre une réprimande ou d'être renvoyée dans son pays, frappée d'opprobre, si elle avait dit la vérité à ses geôliers...

Le père du bébé n'avait pas été prévenu. Chelsea ne voyait pas de raison de compliquer la vie de cet homme avec qui elle avait eu une aventure d'une nuit.

Jessi savait ce que c'était. Elle avait eu deux relations sans lendemain. Avec le même homme.

L'aumônier demanda à l'assistance de se recueillir, et elle ferma les yeux.

A sa droite, une main saisit la sienne. Chelsea.

Et soudain, des doigts chauds enveloppèrent sa main gauche.

Clint !

Seigneur.

Ses larmes redoublèrent. Quelque chose qui ressemblait à de l'espoir accéléra les battements de son cœur.

Peut-être tout n'était-il pas perdu ? Il lui avait indéniablement fait l'amour comme si elle comptait pour lui.

Mais vingt-deux ans plus tôt aussi.

Peut-être était-ce différent aujourd'hui ? Peut-être étaient-ils plus mûrs. Plus sages.

Elle agrippa ses doigts, se sentant liée à lui intimement, profondément. Jetant un coup d'œil entre ses cils, elle vit que le jeune homme à côté de Chelsea s'était rapproché de celle-ci et que leurs doigts se touchaient.

Elle déglutit.

L'aumônier disait qu'il fallait croire. Oserait-elle ?

Elle pouvait parler à Clint, savoir s'il éprouvait la même chose. Sûrement. Sinon, pourquoi lui aurait-il tenu la main ?

Il fallait qu'elle lui parle. Elle le ferait dès la fin du service, après s'être assurée que sa fille allait bien.

Sa mère était chez elle. Elles n'avaient pas parlé à Chelsea des circonstances de sa crise cardiaque, et elles étaient d'accord pour garder le silence. Abigail avait préféré ne pas assister au service religieux pour éviter une maladresse toujours possible.

La prière se terminait. Clint pressa brièvement sa main et la lâcha.

Chelsea prit la rose blanche qu'elle avait apportée, y posa ses lèvres et la plaça sur la plaque de bronze apposée à côté de celle de Larry sur la tombe familiale.

La gorge de Jessi se serra.

Larry aurait adoré sa fille si la douleur et l'orgueil n'avaient pas précipité sa fin. Deux vies perdues pour rien.

Mais il y avait désormais un endroit où Chelsea pourrait se recueillir. Elles viendraient ici se souvenir.

Le service s'acheva sur *Amazing Grace*, l'air qu'avait voulu Chelsea, joué par le flûtiste de la paroisse. Les notes légères et claires s'élevèrent dans le silence, porteuses d'espoir et de paix.

Jessi remarqua alors que sa fille et son voisin se regardaient tendrement. Elle se réjouit de voir Chelsea tourner le dos au passé pour regarder vers l'avenir.

Comme elle ?

Jetant un coup d'œil à Clint, elle vit qu'il observait aussi le jeune couple avec quelque chose qui ressemblait à de l'envie. Son regard rencontra le sien, et il se pencha vers elle.

— Essaie de ne pas t'inquiéter, lui murmura-t-il à l'oreille. Paul est un homme bien.

— Toi aussi, Clinton Marks.

Clint se figea, le souffle court.

Jessi pensait qu'il était un homme bien ?

Etranglé par l'émotion, il dut se faire violence pour ne pas se comporter de façon indigne devant la tombe de son défunt époux en l'embrassant à perdre haleine.

Les dernières notes de flûte moururent, et les assistants commencèrent à se disperser pour quitter le cimetière.

— Je te retrouve chez mamie ? demanda Chelsea à sa mère.

— Je n'y serai pas avant un moment. J'ai quelque chose à faire d'abord.

Les deux femmes s'étreignirent puis se séparèrent. Paul raccompagna Chelsea à sa voiture, lui ouvrit la portière, et se pencha pour lui dire quelque chose avant de la refermer.

— Qu'est-ce que tu as à faire ? demanda Clint.

S'il avait un sou de jugeote, il lui dirait adieu ici, maintenant, avant de céder à la tentation de lui avouer son amour.

— J'ai pensé qu'on pourrait aller chez moi un petit moment, dit-elle.

Il attendit qu'elle précise pourquoi, mais elle se tut, attendant sa réponse.

Il baissa les yeux vers la plaque de marbre où était gravé le nom de Larry.

— Bonne idée. Tu es prête ?

— Tu me suis en voiture ?

« Je te suivrais n'importe où, mon amour. »

Peut-être la situation n'était-elle pas aussi désastreuse qu'il l'avait cru. Peut-être Jessi et lui pouvaient-ils encore essayer de construire quelque chose ? Peut-être pouvait-il déchirer les papiers de mutation et les jeter à la poubelle ?

Comme ils se dirigeaient vers le parking, il reprit sa main et la serra dans la sienne, en proie à un besoin profond, viscéral, qu'elle seule pouvait assouvir.

Si elle voulait juste discuter du cas de Chelsea, la déception serait rude ! Car il avait envie d'elle. Au passé, au présent, et pour toujours.

Mais il était peut-être temps qu'il arrête de se soucier de la fin de l'histoire pour tourner une page après l'autre ?

Il accompagna Jessi à sa voiture et, à l'instar de Paul, il se pencha à la portière. Mais au lieu de parler, il l'embrassa. Sur la bouche. Au milieu du parking, sans se soucier le moins du monde qu'on puisse le voir.

Une page à la fois.

Et il goûta pleinement l'instant où les lèvres de Jessi restèrent soudées aux siennes, comme s'ils étaient sur la même longueur d'onde.

Quand il s'écarta à regret, elle lui sourit.

— Je crois que nous sommes au diapason.

Lisait-elle en lui ?

Il avait du mal à lui cacher ses sentiments. Ça lui avait

toujours attiré des ennuis. Il ne pouvait pas être près d'elle sans avoir envie de la toucher, de la tenir dans ses bras. De lui faire l'amour.

— Je te retrouve chez toi, dit-il.

Les quinze minutes de trajet lui parurent durer une éternité, mais il se gara enfin devant chez elle.

Descendus de voiture, ils se regardèrent, et l'instant d'après elle était dans ses bras, il l'embrassait fougueusement, et lui rendant son baiser, elle noua les bras autour de son cou et se pressa contre lui.

— Les clés, marmonna-t-il entre deux soupirs, la soulevant dans ses bras pour la porter jusqu'à l'entrée. Ouvre la porte.

Il frissonna d'excitation en remarquant que les mains de Jessi tremblaient en insérant la clé dans la serrure.

Lui aussi tremblait, d'anticipation mais aussi de la crainte que tout s'arrête avant qu'ils soient à l'intérieur. Avant qu'il ait pu l'emporter jusqu'au point de non-retour.

Lui-même y était déjà. Il ne pouvait plus revenir en arrière, il était en proie à un tourbillon d'émotions qu'il ne pouvait exprimer qu'avec sa bouche, ses mains, son être tout entier.

En espérant qu'elle saurait déchiffrer le message.

Il poussa la porte du pied, manquant trébucher quand Cooper surgit en aboyant. Il posa Jessi le temps de faire sortir le chien dans la cour et la reprit dans ses bras.

Ils s'étreignirent avec passion, collés l'un à l'autre.

— Ta chambre, implora-t-il contre sa bouche, conscient que Jessi pouvait encore tout arrêter en déclarant qu'ils devaient discuter.

Mais elle n'en fit rien

— Première porte à droite, chuchota-t-elle, les yeux fermés.

Il garda les siens ouverts pour ne pas heurter un meuble ou un mur sur le chemin de la chambre. Sur le seuil, il s'immobilisa et remarqua les deux photos encadrées sur la table de chevet. Sur l'une d'elles, Jessi posait avec un homme. L'autre la représentait avec le bébé de cet homme dans les bras.

La poitrine serrée dans un étau, il resta planté là, hésitant.

— Qu'y a-t-il ? demanda Jessi, le souffle court.

Il lui désigna la table de nuit.

Elle le regarda en secouant la tête.

— Voyons, Clint, il est parti depuis longtemps…

Elle ne disait pas qu'elle n'aimait pas Larry, ni qu'il ne verrait pas d'objection à les voir ensemble. Juste qu'il était parti depuis longtemps.

Pouvait-il s'allonger sur ce lit et lui faire l'amour devant son mari mort ?

Il allait lui suggérer de retourner au bon vieux canapé du salon, mais elle retourna prestement le cadre à l'envers pour cacher la photo.

— C'est mieux ? demanda-t-elle.

Ça l'était. Un peu.

— Oui.

— Maintenant, pose-moi sur le lit, murmura-t-elle en glissant les doigts dans ses cheveux, lui arrachant un frisson d'anticipation. Et enlève-moi mes vêtements.

— Tu commandes et j'obéis, rétorqua-t-il.

Chassant Larry de son esprit, il la laissa choir sur le lit, et sourit quand elle rebondit sur le matelas en protestant.

Se redressant, elle se passa la langue sur les lèvres.

— Approche…

17

Jessi s'assit au bord du lit et tira Clint à elle.

— Je croyais que c'était moi qui te déshabillais, objecta-t-il tandis qu'elle ôtait ses clés et son portefeuille de ses poches pour les poser sur la table de chevet.

— J'ai changé la donne, répliqua-t-elle, souriante, en débouclant sa ceinture d'une main experte avant de s'attaquer à la fermeture de son pantalon.

Il ne risquait pas de se plaindre du tour pris par les événements, mais les choses se déroulaient différemment de ce qu'il avait prévu.

— Attends, protesta-t-il alors que Jessi commençait à faire glisser son pantalon sur ses hanches.

Elle se figea et rencontra son regard.

— Je m'y prends mal ?

Elle s'y prenait très bien, au contraire. C'était là le problème. Il sentait son sang battre dans ses veines, le désir tendre son corps, et à ce train-là il ne tiendrait pas longtemps.

— Non, mon cœur, répondit-il, la main dans ses cheveux, résistant à l'envie de l'attirer à lui. Mais je ne veux pas que tu fasses quoi que ce soit contre ton gré.

Jessi haussa ses sourcils joliment arqués.

— Et si j'ai envie de le faire ?

Tout en parlant, elle avait repoussé les jambes de son pantalon jusqu'à mi-cuisse.

Il ne pouvait plus cacher son désir, elle en avait la preuve sous les yeux.

Elle suivit lascivement des doigts la ceinture de son boxer.

— Tu es prêt ?

Et comment ! Il n'était qu'un homme, après tout.

— Qu'en penses-tu ? ironisa-t-il.

Jessi baissa le boxer d'un mouvement rapide, ses ongles lui effleurant le fessier avec une sensualité qui lui mit les nerfs à rude épreuve.

Son sexe apparut, raide et dur.

Sans hésiter, elle le prit dans sa bouche chaude, lui arrachant un grondement de volupté. Et pendant quelques secondes, elle demeura parfaitement immobile, les yeux clos.

Il avait un mal fou à contenir son désir.

Les mains dans ses cheveux, il la repoussa doucement pour se dégager.

— Bon sang… Si tu continues comme ça, tu vas avoir des surprises.

Elle rit.

— J'adore les surprises. Surtout les bonnes.

Il frémit d'anticipation, se promettant de lui donner tout ce à quoi elle aspirait. Comme la dernière fois.

Mais aujourd'hui, il voulait qu'ils prennent leur plaisir à l'unisson.

Comme elle l'agrippait par les hanches pour le retenir, il la laissa faire, regarda sa bouche l'effleurer, et recula à la dernière seconde.

— Clint, je t'en prie…

— Qu'est-ce que tu veux, Jessi ?

— Toi.

Il la poussa sur le lit, renversant le cadre, et se déshabilla prestement. Il retroussa sa jupe sur ses hanches, et ses yeux brûlants se posèrent sur une jolie culotte en satin noir. Puis il jeta un paquet de préservatifs sur le lit et, s'allongeant, hissa Jessi sur lui pour qu'elle le chevauche.

— Tu voulais être maîtresse du jeu, Jessi ? Eh bien, tu l'es.

Elle contempla son torse nu.

— Tu veux que je sois habillée ou dévêtue ?

— Ton jeu, tes règles, dit-il, la bouche sèche.

Elle eut un lent sourire.

— Hmm. J'aime bien l'idée d'inventer mes propres règles.

Relevant sa jupe d'une main, elle glissa son intimité voilée de satin sur son érection et entama un lent mouvement de va-et-vient, sans le quitter des yeux.

— Jess...

Elle passa la main sous sa jupe et, prenant son sexe, se caressa lentement contre lui, les yeux clos.

Elle prenait du plaisir tout en lui en donnant, les emportant dans un délicieux tourment. Il brûlait de la pénétrer pour accéder à de nouvelles jouissances. Il lui suffirait de s'enfoncer en elle d'un coup de reins, et sans doute le laisserait-elle faire. Mais les expressions de son visage le subjuguaient, le soumettant à ses désirs.

— Seigneur, Jessi, tu me tues...

— Qu'est-ce que tu veux ? demanda Jessi, lui renvoyant sa question.

— Je veux que tu viennes.

Elle resserra ses doigts, ses mouvements se firent plus rapides, plus hardis, ses seins pointant sous son chemisier tandis qu'elle se frottait contre lui — ou qu'il se frottait contre elle, peu importe.

Il mourait d'envie de pétrir ses seins, de taquiner les mamelons durs qui tendaient son chemisier. Mais c'était à elle de mener le jeu.

Elle haletait et se mordait les lèvres, tout à son plaisir. Son intimité humide glissait contre son sexe, toujours plus vite.

Il n'avait partagé d'ébats aussi intenses avec personne. Son désir s'enflait à chaque frôlement. Il tâtonna pour trouver le préservatif et le serra entre ses doigts, espérant avoir le temps de le mettre le moment venu.

Soudain, Jessi cria, et il sentit se tendre son corps collé au sien.

Il s'empressa de mettre le préservatif avant de la pénétrer pour se perdre dans son intimité palpitante. Lui agrippant les hanches, il la plaqua durement contre lui et, en quelques puissants coups de reins, s'abandonna enfin à sa propre jouissance.

Pendant plusieurs secondes — ou étaient-ce des minutes ? —, il sombra dans un bienheureux néant. Puis, rassemblant ses esprits, il attira Jessi contre lui, glissa les doigts dans ses cheveux humides de sueur.

— Rappelle-moi de ne pas te laisser diriger les opérations, la prochaine fois.

— Tu te plains, protesta-t-elle, blottie contre lui.

— Jamais.

Il baisa son front moite, ferma les yeux et, enfin apaisé, laissa son corps se détendre complètement.

Quelque chose chatouillait le bras de Jessi. Son esprit embrumé s'efforça d'émerger.

Ce n'était pas Cooper, car il se trouvait dans la cour, et la porte de la chambre était fermée…

La sensation recommença. Une caresse légère, qui remontait vers son épaule.

Ouvrant les yeux, elle vit Clint qui la regardait, planté devant le lit.

— Bonjour, belle endormie. J'ai nourri Cooper et l'ai fait sortir, j'espère que j'ai bien fait.

— Humm…

Il avait la voix éraillée. Il avait dû s'endormir aussi après lui avoir fait l'amour une seconde fois.

Dans son lit. Chez elle.

Cette fois, Clint l'avait déshabillée lentement, tendrement. Embrassant chaque parcelle de son corps, faisant fondre son cœur tout en affolant ses sens.

Comme maintenant. Mais là, c'était son cœur qui menaçait

d'exploser. Parce qu'il était encore là. Qu'il n'avait pas pris la poudre d'escampette comme elle s'y attendait.

La graine d'espoir semée un peu plus tôt grandissait, et elle commençait à croire que c'était peut-être possible entre eux.

— Tu t'es promené dans la maison dans cette tenue ? s'exclama-t-elle, consciente qu'il était nu comme un ver, tout en roulant sur le dos pour le regarder.

— Pourquoi ? Ça t'ennuie ? demanda-t-il en riant.

— Quelle heure est-il ?

— 5 heures de l'après-midi, répondit Clint comme elle effleurait sa barbe naissante. Tu travailles, ce soir ?

— Non, mais j'ai promis d'aller voir Chelsea et ma mère.

— Je m'en doutais. Sinon, je t'aurais laissée dormir. Si Cooper n'avait pas gratté à la porte, j'allais te réveiller d'une tout autre façon, dit-il en entrelaçant ses doigts aux siens.

Elle ferma les yeux, tout à son bonheur.

— Alors, tu serais d'attaque pour un troisième round ?

— Je suis d'attaque pour toutes sortes de choses.

Elle baissa les yeux et vit qu'il ne mentait pas.

Elle soupira. Il l'avait détournée de son objectif, mais initialement, elle voulait lui parler.

— Tu crois que Chelsea et Paul vont sortir ensemble ?

— Possible. Pourquoi ? C'est un problème ?

— Penses-tu que ce soit une bonne idée ?

— Je ne sais pas, admit-il. Ils ont traversé des moments difficiles tous les deux. Ils peuvent se soutenir l'un l'autre ou s'entraîner vers le fond.

Elle frissonna.

— J'espère ne plus jamais revivre ce que j'ai connu ces derniers mois. Comment fais-tu pour t'occuper quotidiennement de patients en proie à de telles souffrances ? Ça me rongerait le cœur, à ta place. Et après ce qu'il s'est passé avec ton père…

Elle prit sa main pour l'embrasser et, son attention étant attirée par son petit doigt tordu, y posa ses lèvres.

Elle sentit Clint se raidir.

— C'est à cause de mon père que je fais ce travail, dit-il.

Il s'écarta et se pencha pour ramasser le cadre tombé par terre pendant leurs ébats. Il voulut le remettre sur la table de chevet mais s'immobilisa en le fixant, la mâchoire durcie.

— Clint ?

Comme il secouait la tête, elle regarda le cadre.

Du côté de Larry, le verre s'était cassé. Les fêlures en étoile dessinaient comme une toile d'araignée qui déformait ses traits, dissimulant la moitié du visage.

Clint paraissait accablé.

Elle lui tendit la main.

— Eh, tout va bien ! C'est un cadre sans valeur, j'en trouverai un autre.

Il posa l'objet sur la table de nuit en évitant son regard. Elle voulut le toucher, mais il recula et, ramassant son pantalon, l'enfila et l'agrafa avant de la regarder.

— Il faut que je te dise quelque chose, Jessi.

Un sombre pressentiment l'envahit : quelque chose clochait. Gravement.

— Je voulais attendre pour te le dire, mais autant le faire maintenant, dit-il avec un tressaillement nerveux à la mâchoire. On a trouvé un remplaçant au Dr Cordoba, il arrive dans deux semaines.

Elle ne voyait pas bien le rapport avec eux.

— Chelsea continuera ses séances avec lui, alors ?

— Oui, acquiesça Clint, en se penchant pour prendre sa chemise qu'il enfila.

Pourquoi s'habillait-il ? C'était une bonne nouvelle, ils n'auraient plus à cacher leur relation.

— Ça veut dire que nous pourrons nous voir sans…

— Non, la coupa-t-il en boutonnant rapidement sa chemise. Je vais demander mon transfert. Cette affectation n'était que temporaire, le temps qu'on trouve un remplaçant au Dr Cordoba. Je retourne à la base de San Diego.

Quoi ?

Elle avait l'esprit douloureux, confus.

Clint lui avait fait l'amour comme s'il ne pouvait pas se

rassasier d'elle. Comme si elle comptait vraiment pour lui. Et maintenant, il partait ?

Les ombres du passé revinrent la hanter.

Il n'avait pas voulu changer de vie pour elle vingt-deux ans plus tôt, pourquoi avait-elle cru qu'il le ferait aujourd'hui ? N'avait-il pas déjà fait la même chose une première fois ? La culbutant avant de s'en aller sans se retourner ?

La poitrine oppressée, horrifiée, elle ne pouvait plus respirer.

Tout ce qu'ils avaient vécu ensemble, la sincérité avec laquelle elle s'était donnée à lui… Et il n'avait rien ressenti ? *Rien ?*

Comme le silence s'éternisait, Clint toussota.

— J'aurais dû te le dire avant de…

Se redressant sans se soucier de sa nudité, elle le foudroya du regard, bénissant la colère qui tenait les larmes à distance.

— Oui, tu aurais dû ! Mais tu n'aurais pas fait cette incursion sentimentale dans le passé, n'est-ce pas ? Tu n'es pas seulement doué pour soigner les patients, Clinton Marks. Tu es aussi champion dans l'art de te servir des autres et de les jeter après être arrivé à tes fins !

Elle se campa devant lui pour montrer qu'elle était forte. Mais ce n'était qu'une façade. Son cœur en miettes saignait de toutes parts, sa vie n'était plus que cendres.

— Jessi, ce n'est pas ainsi que…

— Non ! cria-t-elle, consciente que s'il ajoutait un seul mot, elle allait fondre en larmes ou le gifler à toute volée. Va-t'en !

Il attrapa le reste de ses vêtements et fourra ses pieds nus dans ses élégants mocassins.

— Je suis désolé, Jessi.

Elle redressa la tête.

— Il n'y a aucune raison. Nous avons fait un voyage nostalgique dans le temps pour retrouver nos années d'adolescence, mais il est grand temps de revenir au présent et de reprendre le cours de nos vies.

Elle ne lui demanderait pas quand il partait. Elle ne voulait pas le savoir.

Il la contempla pendant une seconde interminable.

— Adieu, Jessi.

Puis il se détourna et quitta la chambre.

Elle entendit le bruit de ses pas s'éloigner sur le parquet. Il ne ralentit pas, n'hésita pas quand la porte d'entrée s'ouvrit et se referma derrière lui.

Clint était parti. Et, cette fois, il ne reviendrait pas.

18

Clint avait fait accélérer la procédure de mutation, demandant à être envoyé de préférence dans un lointain pays en guerre. Au lieu de quoi, il s'était retrouvé dans un hôpital militaire du Nouveau-Mexique.

Mais il aurait aussi bien pu se trouver au bout du monde. Il avait suffi d'une semaine pour changer à jamais sa vie.

Assis à un bureau anonyme, il se demandait comment il en était arrivé là. Sans but, sans racines, et jusqu'ici sans patients car on le laissait s'installer.

Comme s'il n'avait pas assez de temps pour réfléchir à ce qu'il s'était passé dans la chambre de Jessi…

Ce jour-là, il était fermement décidé à lui avouer ses sentiments. Puis il avait ramassé ce cadre brisé, et il avait pris conscience des dégâts qu'il avait causés. Au mariage de Jessi. A son existence.

Il s'était senti aussi fracassé que ce verre.

Complètement chamboulé par ses retrouvailles avec Jessi, il était redevenu le paumé impulsif de l'époque du lycée. Il ne pouvait pas risquer de gâcher sa vie une seconde fois. Ni lui demander de le suivre à sa prochaine mutation. La vie de Jessi était à Richmond, avec Chelsea et sa mère. Et ses morts.

Sa place à lui était auprès de ses patients, le seul domaine où il était doué.

Elle serait mieux sans lui. Voir Chelsea se rétablir lui rendrait l'espoir d'un nouveau départ. Il serait de nouveau relégué au passé. A sa place.

Son téléphone sonna.

Il scruta l'écran, et sa bouche s'assécha.

Il ne connaissait pas le numéro, mais c'était l'indicatif de Richmond.

Bon sang ! Quand l'espoir finirait-il par mourir ? Tout était fini, il l'avait voulu ainsi. Et Jessi l'avait regardé partir sans regret. Elle n'avait rien dit pour l'en dissuader. Au contraire, elle l'avait pratiquement jeté dehors.

Il vérifia que la porte de son bureau était fermée et appuya sur le bouton du haut-parleur.

— Allô ?

— Docteur Marks ?

Il reconnut immédiatement la voix.

— Chelsea ? Tout va bien ?

— Moi, ça va. Il s'agit de maman.

Son cœur manqua un battement.

— Elle va bien ?

— Non...

Il y eut un silence, puis la voix de la jeune femme résonna. Plus forte. Accusatrice.

— Je vous ai vu lui tenir la main pendant le service pour ma fille. Comment avez-vous pu partir comme ça ?

— J'ai été muté. Vous savez comment ça marche.

Elle laissa échapper un juron.

— Vous avez raison. Je sais comment ça marche : personne n'obtient une mutation aussi vite, à moins de faire accélérer la procédure.

— Quelle importance ? Mon affectation à Richmond était temporaire.

— Ai-je dit quelque chose ? Fait quelque chose ?

— Non, ça n'a rien à voir avec vous, Chelsea. Je suis fier de vos progrès. Vous avez affronté le passé avec courage, et maintenant vous êtes prête à aller de l'avant, à vous tourner vers l'avenir.

Elle eut un rire sans joie.

— C'est ce que vous nous disiez toujours pendant les séances de groupe. Que nous devions faire face au passé et le voir tel qu'il était, sans chercher à fuir la réalité. Mais, en fin de compte, ce n'est pas ce que vous avez fait !

Seigneur, comment ce petit bout de femme pouvait-elle si bien lire en lui ?

Oui, il s'était enfui. Il avait jeté un regard à ce cadre brisé, et au lieu de se confronter à ses peurs, de parler à Jessi de ce qu'il s'était passé, il avait tourné les talons.

En réalité, il cherchait un prétexte pour filer depuis qu'il l'avait reconnue, assise dans son bureau, le premier jour. Parce qu'il avait peur d'affronter l'avenir. Peur que son hideux passé ne le rattrape et n'éclabousse Jessi.

Pourquoi ? Parce qu'il l'aimait. Et comme au temps du lycée, il avait décampé au lieu de rassembler son courage pour lui avouer ses sentiments et décider avec elle de la suite.

— Ce qu'il s'est passé entre votre mère et moi ne vous concerne pas, Chelsea.

— Bien sûr que si ! Elle est ma mère. Quand j'allais mal, vous n'avez pas hésité à lui confier chaque détail de ma thérapie, parce que... elle avait le droit de connaître la vérité. Elle est ma plus proche parente. Et, devinez quoi, docteur, ça marche dans les deux sens ! Je suis sa plus proche parente. J'ai le droit de savoir. Tenez-vous seulement à elle ?

— Oui, admit-il, la gorge serrée.

— Eh bien, elle aussi tient à vous. Elle fait bonne figure, mais elle ne va pas bien. Elle est affreusement malheureuse.

— Je suis désolé.

— Ça ne suffit pas. Vous êtes peut-être mon supérieur, mais je vais vous dire franchement le fond de ma pensée.

Il sourit malgré lui.

— Vous êtes bien la fille de votre mère.

— Ah oui ? Eh bien, écoutez ce que j'ai à vous dire : vous ne valez pas mieux qu'un vulgaire déserteur !

— Je vous demande pardon ? s'écria-t-il, choqué.

— Vous avez bien entendu. Quand votre combat intérieur

est devenu trop dur, vous avez tourné les talons et êtes parti, au lieu de vous comporter en soldat et de l'affronter, comme vous nous disiez de le faire. Maman n'est pas votre ennemie, docteur Marks. Je ne sais pas contre quel démon vous luttez, mais je vous suggère de revenir l'affronter, ou bien vous le regretterez toute votre vie.

« Elle est affreusement malheureuse. »

En partant, il était sûr d'agir dans l'intérêt de la femme qu'il aimait en lui épargnant beaucoup de souffrance. Et si, au lieu de ça, il lui avait fait du mal ?

Il n'était qu'un imbécile.

— Réprimande acceptée, grommela-t-il.

— Vous avez dit que vous teniez à elle. L'aimez-vous ?

Il sourit, prenant la décision qu'il aurait dû prendre il y a bien longtemps.

— Je crois que votre mère mérite de l'entendre de ma bouche, vous ne croyez pas ?

— Alors, revenez le lui dire. Car je suis pratiquement sûre qu'elle vous aime aussi.

Jessi écarta sa blouse humide de sa peau en sueur et s'éventa en gagnant le parking de l'hôpital.

Son service était en principe fini depuis une heure, mais elle n'avait pas pu partir avant. Elle était restée pour soigner des blessures par balle après une bagarre sanglante entre deux bandes de voyous. Deux blessés avaient succombé dans l'ambulance, et trois autres avaient eu besoin de chirurgie. L'un d'eux avait aussi un doigt cassé, et cette blessure mineure avait eu raison de sa résistance.

Elle avait fini par admettre la vérité : Clint lui manquait. Terriblement.

Elle avait surpris les regards inquiets que lui lançaient Abigail et Chelsea. Sa mère et sa fille se doutaient que quelque chose n'allait pas, même si elle se montrait enjouée et jouait plutôt bien la comédie.

Se redressant, elle pressa le pas.

C'était ridicule. Combien de temps encore allait-elle soupirer après un rêve impossible ? Elle devait absolument se ressaisir et oublier...

Ses clés à la main, elle s'immobilisa au milieu du parking.

Un homme en uniforme dont l'allure martiale lui sembla douloureusement familière se tenait près de l'endroit où elle avait garé sa voiture.

Son père, sa fille... Dans une ville de garnison, ce maintien fier était habituel. Mais cette fois...

Oh ! Seigneur, Clint !

Elle faillit tourner les talons et courir se réfugier à l'hôpital.

Mais elle ne laisserait plus cet homme lui dicter ses faits et gestes.

Tête haute, elle se dirigea vers lui, s'efforçant d'éviter son regard pour qu'il ne voie pas son désespoir.

Il se tenait juste à côté de sa voiture, elle allait devoir passer devant lui pour ouvrir sa portière.

— Je te croyais parti, remarqua-t-elle avec une gaieté forcée.

Il ne bougea pas. Ne sourit pas.

— Je suis revenu, dit-il d'une voix atone.

Elle sentit son cœur sombrer. Ne l'avait-il pas assez torturée ?

— Pourquoi ?

— J'ai fini de fuir. Quand tu m'as parlé de la mort de Larry, j'ai eu l'impression qu'un abîme s'ouvrait devant moi pour m'engloutir : si je ne t'avais pas suivie le soir de la remise de diplômes, si je l'avais laissé te rejoindre à ma place, vous formeriez aujourd'hui une famille heureuse...

Il prit une inspiration, comme pour se donner du courage.

— Et puis, ce cadre brisé avec la photo de Larry, je l'ai vu comme un avertissement du destin : j'avais déjà bousillé ta vie une fois, j'allais recommencer si je restais.

Elle poussa un soupir las.

— Pourquoi n'as-tu rien dit ?

— Je croyais te rendre service.

— Eh bien, ce n'était pas le cas. Je...

— Laisse-moi finir pendant que j'en ai le courage. Je suis revenu te dire que je t'aime, Jessi. Depuis le soir où je t'ai trouvée en larmes au bord de ce ruisseau… Je t'ai laissée tomber une fois en croyant agir pour ton bien, mais je ne le ferai plus. Sauf si tu m'ordonnais de partir.

— Deux fois, corrigea-t-elle. Tu m'as abandonnée deux fois. Pourquoi te croirais-je aujourd'hui ?

— Parce que c'est la vérité, Jessi. Je te le jure.

Elle aurait voulu reculer, mais elle en était incapable. Elle restait plantée là, à regarder fixement Clint, à se demander si elle n'était pas victime d'un mirage.

Il était si beau en uniforme.

— Qu'est-ce qui t'a fait changer d'avis ? demanda-t-elle, consciente qu'il n'était sûrement pas revenu sur un coup de tête.

— C'est compliqué. Je n'ai jamais eu peur de rien, pas même de mon père. Mais tu me terrifies, Jessi… Je crains de ne pas être assez bien pour toi à cause de mon passé. La mort de Larry m'a renvoyé à cette peur. Il a fallu qu'une jeune femme sage m'ouvre les yeux…

Elle fronça les sourcils, puis tout devint clair.

— Chelsea !

— Oui. Elle m'a mis au défi de revenir à Richmond affronter mes démons, et me voilà. C'est mon champ de bataille. Je ne battrai pas en retraite, pas cette fois. Sauf si tu me le demandes.

Il lui donnait tout pouvoir. Comme lors de leurs derniers ébats. Mais aujourd'hui il ne s'agissait pas d'un jeu. Elle devait être absolument sûre que, cette fois, il ne partirait pas. Qu'il ne disparaîtrait pas comme Larry dans un coup de folie au lieu de régler leurs problèmes.

Lui ferait-elle confiance ?

Oui. S'il avait le cran d'affronter ses peurs, elle se devait d'en faire autant.

— Alors, je crains que nous ne soyons dans une impasse, dit-elle gravement. Parce que je ne te demanderai pas de partir. Et de toute évidence, tu ne t'en iras pas de toi-même.

Le regard de Clint se voila un instant, mais il tint bon.

— Non, dit-il.

— Dans ce cas, tu dois rester… Mais, j'y pense, et ta mutation ?

— On m'a laissé partir plus tôt, mais mon transfert n'a pas encore été officiellement approuvé. Mon contrat actuel arrive bientôt à son terme, et je peux démissionner pour travailler dans le civil, si ça peut faire pencher la balance en ma faveur. Nous n'aurions pas à déménager. Nous pourrions rester ici, à Richmond.

Incapable de se contenir davantage, elle se jeta à son cou.

— Les jeux étaient déjà faits quand je t'ai vu sur ce parking, Clint. Je t'aime aussi. Et si tes papiers de mutation arrivent avant que tu puisses annuler ta demande, je te suivrai où que tu ailles.

Il la serra dans ses bras à l'étouffer.

Mais elle s'en moquait. Elle aimait cet homme. Plus que jamais.

Il se pencha et s'empara de sa bouche pour un baiser plein d'amour et de désir.

— Il n'y a plus qu'une chose que je veuille faire à présent.

— Vraiment ? dit-elle en riant. Ça ne peut pas attendre ? Je meurs de faim.

— Oui, mais…

Clint glissa la main dans la poche de son uniforme et en sortit un petit écrin.

Elle porta la main à sa bouche, craignant d'être victime d'une hallucination.

— Clint… ?

Il ouvrit l'écrin.

Sur le satin, une bague ancienne brillait de mille feux.

— Elle appartenait à ma grand-mère. Maman me l'a donnée avant mon incorporation dans l'armée. Elle pensait que j'en aurais besoin un jour, et elle avait raison, dit-il en souriant. Je m'agenouillerais bien, mais je crains que mon uniforme ne s'en remette pas. Bon sang, je gâche tout… J'aurais dû attendre le dîner pour te demander en mariage devant une coupe de champagne, commencer par faire mettre la bague à ta taille…

— Non. Cet endroit est parfait. La bague est parfaite. Tout est parfait, bredouilla-t-elle, les yeux noyés de larmes. Et j'accepte de devenir ta femme, colonel Marks.

Il l'embrassa de nouveau, lui prit la main et lui glissa la bague à l'annulaire.

Elle la toucha pour s'assurer qu'elle était bien réelle.

— Où est ta voiture ? demanda-t-elle.

— Quelqu'un m'a déposé.

Elle devinait aisément qui.

— Chelsea ?

— Oui.

— Alors, tu fais le pied de grue sur ce parking depuis plus d'une heure ?

— Pas tout à fait. On m'a un peu aidé à suivre tes déplacements.

Tout s'expliquait. Voilà pourquoi Chelsea lui avait envoyé un texto lui demandant de la prévenir quand elle quitterait son travail !

Elle déverrouilla la portière de sa voiture.

— Nous devrions la rassurer, alors.

— C'est déjà fait, dit-il. Je lui ai dit que si tu n'étais pas rentrée dans l'heure, c'est que nous étions quelque part en train de fêter notre réconciliation.

— Ah ? Tu étais très sûr de toi, dis donc ?

Il sourit piteusement.

— Tu n'imagines pas ce que j'ai traversé ces dernières semaines. Je n'étais sûr de rien, surtout pas de moi.

— Et quel genre de fête envisageais-tu ?

Il s'installa sur le siège passager et attendit qu'elle s'assoie.

— Discret et intime.

— Intéressant, commenta-t-elle, le cœur battant. C'est le tour de qui de diriger les opérations, cette fois ?

Clint prit son visage dans ses mains.

— Et si nous adoptions un partenariat d'égal à égale ?

— D'accord, dit-elle contre sa bouche, tandis qu'il scellait leur marché d'un baiser. C'est absolument parfait.

Épilogue

— Jessica Marie Riley, voulez-vous prendre pour époux Clinton Shane Marks ici présent ?

Clint regarda Jessi prononcer les mots qui allaient l'unir légalement à lui, même s'ils étaient déjà soudés par des liens infiniment plus forts.

Elle l'avait convaincu que le cadre brisé ne symbolisait pas les souffrances qu'il lui avait causées autrefois, mais une libération du passé ouvrant la voie à un avenir vierge qu'ils construiraient ensemble. Ils avaient une seconde chance, et il était décidé à ne pas en perdre une seconde.

Après l'échange des vœux, il prit ses mains dans les siennes et se laissa envahir par l'émotion. Plus jamais il ne refoulerait ses sentiments par crainte de souffrir. Il n'était pas son père. Il savait contrôler ses mauvaises pulsions.

— Vous pouvez embrasser la mariée.

— Avec joie, dit-il en glissant les bras autour de sa taille. Je t'aime, chuchota-t-il contre ses lèvres.

— Je t'aime aussi, dit Jessi dans un souffle.

Alors, seulement, il s'autorisa à l'embrasser en y mettant toute son âme.

Leur baiser se prolongea, et derrière eux, le murmure s'enfla pour se muer en acclamation.

Il sourit et s'écarta pour reprendre sa main, où le petit solitaire de sa grand-mère scintillait dans la lumière comme une promesse de bonheur.

Une autre espérance ajoutait encore à leur félicité, matérialisée par le cliché d'échographie dans le tiroir de son bureau : Jessi attendait un enfant. Une surprise pour eux deux. Pour quelqu'un qui n'avait jamais cru devenir père, c'était une perspective merveilleuse.

Jessi se retourna pour faire signe à Chelsea et à son fiancé de les rejoindre en tant que témoins.

Paul avait demandé Chelsea en mariage une semaine plus tôt, et celle-ci avait accepté. Il y aurait bientôt de nouvelles noces, et probablement de nouvelles naissances.

Jessi et sa fille s'étreignirent avec émotion tandis que Clint recevait les félicitations de Paul.

Puis il glissa le bras autour de la taille de son épouse, et ils se retournèrent vers l'assemblée.

Il y eut un tonnerre d'applaudissements de la part des parents et amis qui assistaient à la cérémonie.

Il avait enfin trouvé sa place. Il avait vaincu ses peurs et retrouvé l'espoir. L'espoir d'un avenir fait de bonheur et d'épreuves, mais surtout d'amour.

Jessi le prit par la main et l'entraîna vers la sortie de l'église en courant presque.

— On y va ?

— Qu'y a-t-il de si urgent, ma chérie ?

— Depuis ce matin, j'attends de t'écraser un morceau de gâteau de mariage sur la figure ! lui dit-elle alors qu'ils sortaient dans la lumière.

— Tu trouves ça plus intéressant que la cérémonie ?

— Non, répondit-elle avec un sourire radieux. C'est ce qui vient après qui m'excite.

— Oserai-je te demander de quoi il s'agit ?

— Tu pourrais, mais il vaut peut-être mieux que je ne te l'explique pas en public.

Il rit, le cœur léger.

— Alors, ne perdons pas de temps, madame Marks ! Nous avons un gâteau à découper.